衝突と融合の東アジア文化史

河野貴美子・王　勇［編］

勉誠出版

衝突と融合の東アジア文化史

序言

河野貴美子

古来、異なる文化・文明の出会いは、衝突や淘汰、融合や消化を繰り返しながら、そこからまた新たな文化を作り出すダイナミズムを展開してきた。そしてそうした歴史は、東西の異質文明間において経験されてきたばかりではなく、東アジアの文化もまた、一見同質的なものを抱えつつも、時に摩擦を生じ、衝突し、また時に交流と交渉、摂取、融合を経つつ、さまざまな局面をみせてきた。

本書は、東アジアに関わる文化の「衝突と融合」という視点から、古代から近現代に至る過程で引き起こされたさまざまな「事件」にスポットをあて、文化の形成や構築とはいったいどういうことなのか、改めて問い直してみようと試みるものである。

国際化やグローバル化、異文化交流の推進などということが盛んに叫ばれる昨今であるが、実際にはそこにまま「衝突」や「摩擦」が生じることは避けられまい。いま、歴史の中の経験を振り返り、探り出し、それを分析検討し、解釈し、意義を問うことは、決して無意味ではなかろう。

右に述べた問題意識のもと、二〇一三年二月二日に早稲田大学において開催したシンポジウム「文化の衝突と融合――東アジアの視点から」（主催：早稲田人学日本古典籍研究所、浙江工商大学東亜文化研究院、後援：国際交流基金、早稲田大学国際日本文学・文化研究所、早稲田大学文化構想学部多元文化論系）における基調講演と研究発表を中心としてまとめたものが本書である。早稲田大学日本古典籍研究所と中国浙江工商大学東亜文化研究院（現東亜研究院）との共催シンポジウムに基づく論文集の刊行は、『東アジアの漢籍遺産――奈良を中心として』（河野貴美子・王勇編、勉誠出版、二〇一二年）に続く第二冊目となる。本書掲載の王勇氏の「漢籍」に関する論考は、この前著のあとがきに記された課題を追究されたものである。なお、このたびのシンポジウムは、当初二〇一二年九月二十八日に開催されるはずであったが、当時の日中関係問題の影響を被り延期を余儀なくされた。そうした状況下にあっても、学術交流を断ち切ることなく、シンポジウムの開催と成果論文集の刊行を実現できたことも、いずれは「文化史」のひとこまということになるかもしれない。

さて、ここに寄せられた論考は、いくつかの個別具体的な事例に対して考察を行うものではあるが、いずれも、我々が過去から継承してきた文化がいかなる衝突や融合の過程を経てきたものなのか、古代から近現代に至るまで、東アジアの視点から発掘し、検証するものである。

以下、各論考の概要を簡単に記す。

Ｉ　中日における「漢」文化

王勇「中日文脈における「漢籍」」は、「漢籍」という語をめぐる中日の歴史をたどる。中国では古来「漢代の典籍」を指す語であったが、日本では「儒学の書物」「中国の書物」「漢文の書物」を指す語として用いられてきた。ところが清末から民国初期に至り、日本における「漢籍」の概念が伝えられると、それは「東洋の書物」、さらにはあらゆる漢文書物を指す語へと展開し、いまや「漢籍」は東アジア世界の新たな学術概念として出現したのであった。

II　歴史の記述、仏僧の言説――植物・生物をめぐる

新川登亀男「宇陀地域の生活・生業と上宮王家――菟田諸石を手がかりとして」は、『日本書紀』皇極三年

三月条の押坂（忍坂）直が植物（紫菌）を採取し不老長寿となった記事と、『日本霊異記』上巻第十三縁で漆部造麿の妾が仙草を食して天に飛んだ（不老不死となった）という記事を取りあげ、これら宇陀地域のこととして伝わる両記事の背景にある歴史の事実と、歴史の記述の想像・創造について、菟田諸石の存在を手がかりとして考察する。

高松寿夫「唐僧恵雲の生物学講義――『妙法蓮華経釈文』所引「恵雲云」の言説」は、興福寺僧中算撰『妙法蓮華経釈文』が引用する恵雲の説を取りあげる。恵雲は鑑真に従って渡来した唐僧で、その説は『法華経』譬喩品の偈にみえる生物に対する注解にのみ集中する。恵雲の解説は、生物に関わる漢土の風俗や、唐僧の日本語への理解、また八世紀後半の外交の記録をも含む興味深い資料であることを指摘する。

Ⅲ　高句麗・百済・日本

葛継勇「高句麗・百済人墓誌銘からみる高句麗末期の対外関係」は、中国で発見された唐代高句麗・百済人墓誌の記述を通して、高句麗・百済末期の内政と対外関係を人物相互の関係や移動から読み解く。高句麗末期に唐に投降して高句麗滅亡に功績をあげた高句麗人が存在したこと、また百済滅亡後に百済残党と高句麗とが連合して唐・新羅への対抗を図ったことなど、文献史料を補充する重要な資料が見出されることを指摘する。

鈴木正信「武蔵国高麗郡の建郡と大神朝臣狛麻呂」は、霊亀二年（七一八）の武蔵国高麗郡建郡の歴史的背景について、当時武蔵守であった大神朝臣狛麻呂の存在に注目して考察を行う。大神氏は高句麗移民の列島への移住に関与していた氏族であり、大神氏と高麗移民をめぐる関連の歴史記事を紡ぐことによって古代東アジアと列島とのつながりを明らかにしていく。

Ⅳ　漢文の摂取と消化

柳川響「藤原成佐の「泰山府君都状」について」は、中国に発する泰山府君信仰が、日本では陰陽道的祭儀として受容され、十世紀以降の貴族日記等には長寿や出生を祈り、また災厄を払うために泰山府君祭が行われた記事が散見すること、泰山府君祭の際に作成された都状のうち、藤原頼長が『周易』学習を始めるときに藤原成佐が作成した都状が、経書の語句を多く取り入れる特徴を有することを述べる。

河野貴美子「幼学書・注釈書からみる古代日本の「語」「文」の形成——漢語と和語の衝突と融合」は、古代日本の「語」「文」が、漢語の要素を取り入れながらいかにして形成されたのかを、漢籍由来の諺に注目して検討する。平安中期に源為憲が編纂した俗諺集である『世俗諺文』に収載された漢語・漢文に基づく諺が、和文や和歌の中に融け込み実際に用いられている例を、『源氏物語』の古注釈書や歌学書の記述とともに検討する。

V　イメージと情報の伝播、筆談、コミュニケーション

陳小法・張徐依「西湖と梅——日本五山禅僧の西湖印象を中心に」は、中国を代表する景勝地たる西湖が、日本においても数々の詩文に詠み込まれてきたことを取りあげる。中でも多くの詩文を残したのは中世の五山禅僧であり、例えば万里集九は日本の西湖と称される金沢六浦の梅に心を寄せて詩文をなした。五山僧にとって西湖がまずは梅との連関においてイメージされる点、中国の文人とは多少ずれる西湖像であることが指摘される。

鄭潔西「万暦二十年代東アジア世界の情報伝播——明朝と朝鮮側に伝わった豊臣秀吉の死亡情報を例として」は、豊臣秀吉による朝鮮への侵略戦争、いわゆる文禄・慶長の役の只中、日本、朝鮮、明、琉球の間を幾度にもわたり駆け巡った秀吉死亡の情報を例として、万暦二十年代の東アジアにおける情報流通の実態を考察する。戦争勃発に伴い、広範囲に及ぶ複層の情報ネットワークが出現したのであり、その情報の源、伝播のルートが明らかにされていく。

朱子昊・王勇「朱舜水の「筆語」——その「詩賦観」をめぐって」は、明清交替期に日本に亡命した朱舜水について、日本人との対面交流時の筆談を記録した「筆語」と称される資料に注目し、儒学や史学の領域において果たした功績とは異なる側面から朱舜水像を描き出す。朱舜水は、筆談による対話においては、他の資料

にはみられない、詩賦に対する愛好の態度や深い造詣を有する一面をみせていたのであった。

Ⅵ　著述の虚偽と真実

呂順長「政治小説『佳人奇遇』の「梁啓超訳」説をめぐって」。東海散士の政治小説『佳人之奇遇』は、刊行が完結した翌年一八九八年から、梁啓超が主筆を務める『清議報』で漢訳版の連載が始まった。その翻訳者は従来、梁啓超とされてきたが、高知市立自由民権記念館に寄託されている「山本憲関係資料」に含まれる山本憲宛て康有儀書簡の調査により、真の翻訳者は康有儀であったことを突き止める。

緑川真知子「文明の影の申し子——義和団事件がもたらした西洋と東洋の衝突の果ての虚」は、中国に暮らした英国人エドムンド・バックハウス（一八七三〜一九四四）が『西太后治下の中国』に引用した「景善日記」を取りあげる。義和団事件を劇的に記録するその日記は、バックハウスによる偽造の産物であるが、その虚構や想像の中に外国人の目を通してみた真実が存在することを鋭く突き、その意義を改めて問う。

Ⅶ　アジアをめぐるテクスト、メディア

古矢篤史「横光利一と「アジアの問題」——開戦をめぐる文学テクストの攻防」は、日中戦争勃発からアジア・太平洋戦争開戦に至る時期の横光利一の作品を通して、ヨーロッパとアジア、西洋と東洋、中国と日本という問題への認識や葛藤が文学テキストにいかに表出されたのかをみる。ヨーロッパと中国の地を実際に訪れた横光の言説は、拡大する戦局を前に、覚悟や不安の交錯する思考の跡を綴り残したのであった。

鳥羽耕史「東アジア連環画の連環——中国から日本、韓国へ」は、中国の版画運動、連環画の流れを受けて一九五〇年代初頭の日本で作成された、労働者や農民、原爆の問題を扱う出版物を紹介する。ヨーロッパの版画の精神や日本の創作版画運動に学び中国で展開した版画、連環画は、日本の生活記録運動の流行と結びつき、そして生み出された作品はまた中国、韓国へと伝えられ、東アジアを結ぶ存在となっていく。

なお、この論集にはもう一篇、増尾伸一郎氏のご論考が掲載できるはずであった。しかし、二〇一四年七月、増尾伸一郎氏は急逝され、それはかなわぬこととなってしまった。二〇一三年二月のシンポジウムにおいて増尾氏は、「植民地朝鮮における〈巫歌〉研究の方法――孫晋泰と李能和を中心に」と題して、「日本による植民地支配が強化されつつあった一九三〇年代前後に、それぞれの立場からなされた朝鮮の巫歌をめぐる研究の成果とその方法を事例として、東アジアにおける「文化の衝突と融合」の一面について、比較考察」（当日配布の要旨集による）する研究発表を行われた。増尾伸一郎氏は二〇一一年七月に中国杭州で行った国際学術シンポジウムにご参加、その成果論集『東アジアの漢籍遺産――奈良を中心として』にもご寄稿下さり、以来、早稲田大学日本古典籍研究所招聘研究員として数々のご助言と多大なご助力をいただいてきた。本論集へのご執筆依頼に関するやりとりをしていた矢先のご逝去であった。心よりの哀悼とこれまでの学恩に対する感謝の意を表する次第である。

本論集は、右のような経緯をへて、しかしようやく刊行の日を迎えることができた。長年にわたり学術交流関係を結び、共同研究を継続してきた王勇氏および浙江工商大学東亜研究院の方々に心より感謝申し上げたい。また最後になったが、本書の刊行を実現して下さった勉誠出版の吉田祐輔氏、武内可夏子氏、大橋裕和氏をはじめ、関係各位にお礼を申し上げたい。

二〇一六年五月四日

中日文脈における「漢籍」

王　勇

おう・ゆう――浙江大学人文学院教授、浙江工商大学東亜研究院院長（兼任）。専門は中日文化交流史。主な著書に『唐から見た遣唐使――混血児たちの大唐帝国』（講談社、一九九八年）、『中国史のなかの日本像』（農山漁村文化協会、二〇〇〇年）、『おん目の雫ぬぐはばや――鑑真和上新伝』（農山漁村文化協会、二〇〇二年）などがある。

「漢籍」は東アジア世界でひろく使われている漢語だが、中国の辞書類にほとんど収録されておらず、その語源については必ずしも究明されているとは限らない。本稿は漢代の揚雄の『答劉歆書』に最古の用例をつきとめたが、それは「漢代の典籍」の意味だった。かたや日本文脈における「漢籍」の軌道をたどれば、それは清末民国の初めに中国に伝わり、両者が融合して「漢文で書かれた書物」という新語義を生み出し、東アジア世界に流布したことがわかった。

はじめに

「漢籍」という用語（概念）は中国か日本のどちらかで議論されるならば、おそらく大きな問題は起らないだろうが、いったんこの語を「中日」という二国間の土台に載せてそのルーツをたどれば、議論がちぐはぐになる恐れがある。

たとえば、中国において使用頻度がきわめて高い「漢籍」は、『広辞苑』第四版（岩波書店、一九九三年）では「中国の書物。（中国人が）漢文で書いた書物」と解釈されているが、中国の権威ある字書類『辞海』や『現代漢語詞典』、そして専門性の高い『古漢語詞典』や『中国古文献辞典』のいずれにも収録されていない。したがって、「漢籍」は中国固有の熟語ではなく、外来語もしかしたら和製漢語ではないかという疑いさえ持たれている。

もう一例、『広辞苑』の釈義は「仏典に対して外典（げてん）を指すこともある」と続く。それはあきらかに前半の釈義と齟齬してしまう。中国文脈における漢籍は仏典を排除していないし、一九八六年から一九九五年にかけて、台湾聯合報文化基金会が主催した全十回の「中国域外漢籍」国際学術会議でも仏典（仏書）関連の報告が多くあった。

漢文で書かれた書物が古代から近代まで東アジア世界をひとつの文化圏（書物の交流圏）として結んでいたことは間違いない。これらの書物は内容的に儒学なのか仏教なのか道教なのか、また著者は中国人か日本人か韓国人か、といった議論はさておいて、まずは中国における「漢籍」という熟語のルーツをたどってみる。

一、中国における「漢籍」

さきほど、中国の辞書類に「漢籍」が小見出し語として収録されていないと言ってしまったが、それはすべての辞書について言うものではない。大陸と台湾で収録語彙数がもっとも豊富な『漢語大詞典』（漢語大詞典出版社、一九九三年）と『中文大辞典』（中国文化研究所、一九六八年）がその例外に属する。

『漢語大詞典』は「漢籍」について（1）漢代の典籍、（2）外国人、とくに日本人が中国の漢文典籍を称するもの と、二つの釈義を掲げている。

これによれば、「漢籍」の原義は前漢と後漢の時期に書かれた典籍を限定して指すことになる。王国維の名言「およそ一代に一代の文学がある。楚の騒、漢の賦、六代の駢語、唐の詩、宋の詞、元の曲は、みな所謂る一代の文学にして、後世の継ぐこと能わざるものなり」（『宋元戯曲史・自序』）を引き出すまでもなく、漢代の典籍は後世の模範とされるから、王朝の「漢」を冠してその時代に生まれた高度な精神文化所産を称したわけである。

『中文大辞典』は「漢代の典籍」の用例として、『宋書・暦志』を引いて「遠く唐典を考え、近く漢籍を徴す」と出している。これは祖沖之（四二九〜五〇〇）の上表文の一節である。「漢籍」はまぎれもなく「漢代の典籍」だが、「唐典」は「唐代の典籍」ではなく、理想化された上古の唐虞時代（尭舜時代）の書物（『尚書』にいう『虞書』『夏書』『商書』のたぐいか）を指す。これによって、「漢籍」のルーツは南朝の劉宋時代にさかのぼることができた。しかし、これは最古の用例ではない。

管見の及ぶかぎりでは、揚雄の『答劉歆書』に「其不労戎馬高車、令人君坐幃幕之中、知絶遐異俗之語、典流於昆嗣、言列於漢籍、誠雄心所絶極、至精之所想遘也夫」（其れ戎馬高車を労せず、人君をして幃幕の中に坐り、絶遐異俗の語を知らしめ、典の昆嗣に流れ、言の漢籍に列ならば、誠に雄の心の絶えて極まる所、至精の想ひ遘ふ所ならん）とあるのは、熟語としての「漢籍」の先蹤をなすものと判断される。

右の「言列於漢籍」について、張震沢氏は「言は『方言』を指す。漢籍は漢廷の典籍。按ずるに、漢に石渠閣があり、典籍を皮蔵する所である。揚雄はこの書を新莽の元鳳年間に書き、新籍と言わず、漢籍というにはそれなりの意あることは明らかである」と考証している。(1)

漢代の典籍はその後の悠久の歴史においてひとつの古典や模範として、後世から「漢籍」と称して崇められる。とくに考証学が隆盛をきわめた清代では、宋明理学の反動として古典が尊ばれ、学者の間で復古を意味する「漢籍」という語が頻繁に用いられていた。

以上のべてきたように、中国のコンテクストにおいて、「漢籍」はその前後の時代（新の時代にあって前漢と後漢を指す）の典籍を区別して、時代的に漢代の典籍を限定して指すものであるが、中国の典籍という意味合いは発生しなかったと推定される。

二、日本における「漢籍」

それでは、日本のほうに眼を転じてみよう。

日本において、いつごろから「漢籍」という熟語が現われてきたか、今のところ定かではないが、遅くとも十三世紀の半ばごろには、すでに用いられていたらしい。寛元二年（一二四三）の成立とされる『新撰和歌六帖』（新撰六帖題和歌とも）に藤原為家の和歌「うたてなと　やまとにはあらぬ　からふみの　あとをまなはぬ　みとなりにけむ」が収録されている。

『新撰和歌六帖』は五人の詠者からなるものだが、藤原為家の作品（寛元元年十一月十三日）がもっとも早く、蓮情の試作（寛元二年六月二十七日）がもっとも遅い。ところで、藤原為家の作品に出てくる「からふみ」はどんな漢字を当てるべく、どのように解釈すればよいのだろうか。『広辞苑』は「漢籍」について三つの読みを提示している。ふつうは「かんせき」と読むが、「からぶみ」とも読め、また「漢書」と表記して「かんしょ」と読むのも同じ意味だとされる。藤原為家が和歌に詠んだ「からふみ」はまさしく「からぶみ」にあたり、げんに『日本国語大辞典』も「漢籍」の用例として、右の和歌を挙げている。

日本における「漢籍」の誕生は、古くから仏教書と異なった学問伝承によるところが大であると思われる。つまり「内典」に対しての「外典」は博士家によって伝承され、独自な漢字読みと訓点系統を有するに至ったのである。
『塩尻』（五十二）に「儒典は菅家、江（家）、清（原家）、中（原家）等の家、古しへより読来れる訓点有、仏書は山門（叡山）、寺門（三井寺）、南都（東大興福寺）等、各自の読方ありて相伝す」とあり、桂庵和尚が入明中、「日本、儒書読漢音、仏書可読呉音、有法度」（『日本教育史資料』十二「旧鹿児島藩」、『古事類苑・文学三』より）と述べたのもその例である。漢音で読まれる儒書は仏典などと区別され、漢籍の一類型をなすことになる。

日本人の著述である和書（倭書）の発達も「漢籍」を対象化させるのに拍車をかけた。『鷲峰文集』（九十六）の「題忍岡文庫書目録後」に「漢籍千三百八十部、倭書並家書七百六十部、加男憨所蔵、総計二千六百部」とあり、また同書（百二）の「忍岡家塾書目跋」にも「爾来、漢籍倭書之数、逐年稍増」と見える。

江戸時代では、本居宣長や平田篤胤らを代表とする国学派は、外なる漢（中国と韓国）に抵抗しようとしたのみならず、内なる漢（日本の漢文化）をも排除しようとした。したがって、彼らが眼の敵とする「漢字」や「漢意」などと並ぶ「漢籍」は、日本人の手になった漢文書籍を含むことになる。

平田篤胤は『古道大意』（一八一三年）で「世の人ただ、漢籍意（カラフミゴコロ）にのみ泥（なづ）んで、大御国の古意を忘れ果たる故で」と述べ、本居宣長は『神代正語』において「上つ代の事は、上つ代の語もてかたり伝へしを、それ記せる書は、みな漢字もて記せるが中に、其からぶみことばにかかはらざるは、記せる事も伝説のままなるを、からぶり詞にかかはれるは、しるせる事も其意も、おのづからみな漢めきてぞ聞なさるるを、其書どもならひよむにも、その漢籍ぶりのままによみならふから」と書いている。後者はあきらかに漢字・漢語・漢文で書かれた記紀神話への反発を顕わにしている。

以上をまとめると、中国文脈に生成した「漢代の典籍」という概念は日本に受けいれられた痕跡を見出せないが、仏典に対しての「儒学の書物」、和書に対しての「中国の書物」、国学に対しての「漢文の書物」といった概念が日本の文脈において発生し変遷してきたわけである。

三、越境する「漢籍」

清末民国の初め、「漢」という字に象徴された伝統文化は、西学東漸の大波に洗われ、存亡の危機に瀕していた。「漢字」でさえ廃止の運命に見舞われようとしていたから、それに比してより現実社会をかけ離れていた「漢籍」という古臭い用語は当然のごとく見捨てられつつあった。まさにこの時期、中国から日本にわたった留学生や知識人によって、異国で生まれた「漢籍」の新しい概念が中国にもたらされたと推察される。

たとえば、姚文棟は『答近出東洋古書問』において日本所蔵の豊富な中国古書と関連して「明治維新以後、西学興而漢籍替、世禄廃而学士貧、将不能保其所有、其流落帰于撕滅者、翹足可待也」(2)といい、章太炎は『文学略論』で日本人の読書偏向を指弾して「日本人所読漢籍、僅『中庸』以後之書耳。魏晋盛唐之遺文、已多廃閣。至于周秦両漢、則称道者絶少、雖或略観大意、訓詁文義、一切未知、由其不通小学耳」(3)と述べている。それに、黄遵憲の『日本国志』にも「然漢籍初来時、僅令王子・大臣受学、第行于官府而已。(中略)日本之伝漢籍、有漢音、有呉音」(4)など「漢籍」の用例が多数みつかる。

ところで、この舶来の「漢籍」はいったん中国の土壌に種を落とすと、たちまち根を張り、芽を吹き、すくすくと成長する。「所変われば品変わる」という通り、日本伝来の新しい「漢籍」の概念は中国の風土になじみながら「変異」を起こし、新たな様相を呈するようになった。つまり、日本の「漢籍」に縛られず、独自な意味合いを生起させるのである。

姚文棟の言う「漢籍」は「西学」の書物に対して東洋の書物を指し、章太炎の「漢籍」に関する議論も「彼論歐洲之文、則自可爾、而復持此以論漢文。吾漢人之不知文者、又取其言以相矜式、則未知漢文之所以為漢文也」とある前文につづいて発している。これも「西学」とかかわっていて、日本の「漢籍」の焼き増しでないことは明らかである。

清末の知識人らは「漢籍」という用語を、それを育んだ日本のコンテクストと切り離して、「漢籍＝中国の典籍」の意味合いだけを汲み取って受けいれたわけである。したがって、中国文脈に発生した「漢籍」と日本文脈から生起した「漢籍」との衝突と融合が清末の中国で繰りひろげられたわけである。

むすびに

その結果として、古代漢語の遺伝子を継承しつつ、日本語彙の血筋を取りいれた新しい「漢籍」という学術概念が現代漢語として東アジア世界に誕生した。それは、王朝(漢代)に限定した中国古来の語彙でもなければ、仏書や和書などを排除した日本の熟語でもなく、著作者の国籍を問わず、漢文で書かれたすべての書籍――経史子集はもちろんのこと、簡帛・碑刻・尺牘・図賛・筆談などを含んだ雄大な概念へと成長しつつあるのである。

今や各国の研究者から注目されている「域外漢籍」について、論者はそれぞれに定義して研究対象を決め、いささか混乱を招いているのが現状のようである。漢籍は中華文明の結晶であるという視点から考えれば、いわゆる「域外漢籍」とは中国以外の人々による精神の発露であると定義すべきであろう。それらの漢籍は中国文化の刺激を受けての文化創造であり、東アジア世界に築かれた「和而不同」の独特な文明景観であるといえよう。

注

（1）張震沢著『揚雄集校註』（上海古籍出版社、一九九三年）二七〇頁。

（2）姚文楝『答東洋近出古書問』（鄭振鐸編『晩清文選』中巻所収、中国社科出版社、二〇〇二年）四二五―四二六頁。

（3）章絳（章太炎）『文学略論』（鄭振鐸編『晩清文選』中巻所収、中国社科出版社、二〇〇二年）三九二頁。

（4）黄遵憲『日本国志』巻三十二（学術志一「漢学」浙江書局重刊本、一八九四年）。

付記 本稿は浙江省社科規劃重點課題「東亞筆談文獻研究（中日編）」（課題号：14JDDY01Z）による成果の一部である。

宇陀地域の生活・生業と上宮王家

――菟田諸石を手がかりとして

新川登亀男

本稿は、『日本書紀』に記録された上宮王家の「近習者」菟田諸石を手がかりにして、上宮王家がどのような生産・消費生活を送っていたのか。また、その実生活上の環境と上宮王家の信仰とが、いかなる関係にあったのかを考察する。

しんかわ・ときお――早稲田大学文学学術院教授。専門は日本古代史、アジア地域文化学。主な著書・論文に『日本古代の儀礼と表現』（吉川弘文館、一九九九年）、『漢字文化の成り立ちと展開』（山川出版社、二〇〇二年）、「文字の伝来」（石井正敏ほか編『日本の対外関係Ⅰ　東アジア世界の成立』吉川弘文館、二〇一〇年）、『日本「文」学史第一冊「文」の環境――「文学」以前』（共編、勉誠出版、二〇一五年）などがある。

はじめに

皇極二年（六四三）のいわゆる上宮王家襲撃・滅亡事件については、『日本書紀』に詳細な記事があり、皇位継承問題や政治史・政争史の観点からしばしば取り上げられてきた。しかし、私たちは、この稀有な記事を、どれほど読み解いてきたのだろうか。何を読み捨ててきたのだろうか。

そもそも、『日本書紀』皇極二年十一月丙子朔条の当該記事には、見落としてはならない点が少なくとも三つある。第一は、山背大兄王らに最期まで従った人々、つまり「斑鳩宮」の「近習者」（舒明即位前紀参照）たちの姓もしくは名が具体的に書き残されていることである。それは、「奴三成」、「三輪文屋君」、「舎人田目連（及其女）」、「菟田諸石」、「伊勢阿部堅経」（東洋文庫蔵岩崎本による。他は「伊勢阿部堅経」）らである。いずれも他にはみられない稀少な人物記録と言える。彼ら（一部彼女）は、平時なら歴史の記録にのぼらず、異常時であるがゆえに記録に残された人たちであった。そして、山背大兄王らの、いわゆる上宮王家が、どのような人々によって、命を賭してまで強く支えられていたのかを教唆してくれる。要するに、これらの人々は、かの上宮王家晩期の奥深い日常性や、底深い基盤の一端を垣間見させてくれるのである。

第二は、「斑鳩寺」における上宮王家自尽のくだりである。これは、一部の「近習者」が再起・反撃・勝利策を進言したにもかかわらず、山背大兄王らが自ら選択した行為とされているが、その時の理由や天文異変現象には潤色のほどがうかがえる。しかし、この箇所は、当該条の過半を占めており、編纂過程において重要視された内容とみられる。つまり、第一の現実的な記述からの飛躍として一見受け取られるのであるが、これは一体、どのような関係にあるのだろうか。当該条は、この関係性によって成り立っているのである。要するに、歴史の事実と歴史の記述との複雑な関係を考えさせることになる。

第三は、不可解な「謡」（「童謡」）とその解釈が付記されていることである。これも、当該期や当該事件の実態を読み解く鍵になると思われる。

少なくとも、以上、三点とその関係性が明らかにならない限り、この記事を読んだことにはならないであろう。しかし、その基盤的な解明を、ここで全面的に展開することはできない。今は、そのわずかな一局面として、いわゆる上宮王家晩期の「近習者」の一人である菟田諸石を手がかりに、山背大兄王らの日常的な基盤の一端を掘り起こしてみたい。

一、宇陀地域の生業環境

山背大兄王の「近習者」である菟田諸石は、上述のとおり他に記録がない。菟田氏（大和国の宇陀地域の集団名として称する場合も含む）自体も、『日本書紀』にはほとんど登場することがないのであるが、菟田諸石の当該記事以外、わずかに以下の例がみえる。それは、①菟田主水部の遠祖伝承（神武二年二月乙巳条）、②厨人菟田御戸部の宍人部伝承（雄略二年十月丙子条）、③古人大市皇子（古人大兄）を討つために中大兄王が派遣した兵将のひとり菟田朴室古（大化元年九月丁丑条）の各記事である。なお、『日本書紀』は「菟田」という表記に統一しているが、史料引用や特別な場合を除いて、今は「宇陀」と記しておく。

一方、『古事記』にも、後述のようにわずかに登場するが、たとえば「菟田首等之女、名大魚」（清寧段）の場合は、「首」呼称が付されている。ただし、「等」の解釈には検討の余地があろう。また、『新撰姓氏録』河内皇別の難波忌寸条には、「兎田墨坂」付近で求められた「乳母」の「兎田弟原媛」がみえる。

しかし、ここでは、まずもって、既掲の三例①②③を主な手掛かりにして、菟田諸石の生活・生業環境を推し量ってみたい。まず①は、「菟田県之魁帥」である兄弟（兄滑・弟滑）のうち、弟滑が神武から「猛田邑」を給わって「猛田県主」となり、「菟田主水部」の祖になったとある。これと類同の記事が『古事記』神武段にもみえ、「弟宇迦斯」が「宇陀水取等」の祖になったという。

これによれば、大和国の宇陀地域出身の主水部・水取（水部とも）が、「樽水、饘（かたがゆ）、粥（しるがゆ）」そして「氷」（別に氷部・戸がいる）などを宮に提供していた時期があったことになる（職員令宮内省主水司条、同集解古記ほか）。なお、後宮職員令水司条および同集解古記では、「漿水（粟水）、雑粥」を後宮に提供し、東宮職員令主漿署条および同集解古記では、「饘、粥、漿水、菓子」などを東宮に提供するという。以上を総合的に参照してみるならば、宇陀地域の主水部・水取（水部とも）らは、水、粟水、各種の粥、菓子、そして氷などを宮室に提供する職務を負っていたものと思われる。

また、この職務に関連して、『古事記』景行段には「宇陀酒部」がみえる。職員令集解宮内省造酒司条によれば、酒部らが「酒、醴（甘酒・こさけ）、酢（からさけ）」を醸造し、倭国には九十の酒戸が定められたという（別記）。宇陀の酒部は、このような倭国の酒戸から出た酒部に相当するのであろうか。なお、後宮職員令集解酒司条は、女官が男官とともに各種の醸酒をおこなうといい（令釈）、東宮では主膳監が「炊司」と「酒司」とを兼務するという（東宮職員令集解古記）。また、『延喜式』造酒司にみえる「御井酒」を参照すると、宇陀郡の式内社である御井神社（現宇陀市榛原檜牧）と「宇陀酒部」との関係が想定できよう。

つぎの②は、「（皇太后の）厨人菟田御戸部真鋒田高天」の二人を雄略の「宍人部」として貢進したという伝承である。この二人の名の区別や、「御戸部」の意味は定かでないが、とにかく、宇陀地域出身の「厨人」が「宍人部」として宮に仕えたことを述べている。しかも、その職務は、狩猟で獲た「鳥獣」を「鮮」「宍膾」（なます）にして提供するというものであり、そのためには特殊な技能が求められたとされる。のち、このような宍人部は、宮内省大膳職の膳部に取り込まれた例がある（大日古二十五の一三二）。

このような「厨人」「宍人部」を出した宇陀地域は、たしかに鳥獣類の捕獲を生業とするところがあった。たとえば、既掲の神武記・紀伝承によると、宇陀地域では「機」「押機」を仕掛けて獣類を捕え、罠（網など）を張って鳥類を捕獲することがおこなわれており、「牛酒」や「酒宍」をもって饗することもあったもようである（「牛酒」は疑わしい）。[1] また、雄略十一年十月条には、「菟田人狗」が「鳥官之禽」をかみ殺したとある。この記事は、宇陀地域（出身）の人が狗を使って狩猟をしていたことを示唆していよう。あるいは、鳥や狗と身近に接する「菟田人」の生業環境を物語るであろう。

さらに③は、宮や王に奉仕する兵力を宇陀地域が提供していたことを物語っている。それは、鳥獣類の捕獲方法に長けていたこととも無縁ではあるまい。加えて、上述のことと関連するが、宇陀地域は狩猟の場でもあった。早くは、「菟田野」で隊列を組んだ「薬猟」がおこなわれており（推古十九年五月五日条など）、やがて「安騎野」（阿騎乃野・阿騎乃大野）あるいは「宇陁乃大野」などと称される野は著名な狩猟の場となった（『万葉集』一の四十五―四十九、同二の一九一など）。

いわゆる壬申の乱において、吉野から東国に向かった大海人皇子たちは「菟田吾城」に至り、「甘羅村」を経て「菟田郡家」から「大野」へ向かったとされる（天武元年六月甲申是日条）。この行軍を契機にして、その後、「菟田吾城」（「安騎」「阿騎」）野で狩猟が展開されたのである。

このように、宇陀地域の野のうちで、少なくとも推古朝から狩猟（薬猟を含む）がおこなわれていたことは間違いない。かの大海人皇子たちが宇陀地域を通過中、大伴朴本連大国を首領とする「猟者廿余人」が参軍したというのも、その証左となろう。のちに至っても、「大和国宇陀野」は「臂鷹従禽之地」と言われ、「入猟」禁野とされている（『日本三代実録』貞観二年十一月三日己卯条、同元慶七年三月十三日己卯条）。

一方、大海人皇子たちは、「湯沐之米」を運ぶ「伊勢国駄五十匹」と「菟田郡家」周辺で遭遇したというから、馬の活用も珍しくなかった。ただ、その「駄」は、伊勢国の運輸用の馬とされており、狩猟で用いられる馬の例ではない。しかし、さきの壬申紀が伝えるように、運輸用の駄馬と、人を乗せる馬とには互換性がある。また、「菟田郡家」付近にあった「肥伊牧」が延暦十八年（七九九）に停止されているから（『日本後紀』同年七月庚午条）、これ以前、宇陀地域に牧が置かれ、「菟田郡家」を基点にして馬が活用されていたことになる。事実、天平九年（七三七）の二条大路木簡から、「宇太御厩」の存在が知られるのである。[2]

さらに、このような「御厩」は馬を飼育し、提供するだけではなかった。[3] 上記の木簡によると、その「御厩」からは「莪」や「御箸竹」が進上されている。「莪」とは、「よもぎ」に似た「よなめ」の古名であり、「おはぎ」「うはぎ」と言われた野生の蔬菜類であるとされる。[4]「箸竹」とは、箸を作る竹のことである。「箸竹」については、さかのぼって長屋王木簡にもみえる。[5] また、別の長屋王木簡には「宇太御□□」とあるが、[6] もし、これが「宇太御厩」であるならば、高市皇子時代から宇陀地域に「御厩」が置かれ、「箸竹」などを宮(のち奈良宮：長屋王邸)に提供していた可能性もあろうか。

しかし、ここであらたに注目されるのは、宇陀地域から、水や水を用いた各種の飲食物、鳥獣類、馬(兵力・運輸用)などが提供されるだけでなく、蔬菜類やその他の植物なども採取されていたことである。そこでつぎに、上記の①②③の特徴に準じて、これを④の特徴として取り上げたい。

二、押坂(忍坂)直と宇陀地域の植物(食物)採取

④の特徴に関しては、上宮王家襲撃・滅亡事件前後の事柄として伝えられる『日本書紀』皇極三年三月条が、まずもって注目される。

かの皇極三年三月条によると、「菟田郡人押坂直」が、ひとりの「童子」をともなって「菟田山」に登った。そこで、「四町許」に繁茂している「高六寸余」の「紫菌」が積雪から抜き出ているのを発見した。その正体を知るものはなく、「毒物」ではないかと疑った者もいたが、「押坂直」と「童子」は、これを煮て食べた。それは、大いに「気味」であった。その後、「押坂直」と「童子」は、この稀有な「菌羹」を食したことにより、「無病而寿」とされる。これについて、ある人が言うには、その「菌」が実は「芝草」であったのだろう、と。天武八年是年条の「芝草」貢進記事にも、「芝草」と「菌」とが似ているとあるが、その形状は、「茎長二尺、其蓋二囲」であったという。

ここに、いくつか留意すべきことがある。まず、登場する押坂直(名は欠)は倭漢氏の一族であり、のちの忍坂忌寸である(天武十一年五月甲辰条、同十四年六月甲午条、「坂上系図」所引「姓氏録」逸文)。宇陀地域における押坂直(のち忍坂忌寸)については、他に「大倭国宇陁郡笠間郷戸主」の忍坂忌寸乙万呂が知られている(天平二十年四月二五日付写書所解/大日古三の七十九、同案/大日古十の二六五)。また、天平十年代に忍坂墨坂という人物もいるが(経師等行事手実/大日古七の一二八以下)、もし、墨坂という名が宇陀の「墨坂(神)」(前掲、神武即位前紀九月条、崇神九年三月戊寅条、雄略七年七月丙子条以下)に由来しているとすれば、彼も宇陀地域の出身となる。

しかし、かの押坂直(忍坂直。のち忌寸)のウジ名は、のちの大和国城上郡忍坂郷の地名(現桜井市忍阪)にもとづくものである。一方、宇陀郡の笠間郷は、現榛原町笠間がその遺

称地とみられるが、この両地は近接している。そうすると、上宮王家襲撃・滅亡事件のころには、すでに押坂直（のち忍坂忌寸）が、城上郡忍坂郷の地域から宇陀郡笠間郷の地域に入っていたことになる。あるいは、両地域の往来は頻繁であったとみてよい。

また、さきの「大倭国宇陁郡笠間郷戸主」忍坂忌寸乙万呂の戸口に子部連乙万呂がいる（前掲ほか）。この子部（連）には、のち大和国城上郡擬主帳や擬大領をつとめる者があらわれてくる（仁和三年七月七日付永原利行家地売券案、寛平三年四月十九日付大神郷長解写／平安遺文一の二一三、二一五／いずれも唐招提寺文書・正親町文書）。さらに、大和国十市郡の式内社に子部神社がある。この神社は、かつて百済大寺（のち大安寺）の創建時（舒明末年）、十市郡の百済川のほとりにあって、近在に位置する同寺の堂塔を焼失させたと伝えられる子部社・子部大神にあたる（天平十九年の大安寺伽藍縁起幷流記資財帳、『日本三代実録』元慶四年十月二十日条など）。

今、これらを参照すると、宇陀郡笠間郷の地に居住するようになった忍坂直（忌寸）は、城上郡忍坂郷の地周辺に拠地をおく子部連らとともに地縁集団を形成して移動したものと思われる。あるいは、宇陀郡笠間郷の地と、忍坂郷を含む城上郡の地との緊密な交流を物語るであろう。

ただ、百済大寺の近くにあった子部神社は、城上郡域と異なる十市郡域の百済川近在に位置している。現在、百済大寺は吉備池廃寺に、百済川は米川流路にあたるとされており(7)、かの子部神社は、城上郡忍坂郷域を流れる後述の「忍坂川」（現寺川上流）とは異なる河川流域に存在していたことになる。しかし、吉備池廃寺（百済大寺）が米川（百済川）に近い位置にあったとしても、その米川（百済川）と寺川（忍坂川。分流もある）との間にはさまれたところに同寺は建立されている。その東方に「カウベ」「コヲベ」、北側の小丘陵に「高部」という小字名が残っており、これらの小字名が子部神社の痕跡を伝えたものとすれば、たしかに米川（百済川）のほうに近いとは言え、寺川（忍坂川。分流もある）にも容易に向かえる位置にある。ちなみに、「大和国十市郡刑坂川」とも言われており（『新撰姓氏録』左京神別下の竹田川辺連条）、「刑坂川」とは忍坂川（寺川）のことであるから、かの忍坂川（寺川）は城上郡域と十市郡域とをまたいで流れていくのである。

したがって、宇陀郡笠間郷の地の忍坂直（忌寸）は、十市郡の地にある子部神社周辺や、城上郡忍坂郷の地周辺に及ぶ地縁的結び付きを基盤にして生活していたものとみられる。しかし、それは単なる地縁の集団社会ではなく、舒明の父であり、皇極の祖父である押坂彦人大兄皇子（忍坂日子人太子）

（敏達記、敏達四年正月甲子条など）が生まれ育ち、居所とした忍坂宮（隅田八幡宮鏡銘では「意柴沙加宮」）との関係も考慮すべきであろう。すなわち、渡来氏族の忍坂直（忌寸）と、殿部の負名氏である子部連（『日本三代実録』元慶六年十二月二十五日条など）とは、ともに忍坂宮に出仕して連帯を深めていたに違いない。この関係は、子部神社に近い百済大寺や百済宮の造営にも継承されていた可能性がある（舒明十一年七月条など）。

ちなみに、押坂彦人大兄皇子（忍坂日子人太子）の父は敏達であるが、母は息長真手王の娘：広姫（比呂比売）である（前掲記紀）。そして、子の舒明は死後、「息長足日広額天皇」と称され、「押坂陵」に埋葬（改葬）された。殯では、息長山田公が日嗣を誄したという（皇極元年十二月甲午・乙未条、同二年九月壬午条など）。

ここに度々登場する息長氏の本拠地が近江国坂田郡の地にあり、忍坂宮とのかかわりが深いことは周知のとおりである。(8)事実、そのことを証すかのように、忍坂直（忌寸）は近江国でも活動している。(9)たとえば、壬申の乱で近江側についた忍坂直大摩侶（大麻呂）がおり（天武元年六月条）、また、のち近江国の記事として、坂田郡などの封戸祖米を造東大寺司や造石山寺所に宛てる業務に携わった忍坂忌寸麻呂も知られている（天平宝字六年四月八日付近江国符案／大日古五の二〇九、同十五の一八八。同年五月一日付同国符案／大日古十五の一九七）。

以上のことを踏まえると、宇陀地域の山野（笠間郷など）で植物（食物）採取・摂取をおこなう押坂直（忍坂直）は、近接する城上郡忍坂郷域の押坂直（忍坂直）や、十市郡子部神社近在の子部連らがともに忍坂宮に出仕することで連帯を深めた、いわば忍坂宮地縁集団に基盤をおくものであったと言える。そして、それを結ぶ交通路として考えられるのは、まず、粟原寺鑪盤銘にみえる「忍坂川」沿いである。この「忍坂川」は、粟原寺域の北限を流れる寺川の上流（支流）：粟原川であり、宇陀郡境に水源をもつ。いまひとつは、持統九年十月乙酉条以下にみえる「菟田吉隠」（のち城上郡、現桜井市）を経る道であり、それは初瀬川上流の吉隠沿いとなる。

そうすると、山背大兄王の「近習者」である菟田諸石と、上述してきた同時代の忍坂宮地縁集団である押坂直とは、同じ宇陀地域を拠地としながらも、ある種の緊張関係にあったのではないかと思えてくる。しかし、それが対立なのか、競合なのか、すみ分けなのかは微妙な問題である。宇陀地域が広大であることも、考慮される。ただ、少なくとも、斑鳩宮や忍坂宮のような諸宮の経営にとって、それぞれ宇陀地域の生活・生業環境が必要であったとは言えるであろう。とくに

「菟田（首）」集団の場合、既掲のように平群臣が加わる歌垣に「菟田首等之女、大魚」がいたとされ、また、「兎田墨坂」近在出身の「乳母」（兎田弟原媛）伝承があることからみて、宇陀地域の小首長集団（女性を含む）と諸宮との関係には緊密なものがあったのである。

加えて、吉備池廃寺（百済大寺）と斑鳩の若草伽藍（法隆寺の前身）との関係も注目に値する。吉備池廃寺の伽藍配置は、やがて再建法隆寺の伽藍配置へと展開するが、そもそも、若草伽藍の軒平瓦213Bの型が、吉備池廃寺創建期の軒平瓦IA・IB（忍冬唐草文）に転用されていることは留意してよい。施文手法や製作技法に差異がみられるので、瓦工がそのまま移動したとは考えられないが、山背大兄王の上宮王家が、舒明朝末年・皇極朝初年における百済大寺の創建に協力した可能性が指摘されている。(10)

もし、そうであれば、忍坂宮を有力な拠点にする政治社会集団が積極的に創建した百済大寺は、斑鳩宮や若草伽藍と対立的な関係にあったとは必ずしも言えないことになる。もっとも、上宮王家襲撃・滅亡事件の直後に件の瓦の型が転用されたとすれば、事態は異なることも考えられる。のちの法隆寺が十市郡居住ないし出身の奴婢（あるいは家人）に関する認定問題をかかえていることも、その経緯が問われてくるのである（天平十九年の法隆寺伽藍縁起幷流記資財帳）。

しかし、いずれにせよ、皇極三年三月条や、山背大兄王の「近習者」菟田諸石の記事は、上宮王家襲撃・滅亡事件の前後、宇陀地域で植物（食物）採取と摂取が日常的におこなわれており、それは、諸宮や諸寺の経営ないし活動・維持に貢献していたことを想起させる。そして、これらの記録が『日本書紀』に残ったという事実こそが、その証しであったと言える。

三、宇陀地域の漆部

つぎに注目したいのは、上宮王家襲撃・滅亡事件の少し後という設定のもとに語られている『日本霊異記』上の十三縁である。この伝承は、宇陀地域における上述のような植物（食物）採取と摂取の日常性のみならず、その日常性に付加された解釈、さらには漆工との協業環境をも物語っている。

それによると、「大倭国宇太郡漆部里」に住む「漆部造麿」の「妾」が、貧困のなかで「日々沐浴潔身」などの文字通り清貧な生活を送りながら、七人の子供たちを育てていた。「野」に赴いては「採草」「採菜」し、食を整えていたが、それはあたかも「天上客」のようであった。「難破長柄豊前宮時、甲寅年」（六五四、白雉五）の春、「野」で「採菜」している時、彼女は「仙草」を食して「天」に「飛」んで行った。これは、「風流」によって「神仙濊応」「仙薬濊応」したものである、と。

たしかに、宇陀郡には漆部郷が存在する。[11] その範囲は明確でないが、のちの延久二年九月二十日付興福寺大和国雑役免坪付帳には、石田庄のうちとして「漆戸里将軍三反」以下の「将軍」呼称の土地がみえる（『平安遺文』九の三六二一）。この「将軍」呼称が、「壬申年将軍」と記された文祢麻呂忌寸墓誌の出土地（榛原町八滝）とかかわりがあるとすれば、漆部郷の地は、一応、現榛原町石田の地を中心として、東方の八滝の地などにも及んでいたものと思われる。河川としては、芳野川が注目される。[12]

しかし、いずれにせよ、既述の押坂直（のち忍坂忌寸）らが「採草」「採菜」する地域（笠間郷周辺）と、漆部造集団が「採草」「採菜」する地域（漆部郷周辺）とは異なる山野であった。ただ、両者は、ほぼ同時期の出来事として伝えられており、宇陀地域の処々の山野において、それぞれの社会集団が広く「採草」「採菜」をおこなっていたことは確かである。

では、『日本霊異記』上の十三縁が伝える特徴はどこにあるのか。まず、件の漆部集団も、既述の押坂直（のち忍坂忌寸）や菟田諸石らと同じように、諸宮、諸寺その他との結び付きが想定できる。おそらく、「漆部造麿」が諸宮、諸寺その他において漆工の技能を提供し、その「妾」が常時在地にあって「採草」「採菜」をおこない、子供たちを育てていたのであろう。

たとえば、『日本書紀』によると、漆部造兄は物部守屋大連の別業に近侍していた（用明二年四月丙午条）。一方、「弓箭・皮楯」をもった大伴毗羅夫連（軍）は、蘇我馬子大臣の家を守護して物部守屋大連（軍）の挙兵に備えたとされる（用明二年四月丙午条）。ここにみえる「皮楯」には漆が使用されていたはずであり、[13] 大連に従う漆部造兄の存在と合わせて考えるならば、大臣も大連も共通して、漆部や漆工に依存していたと言える。

また、漆部友背は大津皇子に付き従っている（天武元年六月丙戌条）。さらに、「倭武皇子」が「阿貴山」で遊猟していた時、「木汁黒美」なる漆の活用方法を「舎人」の「石床足尼」が皇子に教え、ために彼は「漆部官」に任じられたという伝承がある（『伊呂波字類抄』五字部桼に引かれた「本朝事始」）。これも、漆部が皇子のいわば「近習者」であったことを示唆していよう。

漆（液）は、人為的に育てられた漆樹（ウルシノキ）から採取され、塗料や接着剤として多岐にわたって活用された。さきの『本朝事始』が伝えるように、「干」（盾）にも塗られ、さらに「翫好之物」に幅広く用いられた。また、その付加価値も大きい[14]。

かの上宮王家周辺では、法隆寺の若草伽藍から七世紀前半の各種須恵器が大量に出土し、そこには漆が付着したものがある。漆を運搬した容器であったとみられている[15]。また、七世紀中葉の作とされる法隆寺玉虫厨子は、全面に漆（黒色）が塗られている[16]。さらに、いわゆる聖徳太子墓と伝えられる河内磯長墓の実検によると、三棺のうちの二棺（伝：太子と妃）は「布張黒漆ノ箱」を想起させる、いわば夾紵棺であったという[17]。ただし、これについては制作年代も含めて確定的ではない。ちなみに、法隆寺近在の終末期古墳（七世紀中葉か）である竜田御坊山三号墳は漆塗陶棺である[18]。

以上のほか、天平十九年の法隆寺伽藍縁起幷流記資財帳は、漆を用いた製品を記載している。それは、仏分の「塞鉢」、仏分・法分・聖僧分の「漆涅机」（養老六年施納）、仏分・法分の「漆涅筥」（養老六年、天平元年、同六年施納）、通分の「牒子」である。このうち、「塞鉢」の「塞」は「[illegible]」「即」なども記され、天平十九年の大安寺伽藍縁起幷流記資財帳が近江朝（天智朝）およびそれ以後の施納と伝える各種の「即」像と同じく夾紵（乾漆）の技法による。もし、法隆寺の「塞鉢」が献納宝物に該当するならば奈良時代の作とみられている[19]。また、「牒子」は、『日本霊異記』中の三十四縁や既掲の大安寺伽藍縁起幷流記資財帳にもみえ、金属製品の食器とならぶ高級な「うるしぬりのさら」である（『箋注倭名類聚抄』四「畳子」の和名など）。しかし、この資財帳に記載された漆製品は、ほとんどが、あるいは、すべてが八世紀の作となる。

くだって、天平宝字五年のいわゆる法隆寺東院資財帳（仏経幷資財条）は、「横座漆机」、「漆涅」の獣尾、「漆塗机」、「漆塗香水器」をあげる。このうち、前二者は、いわゆる聖徳太子の持物とされ、後二者は天平十四年の施納とされている。この資財帳の記載をそのまま信用すれば、前二者が上宮王家襲撃・滅亡事件以前からの漆製品ということになるが、ただちに信じられないことは言うまでもない。

このようにみてくると、法隆寺の二種の資財帳には、七世紀前半や初めにまで遡り得る漆製品は、ほとんど登載されていないことが分かる。しかし、若草伽藍の時代に、あるいはその前後に、諸宮・寺、あるいは諸豪族のもとに漆が運ばれ、さまざまに活用されていたことは疑いない。上宮王家の場合、菟田諸石がその媒介を果たし得たであろう。

一方、難波宮下層遺跡ないし前期難波宮跡からは、漆が付着した土器や漆容器が出土している。(20)また、『日本書紀』大化三年是歳条の冠位十三階制（翌年四月辛亥朔条は施行記事）によると、それぞれの冠の背には「漆羅」を張ることが定められた。のち、天武十一年六月丁卯条では、一律に「漆紗冠」の着用を指示し、位冠制の廃止を打ち出している（『続日本紀』大宝元年三月甲午条では「漆冠」）。

今、このような推移を考慮すると、孝徳朝ないし前期難波宮期の新冠位制施行にともない、漆の需要が急速に高まったことが予想される。そこで留意されるのは、大化二年三月甲申条詔のいわゆる薄葬令で「棺漆際会三過」（棺の接続箇所に漆を塗るのは三年に一度とせよ）と言われていることである。この文は、たしかに『魏志』文帝紀二黄初三年十月甲子条制による潤色であるに違いないが、新冠位制などによる漆の活用増大を踏まえて、その節約の一面を促す意図があったことに由来する作文であった可能性もある。

そうすると、かの『日本霊異記』上の十三縁が、「難破長柄豊前宮時、甲寅年」（六五四、白雉五）の出来事とされているのも一考に値しよう。なぜなら、当該期は、造宮・寺も加わって、漆の活用がにわかに高まり、漆にかかわる出来事に対して、以前よりも関心が集まっていたものと思われるからである。加えて、甲寅年（六五四）には、孝徳も亡くなった。『日本霊異記』上の十三縁が記録されて残ったのも、このような歴史的な背景によるものと推測したい。

以上のように推考すると、『日本霊異記』上の十三縁は、孝徳朝や前期難波宮以前における宇陀地域の「採草」「採菜」生活と漆工との協業関係（男女・家関係も含む）を伝えるとともに、甲寅年（白雉五）段階の漆生産・活用増大にも符合する内容をもつものであったと言える。それは、また、菟田諸石を必要とし、介在とした上宮王家と宇陀地域の生業との関係を想起させずにはいない。

ところが、『日本霊異記』上の十三縁における主人公の死を「仙薬感応」「神仙感応」として解釈することが、甲寅年（白雉五）段階の事実であったのかは、また別の問題になる。加えて、なぜ、そのような解釈譚が生まれるのかも問題である。

四、「芝草」「仙草」譚の出現と「菌」

上述のように、『日本書紀』皇極三年三月条と『日本霊異記』上の十三縁との間には、時期や地域、そして生活・生業などの事柄において共通点ないし近似したところが多く認められる。しかし、ここで逸してならないのは、両者ともに植物（食物）採取を基盤として、「芝草」「仙草」への認識が特記されていることである。

あらためて確認すれば、まず、皇極三年三月条の場合、新発見された「紫菌」が「毒物」なのか否かとされるなかで、それを「羹」にして食した結果、「無病而寿」という。つまり無病長寿を全うしたというのであるが、これについて「或人」の意見を載せ、「蓋、俗不知芝草、而妄言菌乎」と付記している。ついで、『日本霊異記』上の十三縁の場合は、「風流」を好む主人公が「仙草」（「仙薬」）を食し、それに感応して「飛天」したとされる。

ここで問題視されている「芝草」ないし「仙草」について、若干の参照例を上げておきたい。たとえば、『論衡』験符篇によると、「芝生於土、土気和、故芝生土」とも「芝草延年、仙者所食」ともいう。つまり、「芝草」の出現は、「土」の「和」ないし豊穣を証すものであり、かつ不老長寿の食物であるともみられていた。さらに、『孫氏瑞応図』は「王者慈仁、則芝草生、食之、令人延年」、『孝経援神契』は「王者徳至、於草木、則芝草生」と説いている（以上、『太平御覧』八七三休徴部二「芝」による）。ここでは、「芝草」が王者の「慈仁」や「徳」を証すものとされているが、長寿をもたらすものであるとの認識は変わらない。

以上の例によれば、「芝草」にはふたつの特徴が見出せる。ひとつは、「延年」つまり不老長寿への効能である。もうひとつは、「徳」や「慈仁」のある王者出現の証しである。後者については、『説文解字』が「芝」を「神草」とし、『爾雅』釈草では郭璞が「茵芝」（「茵」と「菌」は異なる字）について「芝、一歳三華瑞草」と注している。つまり、「芝」草は「瑞草」であり瑞祥であるというのである。

今、この「瑞草」の側面に注意すれば、皇極三年三月条の前後に、いわゆる「瑞」にかかわる記事が多いこととも無関係ではあるまい。なぜなら、皇極三年三月条は、忍坂宮地縁集団の展開の一端として記録に残されたと同時に、『日本書紀』編纂過程において、忍坂宮系の皇位継承を支持する意識を反映させたものとみることが可能になるからである。

一方、「芝草」が「延年」効果をもたらすという特徴については、藤原宮・京時代に用いられた陶弘景撰の『本草経集注』が注目される。[21] このテキストは「仙草」の項目を立てていないが、「芝」については立項している（巻三草木上）。それは、「青芝」（一名、龍芝）、「赤芝」（一名、丹芝）、「黄芝」（一名、金芝）、「白芝」（一名、玉芝）、「黒芝」（一名、玄芝）、「紫芝」（一名、木芝）の「六芝」である。いずれも「無毒」であり、「六月・八月」に採取するという。そして、服すると「不老延年神仙」の効果があると説く（「紫芝」のみ「神仙」の語を欠く）。また、陶弘景は、これに付注して、「此六芝、皆仙草之類、俗所稀見、其種族甚多」とも、「今俗所用紫芝、此是、朽樹木株上所生、状如木檽、名為紫芝」とも述べている。

この陶弘景の注によると、「六芝」は「仙草」の類であるというから、「芝草」と「仙草」は同義となる。あるいは、「仙草」の一種が「芝草」であるとされた。しかし、「六芝」とは言っても、それは稀有にして、かつ多種多様であるとも言われている。ただ、そのなかで、一般に用いられているのは、朽ちた樹木の株のほとりに生育しているものであり、それを「紫芝」と呼ぶ。形状は「木檽」に似ており、「木芝」とも称されているという。

ここにおいて、皇極三年三月条の「芝草」と、『日本霊異記』上の十三縁の「仙草」とが結びつく認識や解釈に出会うことができる。しかし、「芝草」とは、さきの『本草経集注』の説明や、『日本霊異記』中序における「芝草」と「金沙」との対比からみても、唯一特定の植物をさす固有名ではない。強いて特定すれば、「紫芝」（木芝）が「芝」草類の代表となり、皇極三年三月条の「紫菌」にあたるかのようであるが、「紫芝」の生長環境と、「紫菌」のそれとは同じでない。また、既述の天武八年是年条の「芝草」の形状と、皇極三年三月条の「紫菌」の形状も異なっている。

したがって、「紫菌」が「紫芝」をさすとは到底言えない。そこで、あらためて皇極三年三月条と天武八年是年条とを比較してみると、最初に「菌」としての各種個別的な認識や理解があり、それらを束ねて、あるいは、それらの一部を選んで「芝草」という概念を上乗せしたことになる。そうすると、「芝草」とは、やはり特定の草名ではなく、概念化された分類名になる。また、その分類概念化にあたり、「延年」効果をもたらす「無毒」（毒性が薄いことも含む）の「菌」類を「芝草」に組み込むことがおこなわれ、ために「仙草」とも呼ばれたことになる。

この過程や回路で、道家の陶弘景が撰した『本草経集注』が、一部貢献したことは考えられる。しかし、『本草経集注』に「紫菌」の項目はなく、後続の『新修本草』にもみられない。(22)また、別に論じる予定であるが、そもそも「菌」類の立項すら極めて乏しく、ないに等しい。したがって、「紫菌」や「菌」類に関する認識や理解は、『本草経集注』や『神農本草経』の系譜に導かれたものではない。あくまで、「芝」に関する「不老延年神仙」の認識や理解の導入に限って、『本草経集注』や『神農本草経』の系譜が貢献し得たということである。

この点は、皇極三年三月条の「芝草」認識が、「菌」の認知記事よりも後続的な付加記事として現れていることともかかわってくる。これに比して、天武八年是年条では、「芝草」認識が主体となっており、その背後に「菌」の認知が追いやられている。つまり、「菌」と「芝」との認識・認知において、その優先をめぐる逆転現象が起きているのである。このことは、天武八年（六七九）段階ないし七世紀後末期になって、ようやく「芝草」認識が浮上してきたことを示唆している。しかし、それでもなお、「菌」の認知が消え去ることはなく、依然として社会の基盤にあったことが天武八年是年条から分かるのである。

五、「芝草」「仙草」譚の矛盾と回路

ところが、さらに残された問題がある。なぜなら、「芝草」が「仙草」であるとすれば、皇極三年三月条と、『日本霊異記』上の十三縁との間に不可解な矛盾が見て取れるからである。

すなわち、『日本霊異記』上の十三縁の主人公は、「仙草」を食して「天」に飛び去ったとされており、いわゆる不老長寿を遂げたわけではない。むしろ逆に、主人公の彼女は、「仙草」ならぬ毒草を誤食して亡くなったのか、何らかの原因による病死（衰弱死なども含む）であったのが事実か現実に近いであろう。毒草の誤食については、皇極三年三月条にも、その日常性と恐怖ぶりがよく伝えられているのである。

ところが一方、かの皇極三年三月条では、「紫菌」（芝草）を食したことによって、長寿をもたらしたことが強調されている。要するに、同じ「芝草」「仙草」譚でも、長寿を遂げない中途の死（非長寿の死）と、長寿を遂げた生（死）とに二分され、しかも、それぞれが等しく「芝草」や「仙草」の効能によるものとされているのである。この奇妙な矛盾を、いかに了解すべきであろうか。

もっとも、奇妙な矛盾を想定するまえに、両者の差異に注目すべきかもしれない。まず、皇極三年三月条は、「芝草」認識を追記するが、「仙草」（仙薬）とは言っていない。また、現実社会での無病長寿は強調されているが、「飛天」や「神仙」の観念に及ぶ記事ではない。一方、『日本霊異記』上の十三縁の場合、「芝草」とも「菌」とも記されていない。ひたすら「仙草」（仙薬）とのみ言われており、「神仙」や「飛天」「飛於天」とされ、「天上客」を全うした（終えた）かのように語られている。この違いは、皇極三年三月条が不老長寿を、『日本霊異記』上の十三縁が不老不死を述べていると

理解することができよう。そうであれば、古代日本において も、不老長寿と不老不死とのふたつの観念が生まれ、かつ区別されていったことを物語ることになる。

たしかに、そのように理解できる余地はあろう。しかし、既掲の『本草経集注』にしたがえば、「芝」草と「仙草」は同義とみられており、「不老・延年・神仙」に特段の区別はないようである。ただ、これを「不老」⇒「延年」⇒「神仙」の段階論として読み解くならば、それぞれに区別があることになる。

今、かりに以上のような観念上の区別や差異を想定するとしても、皇極三年三月条と『日本霊異記』上の十三縁とが踏まえる事実や現実からそれは積み上がってきたものであり、その事実や現実をはじめに想定してみるのが順序であろう。そうすると、『日本霊異記』上の十三縁の場合は、既述のように不老長寿に至ることなく、生きている中途でにわかに死亡したことがモティーフになっているとみるのが自然である。場合によっては、「採草」「採菜」の過程で誤って毒草を食し、突然的な死に至ったことも充分に考えられる。それが、「神仙」「飛天」にすり替えられているのである。そこには、どのような回路があるのであろうか。

そもそも、宇陀地域の「菟田野」は、推古朝において「薬猟」がおこなわれたところであった。それ以降、食物としての植物採取が、宇陀地域の山野で拡大していく時期を迎えた可能性がある。それにともない、山野で生業の開発もすすんだものと思われるが、植物採取に関して言えば、毒草を含む多様な植物の属性に関心が注がれ、外来の不確実な本草知識も一部入ってきたであろう。その間、これらの多様な植物（毒草も含む）を採集し、かつ摂取していく過程のなかで、それら植物（食物）の属性と人々の生死との因果関係が体験上でも問われるようになったはずである。

つまり、様々な植物を採集し、選別し、摂取する人々のうち、長寿でない死を迎える人に対する解釈があらたに生まれてきた。あるいは逆に、長寿の人に対して、あらたな解釈が付与されていった。前者にみられる非長寿の死と、後者にみられる長寿（の死）とは、まったく背反する事態であるが、両者の死（生）に対する解釈には、「菌」類の認知経験を基盤としつつ、「芝草」や「仙草」の後付知識が動員されたものと思われる。

まず、食す植物の種類と、身体が物理的ないし可視的に長寿であることとの因果関係は経験上、比較的説明しやすい。それに連動して、どの種類の植物（食物）が「芝草」や「仙草」に当たるのかを特定化するのも、概して説明しやすい。

ところが、その「芝草」や「仙草」の範疇に入るかと思われる植物を食していたにもかかわらず、長寿を見知ることなく、中途で死を迎えた場合は、その死を説明することは極めて難しい。いわんや、植物採集と摂取に馴染んでいた人が、毒性の植物を口にしたことで急死した時は、なおさら、その説明が難しい。

そこで、長寿を遂げない中途の死を、あらたに長寿へと逆転させる回路（しくみ）が必要となる。すなわち、現実の物理的な死を、そのまま容認せず、さらに、長寿さえも超えた不老不死へと逆転させていく回路が、「天」への飛翔という形をかりて形成されていったのではないか。それは、「神仙」と命名される。

しかし、この回路は、不老長寿から不老不死への段階論を踏まえていたとは言えない。なぜなら、現実における中途の死が、不老不死へとにわかに逆転するのであり、むしろ、不老長寿の段階が欠落していることによって実現するものだからである。その意味では、不老長寿と不老不死とは、それぞれ異なる死の迎え方（あり方）に対して、想像ないし創造された解釈の差異であったとみられる。ただし、不老不死のほうは、不老長寿にくらべて、逆説的な転回をはらんだ回路に基づいている。

このような不老長寿と不老不死の想像・創造は、したがって、そこへ向かう回路に違いはあるが、ともに、「芝草」「仙草」の概念形成に依拠していることに変わりはない。加えて、宇陀地域の特殊性にも負っていよう。それは、推古朝に「菟田野」が「薬猟」の場として選ばれたことによくあらわれている。また、漆工にかかわる地域であったことも考慮されてよい。

おわりに

これまで、山背大兄王の「近習者」である菟田諸石の存在を手がかりにして、上宮王家（晩期）の日常的な基盤の一端を検討してきた。そして、宇陀地域の特徴的な生活・生業環境を確認した。それは、人々が生きていく上で欠かせない飲食類（水分、動植物など）の確保と提供。忍坂宮系地縁集団による開発。漆部や漆工との協業関係。植物（食物）採集・摂取から神仙観念への転回、などである。

このような宇陀地域の生活・生業環境は、上宮王家が存続するためにも必要不可欠な要因であったと思われる。その意味からして、菟田諸石が果たした役割はけっして小さくはあるまい。しかし、さらに他の「近習者」たちの存在と役割を追究することによって、菟田諸石と宇陀地域の役割を相対的に位置づけていくべきであろう。そして、その現実的な生活基盤と上宮王家に対する記述（信仰や意識などの記事）とが、いかなる関係にあるのかが問われなければならい。それは、後考に俟ちたい。

注

（1）「機」「押機」に関する狩猟方法と人間同士の戦闘との関係については、新川登亀男『日本古代史を生きた人々』四章「狩猟と戦いの作法」（大修館書店、二〇〇七年）を参照されたい。また、「牛酒」については、西嶋定生『中国古代帝国の形成と構造』四章「爵制的秩序の形成」（東京大学出版会、一九六一年）が論じており、中国における習俗の古典的表現に倣ったものとみられる。

（2）『平城宮発掘調査出土木簡概報』二二（奈良国立文化財研究所、一九九〇年）、『平城京木簡』三の五二二八（奈良文化財研究所、二〇〇六年）。

（3）天平勝宝六年十一月十一日付「知牧事吉野百島解」（大日古四の三十一）によると、牧に河があり、その周辺には「竹原」があって、「河辺竹葉」が採集されていた例がある。

（4）関根真隆『奈良朝食生活の研究』三章「奈良時代の食料素材（一）――植物性」（吉川弘文館、一九六九年）。

（5）『平城宮発掘調査出土木簡概報』二八（奈良国立文化財研究所、一九九三年）。なお、この竹については、畑中彩子「長屋王邸の『竹』――タケ進上木簡から考える古代のタケの用途」（『古代文化』六五―四、二〇一四年）がある。

（6）『平城宮発掘調査出土木簡概報』二五（奈良国立文化財研究所、一九九二年）所収同概報二一訂正。

（7）吉備池廃寺については、以下、奈良文化財研究所編『大和吉備池廃寺――百済大寺跡』（吉川弘文館、二〇〇三年）に負うところが大きい。

（8）薗田香融『日本古代財政史の研究』九章「皇祖大兄御名入部について――大化前代における皇室私有民の存在形態」（塙書房、一九八一年、初出一九六八年）ほか。

（9）前掲注8薗田書、大橋信弥『古代豪族と渡来人』一編一章「再び近江における息長氏の勢力について」、二章「息長氏と渡来文化――渡来氏族説をめぐって」（吉川弘文館、二〇〇四年）ほか。

（10）前掲注7奈良文化財研究所編書。

（11）大宝官員令大蔵省漆部司には、漆部二十人の配置が定められていた（職員令集解大蔵省漆部司条別記）。このうち、七人が伴造（伴部）であり、他の十三人が品部（漆部十戸）とされていたが、宇陀地域の漆部との関係は定かでない。ただ、その漆部の連帯には強いものがあり、唐招提寺金堂盧舎那仏台座の墨書には「造漆部造弟麻呂」「漆部雀甘」と連記されている（『唐招提寺　金堂の仏像』岩波書店、一九七三年ほか）。乾漆像の制作にあたり、彼らは、伴造（伴部）と品部（漆戸）の緊密な関係にあったのであろう。また、いわゆる長屋王の事件の密告者に「左京人従七位下漆部造君足」と「漆部駒長」がいるが（『続日本紀』天平元年二月辛未・壬午条）、これも伴造（伴部）と品部（漆戸）の関係が強固であったことに由来しよう。なお、平城京の左京九条四坊には漆部連の戸があるので（大日古二十五の一六四）、左京の当該地付近が宮都の漆部の拠点になった可能性がある。

（12）漆部郷の所在地については、新川登亀男『日本古代の儀礼と表現』二部一章一節「伎楽伝来伝承の周辺」（吉川弘文館、一九九九年）を参照されたい。

(13) 皮楯の制作については、小林行雄『古代の技術』Ⅲ「皮革」（塙書房、一九六二年）参照。

(14) 漆や漆工の論説は、前掲注13小林書Ⅲ・Ⅳ「髹漆」、四柳嘉章『漆』Ⅰ（法政大学出版局、二〇〇六年）、同『漆の文化史』（岩波書店、二〇〇九年）などのほか、たとえば、玉田芳英「漆付着土器の研究」、金子裕之「八・九世紀の漆器」（以上、奈良国立文化財研究所編『文化財論叢』Ⅱ、同朋舎出版、一九九五年）等がある。

(15) 奈良国立文化財研究所・奈良県教育委員会編『法隆寺防災施設工事・発掘調査報告書』（法隆寺、一九八五年）。

(16)『法隆寺　玉虫厨子と橘夫人厨子』（岩波書店、一九七五年）ほか。

(17) 梅原末治「聖徳太子磯長の御廟」（平安考古会編『聖徳太子論纂』同会、一九二一年）。

(18) 奈良県立橿原考古学研究所編『竜田御坊山古墳』（奈良県教育委員会、一九七七年）。

(19) 東京国立博物館編『法隆寺献納宝物』（便利堂、一九七五年）。

(20) 大阪市文化財協会編『難波宮址の研究』十一（同会、二〇〇〇年）、大阪文化財研究所編『難波宮址の研究』十八（同会、二〇一二年）ほか。

(21)『藤原宮』（奈良県教育委員会、一九六九年）、『木簡研究』五（木簡学会、一九八三年）、『飛鳥・藤原宮発掘調査出土木簡概報』九（奈良国立文化財研究所、一九八九年）、『木簡研究』一一（木簡学会、一九八九年）ほか。『本草経集注』のテキストは、岡西為人訂補『本草経集注』全七巻・原寸影印版（南大阪印刷センター、横田書店、一九七三年）による。関連の論稿には、和田萃『日本古代の儀礼と祭祀・信仰』中Ⅲ章三節「薬猟と本草集注」（塙書房、一九九五年）、丸山裕美子『日本古代の医療制度』（名著刊行会、一九九八年）等がある。

(22)『新修本草』のテキストは、宮内庁書陵部編図書寮叢刊『新修本草　残巻』（明治書院、一九八三年）による。

唐僧恵雲の生物学講義
――『妙法蓮華経釈文』所引「恵雲云」の言説

高松寿夫

たかまつ・ひさお――早稲田大学文学学術院教授。専門は日本古代文学。主な著書に『上代和歌史の研究』（新典社、二〇〇七年）、『コレクション日本歌人選1　柿本人麻呂』（笠間書院、二〇一一年）、『日本古代文学と白居易　王朝文学の生成と東アジア文化交流』（雋雪艶氏との共編、勉誠出版、二〇一一年）などがある。

『妙法蓮華経釈文』には、鑑真とともに来日した唐僧恵雲の言説が引用されている。その言説は、『法華経』の偈に見える生き物に限定した音義で、その生態等を詳しく述べる内容はさながら「生物学講義」のようである。恵雲の人柄が偲ばれるとともに、八世紀後半の日中の歴史・風俗をうかがわせる資料としても興味深い。

一、恵雲とは誰か

興福寺の僧中算（仲算とも）が編纂した『妙法蓮華経釈文』（全三巻）は、中算の自序の末尾に「景子年建酉月朔五日」（景子は丙子、建酉月は八月）とあり、とりあえずは貞元元年（九七六）の成立と思しい。同序によれば藤原文範の所望により編纂したものである。ただし、下巻奥書によると、清書以前に中算が逝去し、弟子の真興によって文範に献上されたという。

同書は、それまでの国内外の『法華経』諸音義を集成した観のある音義書で、現在は逸書となった文献も少なからず引用していて興味深い。中でももっとも頻繁に引用されるのは、慈恩大師基（窺基）の所説で、次いで隋の曇捷の所説が多く引かれる。慈恩・曇捷の所説の重視は、本書の序文にも示されている。他に、玄奘や不空・吉蔵といった著名な僧の言説や数々の内典はもちろんとして、外典の引用も少なくない。音義書ゆえに『説文』『玉篇』の引用はもとより、『切韻』系の韻書が各種引用されており、その多様さには驚かされる。(1)

さらには、『淮南子』『博物志』といった書名も認められる。

そのように、各種文献が引用される中に、「恵雲云」として引かれる、一連と思われる言説群が存在する。この「恵雲云」は都合十六箇所に引用され、吉田金彦「妙法蓮華経釈文解題」[2]によれば、慈恩・曇捷の所説を除くと、諸宗の疏釈のうちで引用箇所が八番目に多いとのことである。また、外典を含めれば三百種類以上に及ぶ引用典籍の中においても、西原一幸・河野敏宏・顧国玉「『妙法蓮華経釈文』所引の典籍（二）」[3]によると、引用の多さで三十四番目に位置するという。全体的な頻度で言っても、比較的よく引用される言説であると言ってよいであろう。しかしこの「恵雲云」の言説は、『妙法蓮華経釈文』の全体にわたって引用されるのではなく、後述するように、ある部分で集中的に引用され、他の箇所ではまったく引用されないという、非常に偏った現われ方をする。その点で、かなり特殊な、個性的な言説だと言える。

さて、この「恵雲云」の「恵雲」は人名であると思われるが、いったいいかなる人物であろうか。結論から言ってしまえば、天平勝宝五年（七五三）に鑑真に伴って来日した唐僧のひとり、恵雲のことであると考えられる。[4]恵雲の名は、『唐大和上東征伝』には見えないが、正倉院文書中の天平宝字二年（七五八）九月二十三日付書状（『大日本古文書（編年文書）』巻二十五、二四二頁）に「唐僧恵雲」の署名が認められ、唐よりの渡来僧であることが確認できる。さらに、同じく正倉院文書の天平勝宝七歳の「経疏請返帳」（同巻十一、二六二頁）には、鑑真の高弟で師とともに来日した法進が、借用した『諸経要集』を返却した際、恵雲が使者に立ったことが記される。恵雲が法進と深く関係する立場にあったことは、同じ天平勝宝七歳の「写経所論集等奉請帳」（同巻十三、一五五頁）にもうかがえる。円珍『入唐求法巡礼行記』巻一の開成三年（八三八）十二月二十九日の記事には、揚州白塔寺について、法進僧都・恵雲法師いずれも在籍したことがある旨を記す。彼此の情報から、安藤更生『鑑真大和上伝之研究』[5]は、鑑真が天宝十二載＝天平勝宝五年十月二十九日に蘇州の港を発った際に、従った弟子が十四人だった（『唐大和上東征伝』）とされる中に恵雲も含まれ、その身分は「恐らく法進の弟子であつたのであらう」とする。

来日後の恵雲の経歴は、次の如くである。神護景雲四年（＝宝亀元年、七七〇）六月二十五日付「優婆塞貢進文」（『大日本古文書（編年文書）』巻六、四五頁）に「持経師位法師　恵雲」と見え、延暦十七年（七九八）正月十四日に律師となり（『日本紀略』）、同二十一年正月二十日には、伝灯大法師位として度者一人を賜っている（『類聚国史』巻一八七「仏道部・度者」）。興福寺本『僧綱補任』(6)によれば、弘仁元年（八一〇）まで律師に在任している。同補任記事では弘仁元年の恵雲の名の下に「辞歟滅歟可尋」とあり、この年で恵雲の名が見えなくなるのが、致仕によるものか死歿によるものか不明とされる。鑑真に伴っての来日から数えて、弘仁元年は実に五十八年目に相当し、恵雲はこの頃に入寂したものと考えてよいのであろう。比較的若年で来日し、長命を保ったものと思われる。

二、「恵雲云」とはいかなる言説か

さて、問題の「恵雲云」であるが、『妙法蓮華経釈文』に最初に見える一条を左に掲出してみる。なお、『妙法蓮華経釈文』本文は、『古辞書音義集成 第四巻』（汲古書院、一九七九年）の醍醐寺本影印による。(7)漢字は基本的に通行の字体を用いるが、字体が問題になる箇所に限って、原文になるべく近い字体を用いることにする。適宜句読点を補い、本文の後に読み下し文を掲げる。

䲦…（中略）…釈恵雲云、此鳥常在空中、闢開両翅而飛、将眼向下、看有虫鼠及小鳥、攫将而去也。或作鵄鴟。三形同矣。

（『妙法蓮華経釈文』巻中）

（䲦……釈恵雲云はく、「此の鳥常に空中に在りて、両翅を闢開して飛び、目将《も》て下に向け、虫・鼠及び小鳥有るを看れば、攫将して去る也。或は鵄・鴟に作る。三形同じ」と。）

これは、『法華経』巻二「譬喩品」の次の偈の一節への注である。『法華経』の本文および訓み下しは岩波文庫本（坂本幸男・岩本裕訳注）による。

譬如長者　有一大宅
其宅久故　而復頓弊
堂舎高危　柱根摧朽
梁棟傾斜　基陛頽毀
墻壁圮坼　泥塗褫落
覆苫乱墜　椽梠差脱
周障屈曲　雑穢充遍
有五百人　止住其中
＊鵄梟鵰鷲　烏鵲鳩鴿
蚖蛇蝮蠍　蜈蚣蚰蜒
守宮百足　鼬貍鼷鼠
諸悪虫輩　交横馳走
屎尿臭処　不浄流溢
蜣蜋諸虫　而集其上
狐狼野干　咀嚼踐蹋
鱭齧死屍　骨肉狼藉

譬へば長者に　一の大なる宅、有るが如し。
その宅は久しく故りて　また頓れ弊る。
堂舎は高く危く　柱の根は摧け朽ち
梁・棟は傾き斜み　基陛は頽れ毀る。
墻・壁は圮れ坼け　泥塗は褫げ落ち
覆へる苫は乱れ墜ち　椽・梠は差ひ脱け
周れる障は屈曲し　雑穢は充遍し
五百人有りて　その中に止住せり。
鵄・梟・鵰・鷲　烏・鵲・鳩・鴿
蚖・蛇・蝮・蠍　蜈蚣・蚰蜒
守宮・百足　鼬・貍・鼷・鼠
諸の悪虫の輩は　交に横に馳走し
屎尿の臭き処には　不浄は流れ溢ち
蜣蜋の諸虫は　その上に集り
狐・狼・野干は　咀嚼し践み蹋みて
死屍を齰み齧ひ　骨肉は狼藉たり。

いわゆる「三車火宅」の譬喩を述べた偈の冒頭部分である。恵雲の言説は、右で＊印を付した行の一字目に見える「鵄」についての解説なのである（「鴟」は、恵雲の言説の末尾にも言及があるとおり、「鵄」と同字）。「鵄」は、この字が現在でもそう訓じられるように、猛禽類のトビのことであるが、恵雲の説明は、その猛禽類トビの生態を的確に解説していると思う。『妙法蓮華経釈文』の同項における他の記事（先の引用で「中略」とした部分）を引用書ごとに改行を施して示すならば、次の如くである。

鴟　処脂反。
慈恩云、狂茅。大目食鼠。一名雄—。一名茅—。又云佐鳥。
孫愐云、一名鳶。
薩峋云、一名鶚、如経反。鳹、公決反。
麻杲云、俗呼為老—。
弘決云、有力鳥也。

すべてで五つ（「恵雲云」を含めて六つ）の言説を引用するが、「恵雲云」の解説がひときわ長文であることが看取できよう。「恵雲云」が、『妙法蓮華経釈文』全体で見ても比較的高い頻度で引用されることはすでに述べたが、実は、「恵雲云」の引用は、右に示した「譬喩品」の偈の冒頭部分の音義にだけ見えるのである。先の『法華経』本文の引用において、ゴシック体で示した語の音義において、「恵雲云」は引用される。改めてその語を列挙するならば、左のとおりである。

鵄　梟　鵰　烏　鵲　鳩　鴿　蚖　蝮　蝎　蜈蚣　蚰蜒
守宮　百足　貍　狐

すべて具体的な生き物の種ばかりであることに気付く。『法華経』では、「貍」と「狐」の間には「諸悪虫輩　交横馳走　屎尿臭処　不浄流溢　蜣蜋諸虫　而集其上」といった本文が連なり、それに対しては『妙法蓮華経釈文』でも、具体的な生き物名「蜣蜋」に対するもの以外に、都合七つの項目（虫・横・屎・尿・臭・処・集）が設定されるが、そこには一切「恵雲云」の言説は引用されない。つまり「恵雲云」の言説は、『法華経』の当該の偈に登場するさまざまな生き物を表わす漢字について、その音義を明らかにすることが、そもそもの目的であったと考えられる。『法華経』の一節に集中して現われる、生き物を示す漢字について、それが示す生き物がどのようなものなのかを解説する、そのことだけに恵雲の言説は費やされている。「恵雲云」からもう一条引用してみる。

鵲…（中略）…恵雲云、―此国無之。若具曰鴉―、亦云烏―。従頭至胸尽黒、従腹至尾尽白。尾黒長可一尺三四寸。両翅黒白相間、両脚純黒。其鴉―作巣之樹、老鴉諸鳥不敢近前。若見老鴉即向而啄之、老鴉堕地而竄走。又有山鴉―与烏―、無異喉色觜少別。従頭至胸青緑色、従腹至尾白色。其尾並両脚青緑色。其觜赤色。尾未有白斑点。又有鸛―即是大鳥也。

（鵲…（中略）…恵雲云はく、「鵲此の国に之無し。若し具さには鴉鵲と曰ひ、亦烏鵲と云ふ。頭より胸に至るまで尽く黒く、腹より尾に至るまで尽く白し。尾の黒きは長さ一尺三、四寸たるべし。両翅黒白相間《まじ》はり、両脚純黒なり。其れ鴉鵲巣を作る樹に、老鴉諸鳥敢へて近前せず。若し老鴉を見れば即ち向ひて之を啄《ついは》み、老鴉地に堕ちて竄走す。又山鴉鵲と烏鵲と有り、異ること無きも喉色・觜少しく別なり。頭より胸に至るまで青緑色、腹より尾に至るまで白色。其の尾並びに両脚は青緑色。其の觜は赤色。尾は未だ白斑点有らず。又鸛鵲有り、即ち是大鳥なり」と。）

冒頭の「此国」とは、もちろん日本を指す。鵲（カササギ）は現在では九州北部などに一部自生する地域もあるようであるが、基本的には日本に自生しない鳥であった。『日本書紀』の推古天皇六年（五九八）四月条や天武天皇十四年（六八五）五月二十六日条に、新羅国王が鵲を日本への進物としたことが見えるのも、日本には自生しない珍鳥であったからこそであろう。そして恵雲の言説は、カササギに「鴉鵲」「烏鵲」「山鴉鵲」「鸛鵲」といった別称や亜種があるとし、亜種については微妙な形態の異なりを指摘する。また、「老鴉」（カラス）がカササギを恐れてその巣には近づかないし、カササギもカラスを見つけると執拗に追い回す、といった習性を述べる。先掲の「鴰」にも増して詳細――というよりは、いささか饒舌である。このように、恵雲の言説は、それぞれの字に対する狭義での音義にとどまらず、その字の指示する生き物の生態や亜種の数々の紹介にまで及ぶ。『法華経』の一部に見える生き物についての解説に限定したその言説は、さながら生物学講義のような性格を帯びていると言ってもよかろう。このユニークな言説について、殊更に取り上げて紹介したものは現在までのところまだ存在しないようである。八世紀後半の渡来僧が、日本でどのようなことを発信していたか、その一端をうかがわせるものとして興味深く、以下に解説を加えつつ、見て行くことにしたい。

三、八世紀漢土の生態・風俗資料としての側面

唐僧として、日本人の知らないであろう情報を語るときに、恵雲の言説は実に生き生きとしている印象がある。「鵲」の項にもそれがうかがえたと思うが、次の記事にもそれが如実に見てとれる。

蝎…（中略）…恵雲云、此方無—。唐国東西二京、河北山東、隴西隴後諸道、極至北境有此虫。餘処無之。頭上有両角似牛。腹円狭長可四五分。有一尾六脚、灰斑赤黒色。常在床辺壁上而行、若人触著其尾即便螫之。経一日夜疼痛無極。過是以後漸漸而差。彼処之人至夜把火照之、恐来螫也。

（蝎…（中略）…恵雲云はく、「此方に蝎無し。唐国には東西二京、河北山東、隴西隴後諸道、極りては北境に至りて此の虫有り。餘処には之無し。頭上に両角有り牛に似たり。腹は円狭にして長さ四五分たるべし。一尾六脚有りて、灰斑赤黒色。常に床辺・壁上に在りて行き、若し人其の尾に触著すれば即便《すなは》ち之を螫《さ》す。一日夜を経て疼痛極り無し。是を過ぎれば以後漸漸として差《い》ゆ。彼処の人夜に至りて火を把りて之を照すは、来り螫すを恐るるなり」と。）

日本に自生しない蝎（サソリ）について述べる。形態や生態の詳細はもとより、冒頭の漢土における棲息分布の指摘などは、いったいいかなる情報に基づくのか不思議に思うほど、具体的である。何らかの資料に基づく指摘と思われるが、その拠り所がいまのところ確認できない。最後に記される、サソリ避けに火を焚く習俗は、具体的な風俗資料として興味深い。風俗資料として興味引かれる記事としては、次のようなものもある。

蜈蚣…（中略）…恵雲云、此方有之。頭脚赤色。嶺南多有。彼処俗人、盛竹筒中常帯腰間。一虫之直銀二三両。若不

帯此虫、被虫蛇毒不得安存。若有悪蛇欲来之時、――在筒中咬筒作声。其主知有毒蛇、開筒放之、便往蛇所。蛇見其来蟠蔵其頭。――咬頭脳破髄出、蛇遂死。世間虫蛇不論大小、能相伏殺之也。

（蜈蚣…（中略）…恵雲云はく、「此方に之有り。頭脚赤色。嶺南に多く有り。彼処の俗人、竹筒中に盛り常に腰間に帯ぶ。一虫の直《あたひ》銀二三両。若し此の虫を帯せざれば、虫蛇の毒を被りて安存を得ず。若し悪蛇有りて来らんとする時、蜈蚣筒中に在りて筒を咬み声を作す。其主毒蛇有るを知り、筒を開け之を放てば、便ち蛇の所へ往く。蛇其の来るを見て其の頭を蟠蔵す。蜈蚣頭を咬み脳破れ髄出で、蛇遂に死ぬ。世間の虫蛇大小を論ぜず、能く相伏殺するなり」と。）

蜈蚣（ムカデ）は日本にも生息することを認めたうえで、この生き物の生態を利用した漢土の風俗を詳しく紹介する。嶺南（五嶺の南部、現在の広東省・広西チワン族自治区を主とする地域）の一般人の間には、毒虫毒蛇への対応として蜈蚣を竹筒に入れて携帯する風俗がある、という。毒蛇のいる場所に来ると、筒中の蜈蚣はおのずから反応し、筒を齧って音を立てる。そこで筒から解き放つと、すぐに毒蛇の居場所を見出すが、蛇も蜈蚣が近づくのを認めると、とぐろを巻いて頭部を隠そうとする。しかし蜈蚣は蛇の頭を噛み破り殺してしまう。――この蜈蚣をめぐる類似の記述は、『抱朴子』内篇にも確認できる。

或問隠居山沢辟蛇蝮之道。抱朴子曰、…（中略）…又南人入山、皆以竹管盛活蜈蚣、蜈蚣知有蛇之地、便動作於管中、如此則詳視草中、必見蛇也。大蛇丈餘、身出一囲者、蜈蚣見之、而能以気禁之、蛇即死矣。蛇見蜈蚣在涯岸間、大蛇走入川谷深水底逃、其蜈蚣但浮水上禁、人見有物正青、大如綖者、直下入水至蛇処、須臾蛇浮出而死。故南人因此末蜈蚣治蛇瘡、皆登愈也。

（『抱朴子』内篇「登渉」）

蛇への対策として竹筒に入れた蜈蚣を携帯する点、恵雲が述べるのと類似の内容を記しているが、蛇は蜈蚣の気によって、または水中に追いやられて死ぬのであり、退治のされ方に相違がある。表現や表記の点でも、直接の関係を見出し難い。『本草綱目』巻四二「虫之四」の「蜈蚣」の項には、「弘景曰…（中略）…見大蛇、便縁上啖其脳」とある。この「弘景云」は陶弘景『本草経集注』の引用であろうが、そこには蜈蚣が蛇の脳を食い破ることは指摘しているが、「恵雲云」に比して簡素な指摘に過ぎない。『抱朴子』や『本草経集注』は、恵雲が目にしていた可能性を考えてよい文献ではあろうが、当該の記事に関しては没交渉と思われる。『抱朴子』が成立した晋代以来、八世紀の唐代に至るまで、中国南方にかかる習俗が行われていたものと考えられる。恵雲の言説は、『抱朴子』では単に「南人」の習俗として紹介されるのを、「嶺南」と地域を限定し、蜈蚣一匹の値段を「銀二三両」と指摘するなど、この風俗に一層のリアリティを与えている。

四、恵雲は日本語も理解したか

ときに饒舌ですらある恵雲の解説が、逆に素っ気ないまでに簡潔な場合もある。次に示す二条がそれである。

鵰…（中略）…恵雲云、熊鷹是也。

蚖…（中略）…恵雲、烏蛇也。

実に簡潔であるが、この二条はともに、それぞれの漢字が示す生物の日本名が指示されているらしい。「熊鷹」「烏蛇」はこの場合、純粋な漢語として用いているのではないのだろう。(8) それぞれの表記は、和語「クマタカ」「カラスヘミ」に宛てたものと思われる。(9)「鵰」「蚖」という字で表される生き物の日本名が、それぞれ「クマタカ」「カラスヘミ」なのだということを知ったうえでの解説ということなのだろう。そのことが指摘できれば、日本人への最低限の説明は済んだものと判断したゆえの簡潔さと理解できる。恵雲じしんがそれ以上語るだけの情報を持ち合わせていなかったとも言えるが、少なくとも恵雲は、日本人がクマタカと呼び、カラスヘミと呼ぶ生き物が、自分の母国では鵰・蚖とされるものであることは理解していたのである。両国のそれぞれの生き物を同定できるほどには、各種の生き物への認識力を有していたことを示している。恵雲は、ただ単にネイティブとして漢字の音義を説明しているだけではなく、もともと生物への一定の造詣を有していた人物であったようだ。それだからこそ、このような生き物に関する音義に限定した言説を残しもしたのであろう。また同時に、この和語を前提とした解説から、恵雲はあるていど日本語も理解していたことが確認できるとも言える。

同様に、恵雲が日本語をあるていど理解したことをうかがわせる記事として、次の一条が挙げられる。

鳩…（中略）…恵雲云、—者是隹之別名。隹中略有二別。一鵶—。即此方呼為家—。二斑—。身毛青緑、尾下有斑黒色。此方呼為山—是也。

（鳩…（中略）…恵雲云はく、「鳩は是隹の別名。隹の中に略《ほぼ》二別有り。一に鵶鳩。即ち此方には呼びて家鳩と為す。二に斑鳩。身毛青緑、尾下に斑黒色有り。此方には呼びて山鳩と為す、是なり」と。）

鳩に二つの亜種があることに言及し、それは「鵶鳩」と

「斑鳩」で、それぞれを「此方」＝日本では「家鳩」「山鳩」と呼ぶと指摘する。この「家鳩」「山鳩」も、和語「イヘバト」「ヤマバト」を示すのであろう。[10]「此方呼為―」という述べ方も、日本の口頭語について言っていることをうかがわせる。

恵雲がもともと生き物への深い造詣を持っていたことは見てきたとおりだが、その生き物に対する関心の眼差しは、日本に渡来してもなお旺盛であったらしい。だからこそ、それぞれの生き物の日本での呼称も学ぼうとしているのだろう。恵雲の日本での生き物への関心のあり様をうかがわせる記事を、もうひとつ紹介する。

貍…（中略）…恵雲云、―有三別。一、猫―。人家畜養能令捕鼠。此方多有。二、不是人処所生。唯在楼閣隠暗之処。若相逢之眼中出閃電光、以口喙人以爪攫人。人不敢近。色斑黄赤、文如虎豹、形声同虎猫。三、狐狸。形如狗犬、与狐相似。故曰狐―。在野沢墳墓之中。筑紫豊前豊後多有之。人取其毛作筆而用之。

（貍…（中略）…恵雲云はく、「貍に三別有り。一に、猫貍。人家畜として養ひ能く鼠を捕らしむ。此方に多く有り。二に、是人処に生ずる所ならず。唯楼閣の隠暗の処に在り。若し之に相逢はば眼中より閃電光を出し、口を以て人を喙《くら》ひ爪を以て人を攫《か》く。人敢へて近づかず。色は斑黄赤、文は虎豹のごとくして、形声虎猫に同じ。三に、狐狸。形狗犬のごとく、狐と相似たり。故に狐貍と曰ふ。野沢・墳墓の中に在り。筑紫・豊前・豊後に多く之有り。人其の毛を取りて筆を作りて之を用ゐる」と。）

「貍」は「狸」と同義の字であるが、こんにち一般的にタヌキと訓じられるこの字は、ネコ（猫）の意でも用いられる字であった。『法華経』の当該の「貍」については、現在はタヌキとする理解が一般的なようである（例えば先に引用した岩波文庫では「たぬき」とルビをふる）が、『妙法蓮華経釈文』の当該項が引用する慈恩の音義では「野猫也」とし、ネコ類のこととする理解も珍しくなかったようである。同じく引用する「玄範云」（玄範『法華疏』の引用か）が「肉翅能飛」と説くのは、ムササビのような動物を言うのであろうか。

この項で恵雲は、「貍」の意味として三説を挙げる。その第一に挙げるのが「猫貍」で、こんにちのネコに相当する。ネコの日本における棲息を記録した最古の例とされることが多いのは、『日本霊異記』上巻第三十縁であるが、そこでも「貍」と表記され、「禰古」の訓注が付される。[11] しかも、本稿が扱う「恵雲云」の言説は、先述のとおり、恵雲の示寂が弘仁初年ごろと思われるので、弘仁年間の成立かとされる『日本霊異記』にほぼ間違いなく先立つ。(12)そして、日本最古級のネコの記録と思しいこの恵雲の言説のなかで、「此方に多く有り」——つまり、日本ではすでにネコが多く繁殖していたことが確認できる。続いて恵雲が第二に挙げるのは、先に慈恩説に見えた野猫のことであろう。日本での棲息を恵雲は確認していないようである。

そして第三として挙げるのが「狐狸」である。漢語「狐狸」は、単種の獣としてはキツネを指す(『漢語大詞典』など)が、ここでは「狐と相似たり」とあるのでキツネとは別種である。「其の毛を取りて筆を作り」ともあるので、タヌキを指すと考えるのが適当であろう。この説明のなかで「筑紫・豊前・豊後に多く之有り」というのは、日本での自生を指摘するものだが、分布の地域について随分具体的である。しかし、日本ではこの地域にしかタヌキが自生していなかったということではあるまい。その点で、先に「蝎」の項に認められた、網羅的な棲息分布に関する指摘とは、異なる性格をこの具体性には感じる。つまりこれは、恵雲じしんの体験に基づいた情報なのではないだろうか。恵雲は鑑真に従って来日したわけだが、『唐大和上東征伝』によれば、鑑真一行の乗った船は大陸を発した後、阿児奈波・多禰・益救といった島々を経て、まずは薩摩国阿多郡秋妻屋の浦に到着、その後、大宰府を経て都に向った。薩摩から大宰府まで、九州を縦断北上する具体的な経路は記されないものの、大宰府から都への移動時も含めて、恵雲には、九州の広範囲を実見する機会があったものと思われる。この間の九州滞在中の実見に基づき、九州北東部にも確かにタヌキは棲息していたという、経験談を述べているということなのだろう。日本に到着したばかりの恵雲は、早くもこの未知の地域にどのような生き物が棲息しているのか、観察していたのである。

五、外交史資料としての側面

最後に、次の一条を取りあげておきたい。

鴿…(中略)…玉篇云、如鵓鳩而大也。…(中略)…恵雲云、白―也。此方無之。本是天竺之物。波斯国人載船舶将来於新羅国。新羅使為国信物貢上国家。令諸寺収養。大安寺今猶有其種不絶。唐国唯有灰白色、無餘四色。今案、恵雲説能叶諸文。大般若経―青色、止観論白―色、涅槃経灰―色。若無衆色之類諸文矛楯。

(鴿…(中略)…玉篇に云はく、「鵓鳩のごとくにして大なり」と。…(中略)…恵雲云はく、「白き鴿なり。此方に之無し。本是天竺の物なり。波斯国人、船舶に載せ新羅国に将来す。新羅使国の信物と為て国家に貢上す。諸寺をして収養せしむ。

大安寺に今猶其の種有りて絶えず。唐国唯だ灰白色のみ有りて、餘の四色無し」と。今案ずるに、恵雲の説能く諸文に叶へり。大般若経には鴿青色、止観論には白鴿色、涅槃経には灰鴿色。若し衆色の類無くは諸文矛楯せり。)

恵雲の言説の前後の部分も適宜併せて示した。右の一条で、恵雲の言説に先立って引かれる『玉篇』によると、「鴿」とは「鶉鳩」に似て大型のものだという。前節に引いた「鳩」に対する恵雲の言説によれば、「鶉鳩」とは「家鳩」のことであった。恵雲の言説の末尾「唐国唯だ灰白色のみ有りて、餘の四色無し」とは、その後の「今案」の文言によって斟酌するに、諸経典には「鴿」について、白や青など各種の色の記述が認められるが、漢土においては白系統の灰白色の「鴿」しかいないと言っているのであろう。「餘の四色」とは、五色（青・黄・赤・白・黒）のうち、白以外の四色ということと思われる。

鴿は、日本に本来は棲息しないが、波斯国人によって新羅に舶載されたものが、さらに新羅使によって貢上物として日本にもたらされたのだ、と恵雲はいう。そのときもたらされた鴿は、その後、諸寺に分割して飼育されることとなった――ということは、鴿は相当数もたらされたのだろう――が、大安寺に引き取られたものについては、現在に至るまで種が絶えずに生き続けているという。ここで話題になっている新羅使の鴿貢納の出来事は、恵雲の実見聞に基づく証言なのだと思われる。恵雲来日後にも新羅使は、天平宝字四年（七六〇）、同七年、同八年、宝亀元年（七七〇）、同五年としばしば来航したが、いずれも礼を欠くことなどを理由に、正式の使節として受け入れられることなく放還処分とされている。その後、宝亀十年に来日した新羅使は約五箇月間、大宰府で足止めされ、来日の趣旨について尋問を受けた後に入京を許され、翌年正月の朝賀等に列席した。結果として、この新羅使が、日本が正式に受け入れた最後の新羅使となる。日本側から派遣される遣新羅使も、宝亀十年二月の遣使――右に述べた新羅使は、この遣新羅使の七月の帰国に同行して来日したものと思われる[13]――以後はしばらく派遣されず、延暦十八年（七九九）に十年ぶりに計画されるものの、結局は実現しないまま中止となってしまう。その後、遣唐使の消息調査のために、延暦二十二年と翌二十三年に遣新羅使が派遣されることはあったが、新羅との本格的な外交交流は絶えてしまうこととなる。つまり、宝亀十一年に入京した新羅使が、恵雲の直接に見聞できた唯一の新羅使であった。その新羅使は、正月五日に「方物」を献上したことが『続日本紀』に記録される。方物の具体的内容はそこに記されないが、鴿はそのひとつであったのだろう。恵雲の言説の現在がいつなのかはっきりしないが、ハトは二十年ていど生きることがある由なので、宝亀十一年に献上された鴿そのものが、恵雲のこの「生物学講義」の際、大安寺にはまだ生き長らえていた可能性もある。もちろん、二世代目以後が繁殖していた可能性もあるが、いずれにせよ恵雲の言説は、他の記録が逸してしまった、日本―新羅国交史の一齣を伝えた証言ともなっていることになる。

以上、『妙法蓮華経釈文』が引用する「恵雲云」の言説十六条のうち、九条を取りあげて紹介してみた。テキストの分量としてはわずかなものにすぎないが、意外に多様な情報を提供してくれているように思われる。八世紀の後半、唐から日本に渡り、五十年以上生活した僧侶が、こんなことを書き残していたのであった。

注

（1）もっとも、それら各種『切韻』系韻書の本文は、『東宮切韻』の孫引きの可能性が高いとの指摘が、上田正「東宮切韻論考」（『国語学』二四、一九五六年）にある。

（2）吉田金彦「妙法蓮華経釈文　解題」（『古辞書音義集成 第四巻』汲古書院、一九七九年）。

（3）西原一幸・河野敏宏・顧国玉「『妙法蓮華経釈文』所引の典籍（一）」（『金城学院大学論集 国文学編』三三、一九九一年）。ただし、同論文は「恵雲云」の引用を十四箇所とする。

（4）『日本書紀』には、舒明天皇十一年（六三九）九月に唐より帰国した同名の留学僧の記録が見える。本稿が扱う恵雲とは別人であろう。

（5）安藤更生『鑒真大和上伝之研究』（平凡社、一九六〇年）。

（6）『興福寺叢書 第一』（『大日本仏教全書』一二三、仏書刊行会、一九一五年）。

（7）『妙法蓮華経釈文』は、『大正新脩大蔵経』五六や『日本大蔵経』二八に収録されており、本稿も参照した。いずれも醍醐寺本を底本としているが、両書ともに翻刻には若干の問題が認められる。

（8）漢籍に「熊鷹」の用例はほぼ皆無。「烏蛇」の用例は若干認められる。「烏蛇」は元来漢語で、その翻訳語として和語「カラスヘミ」が成立した可能性はある。

（9）和語クマタカ・カラスヘミそれぞれの、早い用例を示すのであれば、前者は、『新撰字鏡』に「鷹」の訓として見え、後者は、『和名抄』（十巻本）に「蚖虵」の和名として見える。

（10）和語イヘバト・ヤマバトそれぞれの、早い用例を示すのであれば、前者は『新撰字鏡』に「鵖」の訓として見え、後者は『和名抄』（十巻本）に「鳩」の和名として見える。

（11）国会図書館本・群書類従本の訓注。興福寺本には「禰己」とある。

（12）もっとも、『日本霊異記』掲載の説話は、時代設定を慶雲二年（七〇五）としている。なお、空海『三教指帰』巻中に「始如鼠上之猫、終為鷹下之雀」の例があるとの教示を、前田雅之氏より受けた。恵雲の言説とほぼ同時期の例と言える。

（13）『続日本紀 五』（『新日本古典文学大系』一六、岩波書店、一九九八年）宝亀十年七月十日条に対する注一二参照。

高句麗・百済人墓誌銘からみる高句麗末期の対外関係

葛　継勇

これまでに発見されている入唐高句麗人墓誌や百済人墓誌の分析を通じ、泉男生が泉男建・男産らと対立して唐に投降する時期や経緯、李他仁・高質などの地方高官の帰順、および平壌城攻入の際に果たした役割などが明らかにできる。また百済滅亡後、扶余豊などの百済遺民が倭国だけでなく、高句麗と連盟関係を有していたことも分かる。このように、従来の文献には見られない史実を多く含む墓誌資料は、今後積極的に活用されるべきである。

はじめに

近年、六四〇年代～六六〇年代における朝鮮半島の内政・外交と東アジアの国際情勢との連動に対する関心が高まっている。特に近年、西安・洛陽を始め、中国各地における高句麗・百済滅亡後に入唐した人物の墓誌の発見は、古代東アジア世界の国際情勢と国家間の人口移動を究明するのに有力な手がかりを学界にもたらし、百済・高句麗末期の内政・外交を検討する上で欠かせない重要な一次史料を提供したことから、より一層学界の関心を集めている。

もちろん、墓誌などの出土文字資料を利用するには、墓誌の真偽や記載内容の性格などについて文献資料を参考にしながら詳しく考証し、検討をより深めていく必要がある。[1] 唐代高句麗・百済人の墓誌から古代東アジアの国際関係と人物の移動を見る際に、名族の真偽、記事の混乱や業績の過褒などの問題を考慮しなければならない。

かつ・けいゆう――中国鄭州大学副教授。専門は東アジア国際交渉史。主な論著に『七至八世紀赴日唐人研究』（商務印書館（北京）、二〇一五年）、「『兎園策府』の成立、性格およびその日本伝来（『日本漢文学研究』第十号、二〇一五年）、「新出入唐高句麗人高乙徳墓誌と高句麗の内政外交」（『韓国古代史研究』第七九号（ソウル）、二〇一五年）などがある。

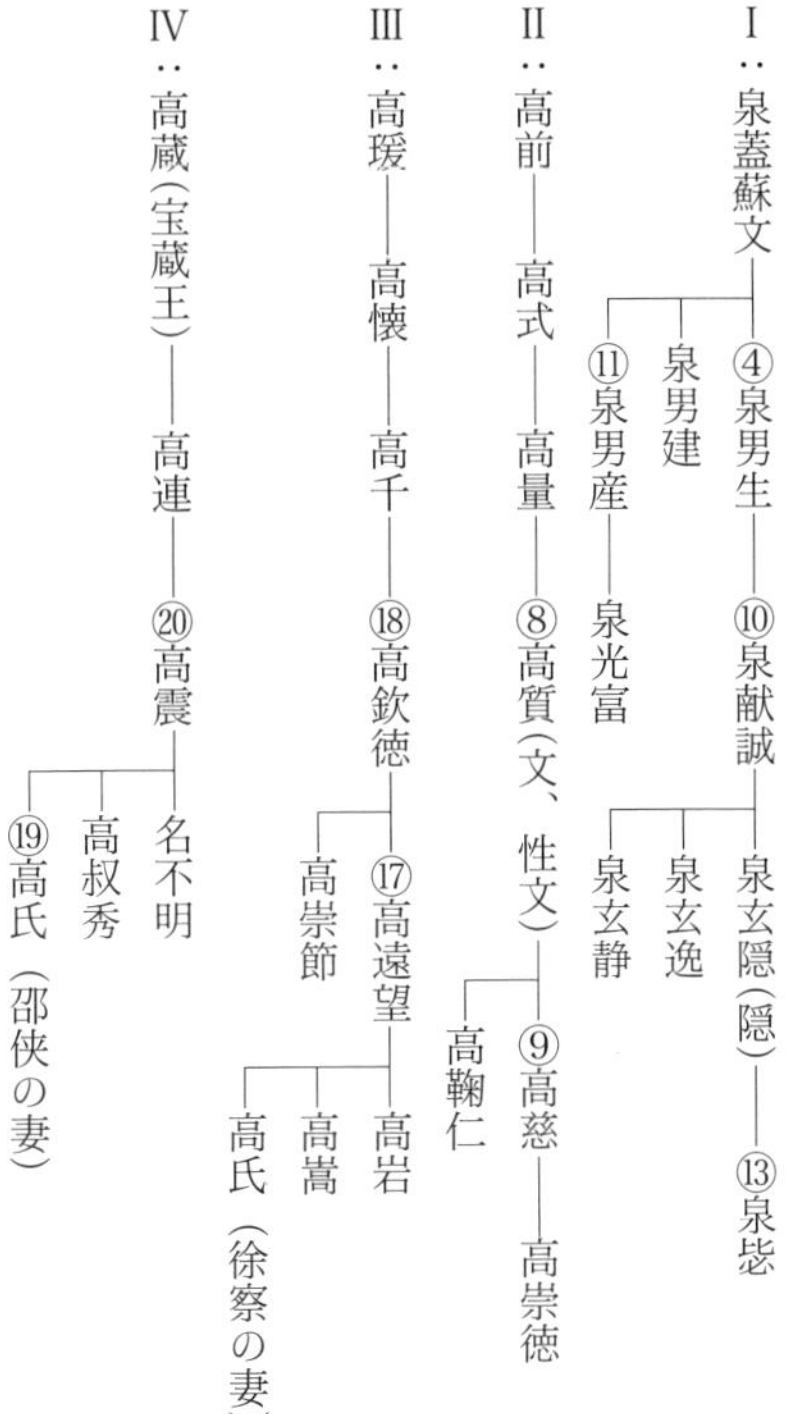

図1　入唐高麗人の系図

以下では、まず、中国で出土した唐代高句麗・百済人墓誌及びその研究現状について見てみよう。

一、中国で出土した唐代高句麗・百済人墓誌及びその研究現状

現在では、中国で発見された高句麗人の墓誌は二十一点（**表1**）、百済人の墓誌は十点ある（**表2**）。

高句麗人墓誌には、高句麗滅亡以前に入唐した泉男生・泉献誠・高玄・李他仁・高足酉らの人物の墓誌が五点、また高句麗滅亡の際に入唐した高鐃苗・高牟・高質・高慈・泉男産・高木盧らの人物の墓誌六点がある。高提昔・泉毖らの十人は、入唐高句麗人の二世、または三世である。これらの二十一点の墓誌は、すべて西安・洛陽の辺りから出土したものである。

このうち、高提昔（泉氏の妻）は六四〇年代の太宗の高句麗遠征によって入唐した高支于の孫である。また、高徳の祖父の入唐時期は六四〇年代か六六〇年代か、判定できない。

ちなみに、「李仁徳墓誌」（開元二十一年（七三三）制作）には「其先蓋楽浪望族也。自堯臣類馬、周史猶龍、真裔散于殊方、保姓伝于弈代。考甲子、皇贈定州別駕」とあるが、いつ楽浪から中原地区に移住したかは不明である。また、「李懐墓誌」（天宝四年（七四五）制作）には「其先趙郡賛皇人也。昔晋氏乗乾、遼川塵起、帝欲親伐、実要□□。公十二葉祖敏為河内太守、預其選也。克滅之後、遂留柘鎮、俗頼其利、因為遼東人。至孫胤、挙孝廉、仕至河南尹、加特進、遷尚書令、晋之崇也。曾祖敬、隋襄平郡従事。太宗東幸海関、訪晋尚書令李公之後、僉曰末孫孜在。帝許大用、尽室公行、爰至長安」とあり、李懐の十二葉祖である李敏はすでに晋の時代に遼東に居住していたが、その曾祖李敬は隋の襄平郡従事に任じられ、隋の管轄する襄平郡に居たことが分かる。そして、太宗の時に長安に居住した。李仁徳・李懐

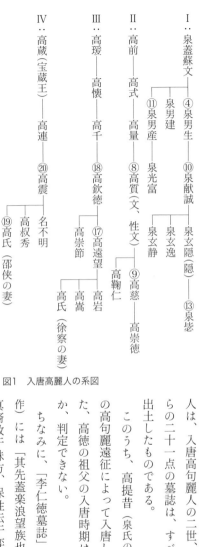

表1　中国で出土した唐代高句麗人墓誌

番号	墓誌名	制作年	収蔵機関	出土地	出土年	享年	死亡時の職事官及び品位
①	高鐃苗墓誌	咸亨四年（六七三）	西安碑林博物館	西安市	不明	？	左領軍員外将軍、従三品
②	高提昔（泉氏の夫人）墓誌	上元元年（六七四）	不明	西安市	二〇一二	二六	夫は右驍衛永寧府果毅都尉、従五品下
③	李他仁墓誌	儀鳳二年（六七七）	陝西省考古研究院	西安市	一九八九	六七	右領軍将軍、従三品（贈右驍衛大将軍、正三品）
④	泉男生墓誌	儀鳳四年（六七九）	河南博物院（鄭州）	孟津県	一九二二	四六	右衛大将軍、正三品
⑤	高玄墓誌	天授二年（六九一）	河南省新安県千唐誌斎	孟津県	一九三六	四九	左豹韜衛翊府中郎将、正四品下
⑥	高足酉墓誌	万歳通天二年（六九七）	河南省伊川県文物管理局	伊川県	一九九〇	七〇	左豹韜衛大将軍、正三品
⑦	高牟墓誌	聖暦二年（六九九）	不明	洛陽市	不明	五五	左豹韜衛将軍、従三品
⑧	高質墓誌	聖暦三年（七〇〇）	河南省新安県千唐誌斎	孟津県	不明	七二	左金吾衛大将軍、正三品（贈幽州都督、従二品）
⑨	高慈墓誌	聖暦三年（七〇〇）	河南省新安県千唐誌斎	孟津県	一九一七	三三	左豹韜衛郎将、正五品上（贈左玉鈐衛将軍、従三品）
⑩	泉献誠墓誌	大足元年（七〇一）	不明	孟津県	一九三六	四二	左衛大将軍、正三品
⑪	泉男産墓誌	長安二年（七〇二）	北京大学	孟津県	一九二三	六三	営繕大匠、従三品
⑫	高木盧墓誌	開元一八年（七三〇）	西安碑林博物館	西安市	不明	八一	陪戎副尉、従九品下
⑬	泉毖墓誌	開元二一年（七三三）	洛陽博物館	孟津県	一九二六	二二	驍騎衛、従七品上
⑭	王景曜墓誌	開元二三年（七三五）	河南省新安県千唐誌斎	孟津県	不明	五五	右威衛将軍、従三品
⑮	豆善富墓誌	開元二九年（七四一）	河南開封博物館	洛陽市	不明	五八	右金吾衛郎将、正五品上
⑯	高徳墓誌	天宝元年（七四二）	河南省新安県千唐誌斎	孟津県	不明	六七	右龍武軍翊府中郎将、正四品下
⑰	高遠望墓誌	天宝四年（七四五）	不明	孟津県	一九九七	四四	安東副都護、正四品上
⑱	高欽徳墓誌	天宝九年（七五〇）	江蘇省南京博物院	孟津県	一九二九	五七	右武衛将軍、従三品
⑲	高氏（高震の娘）墓誌	大暦七年（七七二）	河南省伊川県文物管理局	伊川県	一九九〇	四二	夫は唐州慈丘県令、従六品上
⑳	高震墓誌	大暦一三年（七七八）	不明	洛陽市	一九二六	七三	工部尚書・右金吾衛大将軍、正三品
㉑	似先義逸墓誌	大中四年（八五〇）	西安碑林博物館	西安市	不明	六五	内侍省内常侍、正五品下

表2　中国で出土した唐代百済人墓誌

番号	墓誌名	制作年	収蔵機関	出土地	出土年	享年	死亡時の職事官及び官品
①	祢寔進墓誌	咸亨三年（六七二）	洛陽理工学院図書館展示室	西安市	二〇〇〇	五八	左威衛大将軍、正三品
②	祢軍墓誌	儀鳳三年（六七八）	西安博物館	西安市	二〇一〇	六六	右威衛将軍、従三品
③	扶余隆墓誌	永淳元年（六八二）	河南博物院（鄭州）	洛陽市	一九一九	六八	太常卿・熊津都督、正三品
④	陳法子墓誌	天授二年（六九一）	西安大唐西市博物館	西安市	不明	七六	右衛龍亭府折衝都尉、正四品上
⑤	黒歯常之墓誌	聖暦元年（六九八）	江蘇省南京博物院	洛陽市	一九二九	六〇	左武威衛大将軍、正三品（贈左玉鈐衛大将軍、正三品）
⑥	黒歯俊墓誌	神龍二年（七〇六）	江蘇省南京博物院	洛陽市	一九二九	三一	右金吾衛翊府中郎将、正四品下
⑦	祢素士墓誌	景龍二年（七〇八）	西安考古文物研究所	西安市	二〇一〇	不明	従三品の左武衛将軍
⑧	扶余氏（李邕妃）墓誌	開元二六年（七三八）	陝西省考古研究院	西安市	二〇〇四	四九	夫は衛尉卿、従三品（贈荊州大都督、従二品）
⑨	難元慶墓誌	開元二二年（七三四）	河南省魯山県文化館	魯山県	一九六〇	六一	左衛汾州清勝府折衝都尉、従四品下
⑩	祢仁秀墓誌	天宝九年（七五〇）	西安考古文物研究所	西安市	二〇一〇	五八	虢州金門府折衝、正五品上

及び彼らの祖先が高句麗の領域から移住し、高句麗の出身であるかまでは確認できないのである。(2)

なお、以上の二十一点の墓誌に記されている人物同士で血縁関係を有する場合がある。彼らの血縁関係を整理すれば、**図1**のように表示することができる。

一方、百済人墓誌の誌主のうち、六六〇年百済滅亡の際、百済義慈王と共に唐に帰服して仕えた百済人一世は、扶余隆・黒歯常之・祢寔進・祢軍・陳法子らの五人である。また、黒歯俊と祢素士・難元慶の三人は入唐百済人の二世である。扶余氏（扶余隆の孫）、祢仁秀の二人は三世である。

なお、「故投降首領諾思計墓誌」（天宝七載（七四八年）制作）に記される諾思計は百済出身者と言われるが、(3)百済出身者より、むしろ渤海人と見なすのが相応しいだろう。(4)

さて、高句麗人の墓誌二十一点の内には、戦前に出土した墓誌が泉男生一族の四点を含め八点ある。また、百済人の墓誌十点のうち、戦前に出土した墓誌が扶余隆・黒歯常之・黒歯俊らの三点ある。泉男生と黒歯常之は列伝があり、また扶余隆は列伝がないが、百済王子の出身なので、関連の史料が少なくない。ただし、戦前において、検討を行ったのは羅振玉氏・内藤湖南氏二人しかない。これらの墓誌をめぐる本質的な研究は一九九〇年代に入ってから展開されたと言えよう。

中国では、馬馳氏・拝根興氏・趙振華氏・姜清波氏らの諸氏に至る多くの先行研究が蓄積され、特に拝氏『唐代高麗百済移民研究――以西安洛陽出土墓誌為中心』、姜氏『入唐三韓人研究』が注目されている。韓国では、李文基氏・宋基豪氏・権悳永氏・金栄官氏・金賢淑氏らの研究があり、日本では李成市氏・葛継勇らの研究があるが、墓誌を中心に検討する著作はまだないようである。

また、拝氏『唐代高麗百済移民研究』以外、単著およびいくつかの論文が見られるが、系統的・綜合的な検討はまだ少なく、研究の余地が多く残っている(5)。そして、これらの高句麗・百済人墓誌銘を中心とした、高句麗末期・百済末期の対外関係に対する検討は、あまり見られない。

本稿は、まず、高句麗人墓誌にある関連記事から、泉男生をはじめとする高句麗人の入唐経過を整理し、当該時期の唐・高句麗の国際関係を明らかにしたい。また、百済人墓誌からみた百済残党の復興運動を考察し、高句麗末期における高句麗・百済残党の通交関係を検討し、高句麗末期における対外関係の実相を探ってみたい。

二、高句麗人墓誌からみた高句麗末期の対唐関係

今まで、中国で出土した高句麗人墓誌の誌主については、高句麗滅亡以前に入唐した泉男生・泉献誠・高玄・李他仁・高足酉ら五人は正四品下以上の官職を持ち、高句麗滅亡の際に入唐した高鐃苗・高牟・高質・高慈・泉男産・高木盧ら六人は正五品上の官職を持つ。彼らは武官つまり蕃将として活躍し、もともと高句麗の王公貴族の出身である。したがって、彼らの墓誌に、入唐前後、すなわち高句麗末期の対唐通交に関する記事が見られるのは不思議ではない。

また、入唐高句麗人の二世、または三世である高提昔・泉毖らの十人の墓誌で、祖・父の入唐経過についての記事が見られるのはわずか「高提昔墓誌」、「王景曜墓誌」と「豆善富墓誌」との三つだけである。以下に、それらの墓誌にある高句麗末期の対唐通交記事を引用しておく。

1.「泉男生墓誌」

(A1)曾祖子遊・祖太祚並任莫離支。父蓋金、任太大対盧。乃祖乃父、良冶良弓、並執兵鈐、咸専国柄。

(B)于時、蘿図御寓、楛矢賓期。(中略)公情思内款、事乖中執、方欲出撫辺甿、外巡荒甸。(中略)二弟産・建、一

朝兇悖、能忍無親、称兵内拒。（中略）公以共気皇分、既飲涙而飛檄。同盟雨集、遂銜胆而提戈。将屠平壌、用擒元悪。始達烏骨之郊、且破瑟堅之壘。明其為賊、鼓行而進。仍遣大兄弗徳等奉表入朝、陳其事迹。属有離叛、徳遂稽留。公乃反旆遼東、移軍海北。馳心丹鳳之闕、飭躬玄兎（菟）之城。更遣大兄冉有、重申誠効。（中略）皇帝照彼青丘、亮其丹懇、覧建・産之罪、発雷霆之威。（中略）乾封元年、公又遣子獻誠入朝、帝有嘉焉。遥拝公特進、太大兄如故、平壌道行軍大総管兼使持節安撫大使領本蕃兵、共大総管契苾何力等、相知経略。公率国内等六城十余万戸、書藉轅門。又有朩底等三城、希風共款。蕞爾危矣、日窮月蹙。二年奉勅追公入朝。総章元年、授使持節遼東大都督、上柱国、玄菟郡開国公、食邑二千戸、余官如故。（中略）其年秋、奉勅共司空英国公李勣相知経略。風駆電激、直臨平壌之城。前哥後舞、遥振崇墉之堞。公以罰罪吊人、憫其塗地。潜機密構、済此膏原。遂与僧信誠等内外相応。趙城抜幟、豈労韓信之師。鄴扇抽関、自結袁譚之将。其王高蔵及男建等、咸従俘虜。（中略）其年与英公李勣等凱入京都、策勲飲至。（中略）其年蒙授右衛大将軍、進封卞国公、食邑三千戸、特進・勲官如故、兼検校右羽林軍、仍令仗内供奉。

（周紹良、趙超編『唐代墓誌彙編』（上）調露〇二三）

2.「泉獻誠墓誌」

（A1）曾祖大祚、本国任莫離支捉兵馬。気圧三韓、声雄五部。祖蓋金、本国任太大対盧捉兵馬。父承子襲、秉権耀寵。父男生、本国任太大莫離支。

（A2）（父）率衆帰唐。唐任特進兼使持節遼東大都督、右衛大将軍、検校右羽林軍、仍仗内供奉、上柱国、卞国公、贈並・益二州大都督、謚曰襄。智識明果、機情朗秀。属孱王在国、不弟鬩牆、有男建・男産、同悪相済、建蓄捷菑之禍、産包共叔之謀。襄公覩此乱階、不俟終日。以為国之興也、則君子在位。国之亡也、則賢人去之。避危邦而不居、通上京而請謁。

（B）公即襄公嫡子也、生於小貊之郷、早有大成之用、地栄門寵、一国罕儔。九歳在本蕃．即拝先人之職。敬上接下、遼右称之、美風儀、工騎射、宏宇瓌量、幽淵不測。初襄公按部于外、公亦従焉。洎建・産等兇邪、公甫年十六、時禍起倉卒、議者猶豫、或勧以出鬪、謀無的従。公屈指料敵、必将不可、乃勧襄公投国内故都城、安輯酋庶。謂襄公曰、「今発使朝漢、具陳誠款、国家聞大人之来、必欣然啓納、因請兵馬、合而討之、此万全決勝計也。」襄公然之、謂諸夷長曰、「獻誠之言甚可択。」即日遣首領冉有等入朝。唐高宗手勅慰喩、便以襄公為東道主人、兼授大総管。公図去就之計、審是非之策、不逾晷刻、便料安危。故能西引漢兵、東掃遼祲、襄公之保家伝国、実公之力也。尋授襄公、命詣京師謝恩。天子待之以殊礼、拝右武衛将軍、賜紫袍金帯、並御馬二匹。銜珠佩玉、方均許褚之栄。錫綬班金、更等呼韓之賜。頃之、遷衛尉正卿。

（周紹良、趙超編『唐代墓誌彙編』（上）大足〇〇一）

3.「**高提昔墓誌**」

（A1）曾祖伏仁、大相、水鏡城道使、遼東城大首領。

（A2）祖支于、唐易州刺史、長岑県開国伯、上柱国。父文協、宣威将軍、右衛高陵府長上折衝都尉、上柱国。往以貞観年中、天臨問罪、祖乃帰誠款塞、率旅賓庭。爰賞忠規、載班清級、因茲胤裔、族茂京都。

（『陝西師範大学学報（哲学社会科学版）』二〇一三年第三期）

4.「**泉男産墓誌**」

（B）属唐封遠暨、漢城不守、貊弓入献、楛矢来王。君以総章元年、襲我冠帯、乃授司宰少卿、仍加金紫光禄大夫、員外置同正員。

（周紹良、趙超編『唐代墓誌彙編』（上）長安〇〇八）

5.「**李他仁墓誌**」

（B）于時朱蒙遺孽、青丘誕命。（中略）于時、授公柵州都督兼総兵馬、管一十二州高麗、統三十七部靺鞨。大総管英公、三秦推轂、万里授柯、奉皇帝之新書、遵廟堂之上略。公辯亡有預。（中略）遂率所部、効款轅門。（中略）英公遂遣公統其所属、鼓行同進。公勇冠三軍、夙馳人誉。言成一諾、早絹甿謡、遂使金陣五承、遂解迎刀之節。石城九拒、俄開却敵之扉、無寇於前、即屠平壌。炎霊四郡、即入堤封。裒成九夷、復帰正朔。従英公入朝、特蒙労勉、蒙授右戎衛将軍。

（拝根興『唐代高麗百済移民研究』）

6.「**高玄墓誌**」

（B）昔唐家馭暦、併呑天下、四方合応、啓親来降、而東夷不賓、拠青海而成国。公志懐雅略、有先見之明。棄彼遺氓、従男生而仰化、慕斯聖教、自東徂而来王、因而家貫西京、編名赤県。（中略）有勅□其驍勇、討以遼東。公誠旧人、実為諳億。大破平壌、最以先鋒。因之立功、授宜城府左果毅都尉総管。以公智勇、別奏将行。関塞怏其余塵、石樑飲其遺箭。頻蒙擢用、授以官班。又奉弘道元年遺制、外官各加一階、蒙授雲麾将軍、本官如故。

（周紹良、趙超編『唐代墓誌彙編続集』天授〇一五）

7.「**高足西墓誌**」

（B）越滄波、帰赤県、漸大化、列王臣、顒顒焉即高将軍韞之矣。公諱足西、字足酉、遼東平壌人也。乃効款而往、遂家於洛州永昌県焉。族本殷家、因生代□、□居玄菟、独擅雄藩、今罄大誠、特降殊寵。唐総章元年、授明威将軍、守右威衛真化府折衝都尉、仍長上。授守左威衛孝義府折衝都尉、散官如故。貳年授雲麾将軍、行左武衛翊衛府中郎将。

（周紹良、趙超編『唐代墓誌彙編続集』万歳通天〇〇三）

8.「**高牟墓誌**」

（B）候青律以輸誠、依白嚢而献款。授雲麾将軍、行左領軍衛翊府中郎将。

（『唐史論叢』（第十八輯）二〇一四年）

9.「**高質墓誌**」

（B）属祲起遼賓、釁萌韓壌。妖星夕墮、毒霧晨蒸。公在乱不居、見幾（機）而作。矯然択木、望北林而有帰。翻矣搏扶、指南溟而独運。乃擕率昆季、帰款聖朝。並沐隆恩、倶霑美秩。総章二年四月六日、制授明威将軍、行右衛翊府左郎将。其年、又加雲麾将軍、行左武威翊府中郎将。

（『全唐文補遺（千唐誌斎新蔵専輯）』）

10.「**高慈墓誌**」

（A1）父文、本藩任三品位頭大兄兼将軍。

（A2）（父）預見高麗之必亡、遂率兄弟帰款聖朝。奉総章二年四月六日制、授明威将軍、行右威衛翊府左郎将。

（周紹良、趙超編『唐代墓誌彙編』（上）聖暦〇四四）

11.「**王景曜墓誌**」

（A2）洎乎唐初、龍飛在天。公之父焉、投化帰本。（中略）聖主嘉之、賜第京兆、今為京兆人也。（中略）父排須、皇朝贈安東副大都護。

（周紹良、趙超編『唐代墓誌彙編』（下）開元四一三）

12.「**豆善富墓誌**」

（A2）皇唐征有遼之不庭、兵戈次玄兔之野。君考夫卒慕遠祖融河外納款、遂斬九夷列城之将、稽顙旌門。扶邑落塗炭之人、帰誠□魏闕。天書大降、栄寵一門、昆季五人、衣朱拖紫。□犁木二州□□諸軍事、賜紫金魚。

（周紹良、趙超編『唐代墓誌彙編』（下）開元五三四）

以上の墓誌銘の共通点：

（A1）祖・父の高句麗任官・業績

（A2）父の入唐と在唐の任官・業績

（B）個人の任官・業績及び入唐

（一）「泉男生墓誌」「泉献誠墓誌」について

まず、長文の記事を残す「泉男生墓誌」と「泉献誠墓誌」について検討したい。

「泉男生墓誌」のA1部分にある「父蓋金、任太大対盧。乃祖乃父、良冶良弓、並執兵鈐、咸専国柄」という叙述は、「泉献誠墓誌」のA1部分にある「祖蓋金、本国任太大対盧、捉兵馬。父承子襲、秉権耀寵」の記事に一致している。そのなかの「執兵鈐」と「捉兵馬」、「咸専国柄」と「秉権耀寵」

とはそれぞれ対応すると思われる。これらの記述は、「因馳入王宮、殺建武、立建武弟大陽子蔵為王。（中略）自是専国政」（『旧唐書』巻一九九上高麗伝）を簡略化したものであろう。おそらく、「泉男生墓誌」「泉献誠墓誌」は、泉蓋蘇文が高句麗王を殺し、独裁的な統治を実施したという高句麗末期における重大な事件を包み隠すように表現しているのであろう。

ちなみに、『旧唐書』巻一九九上高麗伝に「太宗顧謂侍臣曰、（中略）夫出師弔伐、須有其名、因其弑君虐下、敗之甚易也」とあるように、泉蓋蘇文が高句麗王を殺したことは、太宗の高句麗遠征を正当化する大義名分を提供し、軍隊を動かす重要なきっかけになった。

「泉男生墓誌」のB部分は泉男生の投唐原因・経過についての記事である。この記事は、「泉献誠墓誌」のB部分、『新唐書』巻一一〇泉男生伝に見られる。

まず、「泉男生墓誌」のB部分に「二弟産・建、一朝兇悖、能忍無親、称兵内拒。（中略）乾封元年、公又遣子献誠入朝」とあるように、泉男生と弟男建・男産との不睦は乾封元年以前のできごととされる。

しかし、新旧唐書の高麗伝および『資治通鑑』巻二〇一高宗紀、『三国史記』高句麗本紀・蓋蘇文伝などには、泉蓋蘇文が亡くなった乾封元年に、泉男生は弟男建・男産と不和になり、子の献誠を唐に送り、救援を請うたとされる。

ところで、「泉献誠墓誌」のB部分には、「初襄公按部于外、公亦従焉。洎建・産等兇邪、公甫年十六、時禍起倉卒、議者猶豫、或勧以出鬭、謀無的従」とあり、泉男生が男建・男産と不和になったのは、泉献誠が十六歳の時とされる。また、続く記事に「天子待之以殊礼、拝右武衛将軍、賜紫袍金帯、並御馬二匹」とあり、乾封元年（六六六）、泉献誠は入唐した時、高宗より右武衛将軍に任ぜられ、紫袍金帯と御馬二匹を送られた。これは『新唐書』巻一一〇泉男生伝にある「遣子献誠訴諸朝。高宗拝献誠右武衛将軍、賜乗輿馬・瑞錦・寶刀」の記事と対応する。

泉献誠が天授二年に亡くなった時、四十二歳であったことから、十六歳であったのは麟徳二年（六六五）である。したがって、泉男生と男建・男産との内訌事件が麟徳二年に起こり、同年泉蓋蘇文が亡くなったと見なすのは妥当であろう。(6)

『旧唐書』巻一九九上高麗伝に「乾封元年、高蔵遣其子入朝、陪位於太山之下。其年蓋蘇文死、其子男生代為莫離支」とあり、また、『新唐書』巻二二〇高麗伝に「乾封元年、蔵遣子男福従天子封泰山。還而蓋蘇文死、子男生代為莫離支」とあり、乾封元年、高句麗王高蔵が王子を派遣して、泰山封禅に参加したという。一方、『旧唐書』巻四高宗本紀上の麟徳二年十月条には「癸亥、高麗王高蔵遣其子福男来朝」とあり、『資治通鑑』巻二〇一の高宗麟徳二年八月条に「壬子、（中略）高麗亦遣太子福男来侍祠」とあるので、高句麗の王子福男は麟徳二年八月か十月かに東都の洛陽に到着し、その後高宗に随行して、翌年（乾封元年）正月の泰山封禅に参加したのである。[7] この派遣は泉蓋蘇文が亡くなった後であろう。つまり、高句麗の王子福男が泰山封禅に参加したのは、泉蓋蘇文をはじめとした対唐主戦強硬派ではなく、対唐停戦温和派の主張によると考えられる。

注目すべきことは、泉男生と男建・男産との内訌事件が起こる原因である。『新唐書』巻一一〇泉男生伝に「出按諸部、而弟男建・男産知国事、或曰、男生悪君等逼已、将除之。建・産未之信。又有謂男生、将不納君。男生遣諜往、男建捕得、即矯高蔵命召、男生懼、不敢入。男建殺其子献忠」とあり、泉男生と男建・男産とが不和になったのは、両者に内訌を扇動する人がいたからである。扇動者は誰か、記されていないが、おそらく対唐停戦温和派であろう。

次に、「泉男生墓誌」のB部分によれば、泉男生と男建・男産とが不和になり、最初に大兄弗徳等を遣わして表を奉じて入朝し、男建・男産との不和を奏上した。次に大兄冉有を遣わして、再び唐への忠誠と尽力とを誓った。最後に、息子泉献誠を入唐させて、ようやく唐の対応を得た。つまり、泉男生らの内附は、最初から順調には進まなかったのである。

この第二回の使節派遣は、「泉献誠墓誌」のB部分に「即日遣首領冉有等入朝、唐高宗手勅慰喩、便以襄公為東道主人、兼授大総管」とあり、大兄冉有を唐に遣わしたことが確認できる。第一回の派遣が記されないのは、「泉献誠墓誌」の記事の遺漏と言われる。[8] ただし、「泉男生墓誌」には「始達烏骨之郊、且破瑟堅之壘。明其為賊、鼓行而進。仍遣大兄弗徳等奉表入朝、陳其事迹。属有離叛、徳遂稽留。公乃反旆遼東、移軍海北。馳心丹鳳之闕、飾躬玄兎（菟）之城。更遣大兄冉有、重申誠効」とあり、第一回の大兄弗徳派遣は、遼東で反乱が起こり、軍隊を海北に移す前のできごとである。しかし、「属有離叛、徳遂稽留」すなわち当時離叛の事件が起こり、すぐには唐の救援を得られなかった。[9] おそらくこのため、「泉献誠墓誌」のB部分に「時禍起倉卒、議者猶豫、或勧以出鬭、謀無的従」とあるように、泉男生周辺でさまざまな論議がなされたのであろう。続く記事に「公屈指料敵、必将不可、乃勧襄公投国内故都城、安輯酋庶。謂襄公曰、今発使朝漢、具陳誠款、国家聞大人之来、必欣然啓納、因請兵馬、合而討之、此万全決勝計也。襄公然之、謂諸夷長曰、献誠之言甚可択。即日遣首領冉有等入朝」とあるように、この困窮した状況で、泉献誠は国内故都城に移り、唐に使節を遣わし、重ねて投降の意思を伝えるよう父の男生に建言したのである。『新唐書』巻三高宗本紀上の乾封元年六月条には「壬寅、高麗泉男生請内附。右驍衛大将軍契苾何力為遼東安撫大使、率兵援之」とあり、泉男生の「内附」事件は、乾封元年六月とされるが、おそらく泉献誠を派遣して「内附」を請うことを指すのであろう。「泉献誠墓誌」に「襄公之保家伝国、実公之力也」とあるように、泉男生の内附に泉献誠の功労が大きいことを強調し、潤色しているが、決して史実と齟齬するものではない。

この第二回の遣使に対して、高宗は泉男生に東道主人および大総管を授けて、対応した。東道主人とは、おそらく東部主人のことを指すのであろう。東部は高句麗五部の一つで、王族の所属する内部を凌駕するほどの権勢を誇っていた。『新唐書』巻二二〇高麗伝および『資治通鑑』巻一九六の太宗貞観十六年十一月丁巳条には、泉蓋蘇文の父の任官は東部大人とされるが、『旧唐書』巻一九九上高麗伝、『冊府元亀』外臣部、『三国史記』高句麗栄留王本紀には「西部大人」とあり、『三国史記』蓋蘇文伝には「東部（或云西部）大人」とある。「泉献誠墓誌」の「東道主人」から、東部主人とみるのが妥当であろう。おそらく泉男生は祖の泉太祚・父の泉蓋蘇文が在任した東部大人を襲位したのであろう。

唐に投降するため、三たび使節を派遣し、第二回の時、唐に認められたことは、伝世の文献資料には見えず、「泉男生墓誌」「泉献誠墓誌」によってはじめて世に知られたことである。

「泉献誠墓誌」のA2部分は、父泉男生の投唐後の任官を記している。これに対応するのは、『旧唐書』巻一九九上高麗伝に、

其年（乾封元年——筆者注）、（中略）其子献誠詣闕求哀。詔令左驍衛大将軍契苾何力率兵応接之、男生脱身来奔。詔授特進・遼東大都督兼平壌道安撫大使、封玄菟郡公。

とあり、また『新唐書』巻二二〇高麗伝に、

乾封元年、（中略）遣子献誠入朝求救。（中略）乃詔契苾何方為遼東道安撫大使、左金吾衛将軍龐同善、営州都督高偘為行軍総管、左武衛将軍薛仁貴、左監門将軍李謹行殿而行。九月、同善破高麗兵、男生率師来会、詔拝男生特進・遼東大都督兼平壌道安撫大使、封玄菟郡公。

とあるような記事であろう。

ただし、泉男生が授けられた官職についての記録は異なっている。新旧唐書の高麗伝には、乾封元年（六六六）九月、泉男生は特進・遼東大都督兼平壌道安撫大使を授けられ、ま

た玄菟郡公に封じられたとされる。しかし、「泉男生墓誌」のB部分によると、乾封元年、泉男生は特進・平壌道行軍大総管兼使持節安撫大使を授けられたが、遼東大都督・玄菟郡公の任官・封爵が見えない。

また、『新唐書』巻一一〇泉男生伝には「詔契苾何力率兵援之、男生乃免。授平壌道行軍大総管兼持節安撫大使。（中略）明年、召入朝。（中略）遷遼東大都督・玄菟郡公、賜第京師。因詔還軍、与李勣攻平壌」とあり、高句麗滅亡以前、泉男生は唐に三たび任官されたと伝えられる。すなわち泉男生は、冉有の派遣（麟徳二年）で東道（部）主人・大総管、子の献誠の入朝（乾封元年）で特進・平壌道行軍大総管兼使持節安撫大使、高句麗に戻り平壌城を攻める時（総章元年）に遼東大都督・玄菟郡公がそれぞれ授けられた。よって、泉男生の任官・封爵・勲位について、「泉男生墓誌」の記事はより具体的で、信憑性が高いと言うことができるのである。

そして、「泉男生墓誌」のB部分には「其年秋、奉勅共司空英国公李勣相知経略。風駆電激、直臨平壌之城。前哥後舞、遥振崇墉之堞。公以罰罪吊人、憫其塗地。潜機密構、済此膏原。遂与僧信誠等内外相応。趙城抜幟、豈労韓信之師。鄴扇抽関、自結袁譚之将。其王高蔵及男建等、咸従俘虜」とある。これに対応するのは、『旧唐書』巻一九九上高麗伝に、

総章元年九月、勣又移営於平壌城南、男建頻遣兵出戦、皆大敗。男建下捉兵総管僧信誠密遣人詣軍中、許開城門為内応。経五日、信誠果開門、勣従兵入、登城鼓譟、焼城門楼、四面火起。男建窘急自刺、不死。十一月、抜平壌城虜高蔵・男建等。

とあり、また『新唐書』巻二二〇高麗伝には、

（総章元年）九月、蔵遣男産率首領百人樹素幡降、且請入朝、勣以礼見。而男建猶固守、出戦数北、大将浮屠信誠遣諜約内応。五日闔啓兵譟而入、火其門、鬱焰四興。男建窘急自刺不殊、執蔵男建等。

とあるような記事であろう。

これらによると、すんなりと平壌城に侵入できたのは、僧信誠等の「内応」による。新旧唐書の高麗伝では、僧信誠等は自ら唐軍に使人を送り「内応」できたという。ただし、「泉男生墓誌」のB部分によると、僧信誠等の「内応」を得たのは、泉男生の役割である。すなわち、泉男生は唐軍の辛労を避け（趙城抜幟、豈労韓信之師）、また平壌城人の塗炭の苦しみに配慮して（「憫其塗地」、「済此膏原」）、ひそかに平壌城内の将軍僧信誠等に（「潜機密構」、「自結袁譚之将」）、城門を開くように内通させたので（「鄴扇抽関」）、唐軍はまんまと平壌城に侵入して、高句麗王の高蔵・泉男建等を捕らえること

ができたのである。このできごとは、『新唐書』巻一一〇泉男生伝にある「使浮屠信城内間、引高麗鋭兵潜入、禽高蔵」との記事と一致している。

「泉男生墓誌」のB部分には「其年、蒙授右衛大将軍、進封卞国公、食邑三千戸、特進・勲官如故、兼検校右羽林軍、仍令仗内供奉」とあり、また『新唐書』巻二二〇高麗伝には「(総章元年)十二月、帝坐含元殿引見勣等、数俘于廷。(中略)以献誠為司衛卿、信誠為銀青光禄大夫、男生右衛大将軍」とある。泉献誠は定員二人の右武衛将軍から定員一人の司衛(衛尉)卿へ、泉男生は臨時職の遼東大都督から定員一人の右衛大将軍へ、また卞国公に封じられ、さらに宮内で供奉させられたのである。僧信誠も銀青光禄大夫を授けられた。これらの任官は平壌城に侵入した際に三人が立てた功績に対する褒賞であろう。つまり、唐軍がよく平壌城を攻略できたのには、唐に投降した高句麗人泉男生らの力に与るところが極めて大きい。

高句麗の滅亡事件には、泉男生らの内附が重要な契機となった。彼が亡くなった後、「泉男生墓誌」には「寵贈之厚、存歿増華、哀送之盛、古今斯絶」とあるように、かなり優遇された。

(二)ほかの高句麗人墓誌について

まず、(A)部分について、「高提昔墓志」のA1部分には、高提昔の曾祖伏仁は大相・水鏡城道使・遼東城大首領を歴任したとされる。A2部分には「往以貞観年中、天臨問罪、祖乃帰誠款塞、率旅賓庭」とあることから、祖の高支于は貞観年間に入唐したことがわかる。入唐後に易州刺史・長岑県開国伯・上柱国を授けられたが、入唐前の任官は不明である。高伏仁は最後に唐・高句麗の戦いの最前線の遼東城に務めていることから、貞観年間、唐の高句麗遠征軍が遼東城に侵攻した時、息子の高文協とともに入唐したのであろう。『旧唐書』巻一九九上高麗伝に「延寿等膝行而前拝手請命。太宗簡傉薩以下酋長三千五百人、授以戎秩、遷之内地」とあり、貞観十九年の太宗の高句麗遠征によって、高句麗人三五〇〇人が内地に遷された。おそらく、高支于と高文協は貞観十九年六月に高延寿らにしたがって投降して入唐したと指摘している。[10]

また、「王景曜墓誌」のA2部分と、「豆善富墓誌」のA2部分に記されるように、唐の高句麗遠征の際、王景曜の父王排須、豆善富の父豆夫卒が入唐したが、具体的な時期は不明である。また、王排須は死後に安東副大都護が贈られたことから、入唐してから京兆府に安置されたが、おそらくその後安東都護府に戻ったのであろう。

そして、「高慈墓誌」のA2部分に「(父)預見高麗必亡、遂率兄弟帰款聖朝」とあり、高慈の父高質は高句麗の滅亡直前に兄弟を率いて、入唐したとされるが、高慈も同行して入唐したのであろう。

次に、(B)部分について、「泉男産墓誌」のB部分によると、泉男産が総章元年に帰順し、官職に任ぜられたのである。これは、文献史料と一致している。また、「高質墓誌」のB部分は、「高慈墓誌」のA2部分と対応し、高質は子の高慈と共に入唐し、同じ時期に任官されたのである。

「李他仁墓誌」のB部分によると、李他仁は大総管英公すなわち李世勣の高句麗遠征の際に入唐し、その後平壌の侵攻に参加した人物である。この李世勣の高句麗遠征、すなわち李他仁の入唐時期は、拝根興氏によると、乾封元年から総章元年までの間である[11]。筆者は拝氏の説に賛成しているが、より具体的な時期を検討したい。

『旧唐書』巻一九九上高麗伝に「(乾封元年)十一月、命司空英国公李勣為遼東道行軍大総管、率裨将郭待封等以征高麗。二年二月、勣度遼至新城」とあり、『新唐書』巻二二〇高麗伝に「明年正月、勣引道次新城」とあり、李世勣の新城到着は乾封二年一月あるいは二月である。

李他仁が在任した柵州都督兼総兵馬の「柵州」は、唐人陽玄基の墓誌(長安三年(七〇三)制作)に見える「(総章元年、授鹿陵府長上折衝、仍検校東柵州都督府長史」)[12]。また、「高質墓誌」には「父量、三品柵城都督、位頭大兄兼大相」とあり、拝根興氏は、柵州は柵城と同じ地名であると推測している[13]。その具体的な場所は、現在の琿春市あるいは延吉市にあるとする二説が有力である。

『新唐書』巻二二〇高麗伝に「(乾封)三年二月、勣率仁貴抜扶余城、它城三十皆納款。(中略)仁貴横撃、大破之、斬首五万級、抜南蘇・木底・蒼岩三城、引兵略地、与勣会」とあり、唐軍は乾封三年二月に、琿春市・延吉市の辺りと近い木底州、扶余城と南蘇州を占領したのである。当時、投降した高句麗城は扶余城のほかに「它城三十」ある。柵州(柵城)はその三十城の一つであろう。つまり、李他仁が帰服したのは、乾封三年二月であると考えられる。

『旧唐書』巻一九九上高麗伝に「総章元年九月、勣又移営於平壌城南、男建頻遣兵出戦皆大敗。(中略)十一月、抜平壌城、虜高蔵男建等」とあり、李世勣の平壌侵攻は総章元年九月から十一月までであった。したがって、李他仁が平壌の侵攻に参加したのはこの間であろう。

なお、「李他仁墓誌」のB部分に「従英公入朝、特蒙労勉、蒙授右戎衛将軍」とあることから、平壌侵攻の際に立てた功績で、李他仁は従三品の右戎衛将軍を授けられた。泉男産の従四品上「司宰少卿」、高玄の従五品下「宜城府左果毅都尉」、高牟の正四品下「左領軍衛翊府中郎将」、高質の正五品上「右衛翊府左郎将」、高慈の正五品上「右威衛翊府左郎将」などと比べても、異例の昇叙であろう。

そして、「高玄墓誌」のB部分には「公志懐雅略、有先見之明。棄彼遺氓、従男生而仰化、慕斯聖教、自東徙而来王、因而家貫西京、編名赤県」とあるように、高玄は泉男生にしたがって帰順し、また同行して西京長安に行ったのである。続く記事に「有勅□其驍勇、討以遼東。公誠旧人、実為諳億。大破平壌、最以先鋒。因之立功、授宜城府左果毅都尉総管」とあり、西京（長安）に行った高玄は、泉男生と共にふたたび遼東に戻り、先鋒として平壌侵攻の戦いに参加したのである。

「高足酉墓誌」のB部分には、高足酉の入唐時期はいつのできごとであるか、記されていない。ただし、唐の総章元年に明威将軍、二年に雲麾将軍を授けられることから、おそらく高牟（雲麾将軍）・高質・高慈（みな明威将軍）と同じく高句麗の滅亡直前に、唐に帰服したのであろう。

そして、「高牟墓誌」のB部分には「候青律以輸誠、依白囊而献款。授雲麾将軍、行左領軍衛翊府中郎将」とあり、高牟が乾封元年（六六六）から総章元年（六六八）までの間に帰服し、唐に高句麗の軍事情報を献上したと思われる。[14]「高鐃苗墓誌」の銘文には「降霊玉陰、投誠天闕」とあるように、高鐃苗も高句麗滅亡の戦いの際に唐に帰服した人物である。[15]

以上の分析から、高句麗末期において、唐に投降して、平壌城の侵攻・高句麗滅亡に参加した高句麗人が多くいることが知られた。ただし、「泉男生墓誌」と「泉献誠墓誌」「李他仁墓誌」を除けば、自身及び祖父の入唐経過が簡略化されている。

前述のように、李他仁は高句麗滅亡の戦いにおいてかなり大きな功績を立て、死後にも正三品の右驍衛大将軍が贈られた。そして、「泉男生墓誌」と「泉献誠墓誌」にその入唐経過が詳細化されたのは、高句麗滅亡の戦いに立てた大きな功績をアピールするためであろう。潤色があるかもしれないが、事実の改変や史実の歪曲などは見られない。

三、百済人墓誌からみた高句麗・百済残党の通交

これまで中国で出土した百済人墓誌は、すべて六六〇年百済滅亡以後に作られたものである。また、扶余隆、黒歯常

之、祢寔進、祢軍、陳法子の五人一世は正四品上以上の官職を持っている人物である。扶余隆は百済王子であり、ほかの五人は武官つまり蕃将として活躍し、もともと百済の高官出身である。したがって、彼らの墓誌には入唐前後における百済・唐、ないし高句麗・百済残党の通交に関する記事が記されている。

入唐百済人二世の黒歯俊・祢素士（祢寔進の子）・難元慶、三世の扶余氏（扶余隆の孫）らの墓誌には、こうした記事が見られない。わずか三世の祢仁秀（祢寔進の孫）墓誌には祖の入唐経過についての簡単な記事が見られる。

入唐百済人墓誌には、高句麗関連の記事は、ただ「扶余隆墓誌」と「祢軍墓誌」だけに見られる。以下、それらの墓誌にみえる対高句麗通交の記事を引用しておきたい(16)。

1.「扶余隆墓誌」

（B）顕慶之始、王師有征。公遠鑑天人、深知逆順、奉珎委命、削衽帰仁。（中略）而馬韓余燼、狼心不悛、鴟張遼海之濱、蟻結丸山之域。（中略）以公為熊津都督、封百済郡公、仍為熊津道摠管兼馬韓道安撫大使。

2.「祢軍墓誌」

（B）去顕慶五年、官軍平本藩日、見機識変、杖剣知帰。（中略）於時日本余噍、拠扶桑以逋誅。風谷遺甿、負盤桃而阻固。（中略）僭帝一旦称臣、仍領大首望数十人将入朝謁、特蒙恩詔授左戎衛郎将。少選遷右領軍衛中郎将兼検校熊津都督府司馬。

まず、「扶余隆墓誌」のB部分にある「馬韓余燼、狼心不悛。鴟張遼海之濱、蟻結丸山之域」とは百済の滅亡後、生き残った「馬韓余燼」は「遼海之濱」に及び、「丸山之域」に閉じこもり、罰を逃れている、という意味である。

「遼海」には二つ意味があり、一つは遼東、遼河以東の地区である。唐の賈至「燕歌行」（『文苑英華』巻一九六所収）に「隋家昔為天下宰、窮兵黷武征遼海」とあり、主に高句麗を指す。もう一つは渤海・遼東の海湾である。『新唐書』巻一一一薛仁貴伝に「与李勣軍合。扶余既降、它四十城相率送欵、威震遼海。有詔仁貴率兵二万、与劉仁軌鎮平壌」とあることから、ここでの「遼海」とは、高句麗を指すと思われる。そして、「丸山之域」とは高句麗の旧都である丸都山城を指すのであろう。つまり、この「遼海之濱」と「丸山之域」とは、高句麗を指すと考えられる。

また、『旧唐書』巻一九九上百済伝に「至是乃以其地分置熊津・馬韓・東明等五都督府、各統州県」とあり、六六〇年八月百済滅亡後、百済旧地に馬韓都督府が置かれ、また扶余隆は馬韓道安撫大使に任じられていることから、この「馬韓余燼」は百済の残党を指すと考えられる。であるならば、百済滅亡後、百済人は高句麗を後援として反乱を起こしたことがわかる。

次の「祢軍墓誌」のB部分にある「日本余噍、拠扶桑以逋誅。風谷遺甿、負盤桃而阻固」とは、「日本の余噍、扶桑に拠り以て誅を逋がる。風谷の遺甿、盤桃を負みて阻み固む」と読むことができ、「日本の余噍」と「風谷の遺甿」とが、堅固な場所に入り込んで唐に降伏せず、抵抗し続けることとされる。「日本」とは百済、「風谷」とは高句麗を意味すると思われる。(17)

顕慶五年（六六〇）年八月、百済滅亡の際に立てられた「大唐平百済国碑銘」に「前誅蟠木、却剪扶桑」とあり、「蟠木」も「扶桑」も、ともに唐からみて東方の木ないし地域をさすことになり、これまでみてきた用法に準拠すれば、いずれも朝鮮半島の百済か高句麗かを譬えたと思われる。(18)これは、恐らく百済滅亡後、すぐに高句麗の遠征を行ったことを指すのであろう。

したがって、六六〇年段階の北東アジアの諸関係（軍事を含む）からみても、「盤桃（蟠木、蟠桃）」は百済、「扶桑」は高句麗をそれぞれ指す言葉であろう。よって、「風谷遺甿、負盤桃而阻固」とは、高句麗が百済残党と連合し、唐に降伏せず、抵抗し続けるという意味であると考えられる。つまり、「日本余噍、拠扶桑以逋誅」と「風谷遺甿、負盤桃而阻固」との表現は、対句で同じ内容を言い換えているものであろう。(19)

ちなみに、「大唐平百済国碑銘」（六六〇年制作）には「蠢茲卉服、竊命島洲。襟帯九夷、懸隔万里。恃斯険厄、敢乱天常。東伐親鄰、近違明詔。北連逆豎、遠応梟声。況外棄直臣、内信祆婦。刑罰所及、唯在忠良。寵任所加、必先諂幸」とある。

このうち「東伐親鄰、近違明詔。北連逆豎、遠応梟声」とは、百済は高宗の詔書に従わず、北の「逆豎」と連合し、遠くの「梟声」に応じて、東の「親鄰」を侵攻したような、百済滅亡前の悪行を責めている。この「親鄰」とは新羅を、「逆豎」とは高句麗を、「梟」とは倭国を、それぞれ指すものであろう。つまり、百済は高宗の詔諭に従わず、高句麗・倭国と連合し、新羅を侵攻したとされる。

また、六六三年、百済残党を殲滅した際に立てられた「唐劉仁願紀功碑」に「（顕慶）五年、授嵎夷道行軍子総管、随邢国公蘇定方破百済、執其王扶余義慈並太子隆及佐平・達率以下七百余人。（中略）況北方逋寇、元来未附。既見離戈東邁、錦纜西浮。妖孽侏張、仍図反逆」とあるように、この「北方」の「逋寇」はまだ唐に帰服していない高句麗を指すと考えられる。

そして、文献史料、たとえば、『旧唐書』巻一九九上百済伝に「(扶余豊)又遣使往高麗及倭国請兵、以拒官軍」とあり、『新唐書』巻二二〇百済伝に「豊率親信斬福信、与高麗・倭連和」とあるように、百済滅亡後、福信や扶余豊らの百済残党は、高句麗・倭国と連合して激しい反乱を起こした、と唐側が認識している。

白村江の戦い以降、『日本書紀』巻二十七の天智天皇二年八月己酉条に「是時、百済王豊璋与数人乗船、逃去高麗」とあり、『資治通鑑』巻二〇一高宗龍朔三年九月戊午条に「百済王豊脱身、奔高麗」とあるように、扶余豊は高句麗に逃れた。また、『旧唐書』巻八十四劉仁軌伝に「遅受信棄其妻子、走投高麗」とあり、『新唐書』巻一〇八劉仁軌伝に「遅受信委妻子、奔高麗」とあるように、遅受信らは高句麗に逃れた。つまり、これらの百済残党の有力者が高句麗に逃げたことが、倭国側・唐側の史料から確認できる。(20) これらのできごとは、扶余豊らの百済残党が、高句麗と連合関係を結んでいたことを示すものに他ならないであろう。

新旧『唐書』の高麗伝には、百済残党が高句麗と連合したことが記されていない。ただし、『新唐書』巻二二〇高麗伝に「(総章元年)十二月、帝坐含元殿引見勣等、数俘于廷。以蔵素脅制、赦為司平太常伯、男産司宰少卿。投男建黔州、百済王扶余隆嶺外」とある。扶余隆は嶺外に配流されたことが確認できないから、『資治通鑑』巻二〇一高宗総章元年十二月丁巳条に「扶余豊流嶺南」とあるように、この「百済王扶余隆」は百済王に立てられた扶余豊(豊璋)のことであるに違いない。つまり、高句麗を滅ぼした時、高句麗に逃げた扶余豊が捕まったと考えられる。

百済と高句麗との連合については、『旧唐書』巻八十四劉仁軌伝に「仁軌又上表曰、(中略)陛下若欲殄滅高麗、不可棄百済土地。余豊在北、余勇在南、百済・高麗旧相黨援、倭人雖遠、亦相影響。若無兵馬、還成一国」とある(『資治通鑑』巻二〇一「高宗本紀」の麟徳元年十月庚辰条にも見える)ように、百済と高句麗との「黨援」が旧くからあったと劉仁軌に認識されている。

『册府元亀』巻九八一外臣部・盟誓に「初百済自扶余璋与高麗連和、屢侵新羅之地。新羅遣使入朝求救、相望於路」とあり、百済と高句麗との「連和」は扶余璋の時代からとされる。また、『旧唐書』巻一九九上百済伝に「十六年、義慈興兵伐新羅四十余城、又発兵以守之。与高麗和親通好、謀欲取党項城、以絶新羅入朝之路」とあり、『新唐書』巻二二〇百済伝に「明年、与高麗連和伐新羅、取四十余城、発兵守之。

又謀取棠項城、絶貢道」とあるように、貞観十六年（六四二）、百済王義慈は高句麗と連合して新羅の大耶城などの四十余城を攻めたとされる。

　永徽二年（六五一）、高宗が義慈に送った国書（『旧唐書』巻一九九上百済伝所収）には、

　新羅使金法敏奏書、「高麗・百済唇歯相依、競挙兵戈、侵逼交至。大城重鎮並為百済所併、疆宇日蹙、威力並謝。乞詔百済、令帰所侵之城。若不奉詔、即自興兵打取。但得故地、即請交和。」朕以其言既順、不可不許（中略）王若不従進止、朕已依法敏所請、任其与王決戦。亦令約束高麗不許遠相救恤。高麗若不承命、即令契丹諸蕃渡遼澤、入抄掠。

とあるように、新羅は百済が高句麗と連和して、新羅の「大城重鎮」を攻め取ったという情報を唐に伝えた。「亦令約束高麗不許遠相救恤」の記事から、永徽二年の時も、高宗は百済・高句麗の「連和」関係を認可していることがわかる。つまり、当時、百済が高句麗と同盟を結ぶことには、百済にとって北方の安全を得ながら、新羅の領土に侵入し、領土拡張を実現できること、高句麗にとって唐に親しくする新羅からの攻撃を避け（いわば百済による新羅牽制）、余念なく唐と対抗できることなど、それぞれ有利な点があった。

　したがって、百済滅亡後、百済残党と高句麗との連和には、唐と新羅の連合軍が高句麗・百済残党の殲滅に専念できないようにする意図があったと推測できる。

おわりに

　在唐高句麗人の墓誌を検討してみると、高句麗末期において、唐の軍事圧迫のもと、泉男生のような高句麗の中央貴族は権臣の内訌という形で、李他仁・高質などの地方高官は高句麗滅亡の兆候を見て、唐に投降することで、高句麗滅亡の戦いの際に大きな役割を果したことがわかる。百済人の入唐も同様であろう。

　また、「泉男生墓誌」「泉献誠墓誌」の検討を通じて、泉蓋蘇文が亡くなり、泉男生と男建・男産との内訌事件が起こったのは麟徳二年であり、また泉男生は入唐前に唐に救援を請うために三回使節を派遣し、高句麗滅亡前に三たび授官され、さらに僧信誠と内応してまんまと平壌城を攻略したことがわかる。これらの記事はほかの文献資料に見られず、独自の史料的典拠が存在することが確認できる。両墓誌の記事は『新唐書』泉男生伝などの文献史料と、係年や事件の経過などで一致し、過度な潤色や史実の改変は見られない。そして、「扶余隆墓誌」と「祢軍墓誌」の記事から、百済滅亡後、扶

余豊らの百済残党が倭国だけではなく、高句麗との連和関係を有していたことがより一層明白になった。つまり、これらの墓誌銘は文献史料の記載の混乱・齟齬を正し、また文献史料に見られない史実を補充する新しい資料を提供して、歴史事実の復元に寄与していることが分かる。

現在、朝鮮半島・日本列島では、七・八世紀に制作され、定制化された中国式の墓誌があまり発見されず、これまで中国で出土した高句麗人・百済人墓誌の検討を通じて、高句麗末期の対外関係の全体像を見るには無理があると言わざるを得ない。また、同時代の唐人墓誌には、高句麗・百済と関係があるものが少なくない。これらの唐人墓誌（たとえば「陽玄基墓誌」）に記される高句麗・百済の関連記事から高句麗末期の対外関係を見る必要がある。そして、「泉男生墓誌」「泉献誠墓誌」の記録から検討したように、新旧唐書の高句麗伝より、『新唐書』泉男生伝の方がより詳細で、正確であると言えるのである。それはおそらく新旧唐書の高句麗伝がかなり省略されていることによるかもしれないが、これらの墓誌を作成する際に参照した史料とどのような関係にあるかは、稿を改めて論じたい。

なお、唐の高句麗遠征によって入唐した高句麗人の数はおおよそ三十万人ほどいると言われるが[21]ただ二十数人の墓誌が出土しているのみである。また、百済滅亡の際、入唐したのは一万二〇〇〇人とされるが、十人の墓誌しか発見されていない。したがって、今後唐代高句麗人・百済人墓誌が次々出土して、六四〇年代～六六〇年代における高句麗の内政外交・国際関係が詳細に検討され、東アジア国際情勢の変動・連動がより一層明らかになることが期待される。

注

（1）愛吾元「墓誌銘における曲筆——紇干承基墓誌を例にして」（『中国における歴史認識と歴史意識の展開についての総合的研究』平成四・五年度科学研究費補助金総合研究報告書、一九九四年）。

（2）中国の学者姜清波・拜根興氏・楼正豪氏らは、李仁徳・李懐は高句麗の出身であると指摘している。姜清波『入唐三韓人研究』（暨南大学出版社、二〇一〇年）、拜根興『唐代高麗百済移民研究』（中国社会科学出版社、二〇一二年）、楼正豪「新見唐高句麗遺民『高牟墓誌銘』考釈」（『唐史論叢（第十八輯）』二〇一四年）。

（3）董延寿・趙振華「洛陽、魯山、西安出土的唐代百済人墓誌探索」（『東北史地』二〇〇七年二期）。

（4）拜根興「入郷随俗：墓誌所載入唐百済遺民的生活軌跡——兼論百済遺民遺跡」（『陝西師範大学学報（哲学社会科学版）』二〇〇九年第四期）、葛継勇「祢軍墓誌の覚書」（『専修大学東アジア世界史研究センター年報』六、二〇一二年）。

（5）葛継勇「古代中韓関係史研究の新たな視角——拜根興『唐代高麗百済移民研究』の紹介」（『史滴』三四、二〇一二年）。

(6) 連劭名「唐代高麗泉氏墓誌史事考述」(『文献』一九九七年第三期)。

(7) 当時、泰山封禅に参加する諸蕃国の使節はまず洛陽に行ってその後高宗に随行して泰山に向かったのである。葛継勇「祢軍の倭国出使と高宗の泰山封禅」(『日本歴史』七九〇、二〇一四年)。

(8) 前掲注6連論文。

(9) 苗威氏は、「属有離叛」とは泉男生がかつて唐軍に対抗したこと(六六一年鴨緑江で契苾何力軍との戦い)を意味して、唐は泉男生に不信感を抱いていると指摘している。苗威「泉男生移民唐朝史事疏正」(『北華大学学報(社会科学版)』二〇一一年第五期)。ただし、「属有離叛、徳遂稽留」とは、ちょうど離叛事件が起こり、高宗皇帝の徳(救援)が留まることを意味するのであろう。

(10) 王其禕・周暁薇「国内城高氏：最早入唐的高句麗移民——新発現唐上元元年『泉府君夫人高提昔墓誌』釈読」(『陝西師範大学学報(哲学社会科学版)』二〇一三年第三期)。

(11) 拝根興「李他仁墓誌渉及的幾個問題」(前掲注2拝書。初出は二〇一〇年)。

(12) 呂九卿「試探武周陽玄基墓誌中的若幹問題」(王双懐・郭紹林『武則天と神都洛陽』中国文史出版社、二〇〇八年)。

(13) 前掲注11拝論文。

(14) 前掲注2楼論文。

(15) 張彦「唐高麗遺民『高鐃苗墓誌』考略」(『文博』二〇一〇年第五期)。

(16) 「扶余隆墓誌」と「祢軍墓誌」の銘文は前掲注4葛論文。

(17) 東野治之「祢軍墓誌の「日本」」(『図書』七五六号、二〇一二年)、葛継勇「「盤桃」と「風谷」、「海左」と「瀛東」——祢軍墓誌の「日本」によせて(三)」(『東洋学報』九五巻二、二〇一三年)。

(18) 葛継勇「扶桑について——祢軍墓誌の「日本」によせて(二)」(『早稲田大学日本古典籍研究所紀要』第六号、二〇一三年)。

(19) 前掲注18葛論文。

(20) 葛継勇「祢軍の倭国出使と高宗の泰山封禅」(『日本歴史』七九〇、二〇一四年)。

(21) 前掲注2拝書。

〔III　高句麗・百済・日本〕

武蔵国高麗郡の建郡と大神朝臣狛麻呂

鈴木正信

すずき・まさのぶ――文部科学省初等中等教育局教科書調査官。専門は日本古代史。主な著書に『日本古代氏族系譜の基礎的研究』（東京堂出版、二〇一二年）、『国造制の研究――史料編・論考編』（共編著、八木書店、二〇一三年）、『大神氏の研究』（雄山閣、二〇一四年）などがある。

霊亀二年（七一六）、東国七カ国の高句麗人を集めて武蔵国に高麗郡が建てられた。本稿ではその歴史的背景を考察する足がかりとして、建郡当時の武蔵守・大神朝臣狛麻呂に着目した。そして、大神氏が高句麗遺民の列島への移住に関わるなど、朝鮮半島との対外交渉に従事した経験を蓄積していたことから、狛麻呂がこうした氏族としての伝統をもって、建郡に一定の役割を果たした可能性を指摘した。

はじめに

天智七年（六六八）、唐・新羅連合軍の攻撃によって、高句麗が滅亡した。その遺民には、唐へ強制移住させられた人々や、新羅へ亡命した人々、のちに渤海の建国に参加した人々のほか、日本列島へ移り住んだ人々もいた。たとえば、天武十四年（六八五）には、大唐人・百済人・高句麗人の計一四七人に爵位を賜い（『日本書紀』〈以下『紀』〉天武十四年二月庚辰条）、化来した高句麗人に禄を与えている（『紀』天武十四年九月庚午条）。また、朱鳥元年（六八六）には、高句麗・百済・新羅の男女および僧尼六十二人が献上されており（『紀』持統称制前紀朱鳥元年閏十二月条）、霊亀三年（七一七）には、高句麗・百済の滅亡後に倭（日本）へ投化した人々に対して、終身にわたり課役を免除することを定めている（『令集解』賦役令没落外蕃条所引霊亀三年十一月八日太政官符）。これらの史料に見えない人々も存在したはずであり、列島に渡った高句麗人はかなりの数に上ったと思われる。[1]

彼らは列島内に居所を定められ、中には適地へ遷される場合もあった。持統元年（六八七）には、高句麗より投化した五十六人を常陸国へ移住させている（『紀』持統元年三月己卯条）。さらに、霊亀二年（七一六）には、甲斐・駿河・相模・上総・下総・常陸・下野の計七カ国に居住していた高句麗人一七九九人が武蔵国へ遷され、高麗郡が置かれた[2]（『続日本紀』〈以下『続紀』〉霊亀二年五月辛卯条）。実際に各地から人々が移ってきたことは、郡域に含まれる堂ノ根遺跡（埼玉県飯能市芦刈場）や女影廃寺（同日高市女影）など複数の遺跡から、上記した各国の土器や瓦が出土していることからも確認できる。[3]高麗郡は高麗郷と上総郷の二郷で構成されており（『和名類聚抄』〈以下『和名抄』〉）、上総国からの移住者が特に多かったと思われる。

この高麗郡からは、聖武から桓武まで六代の天皇に仕え、従三位に上った高麗朝臣福信が出ている。彼の薨伝（『続紀』延暦八年〈七八九〉十月乙酉条）によれば、その祖父・福徳は高句麗が滅亡した際に倭（日本）へ帰来し、武蔵国に居したという。この氏族の本姓は、高句麗五部の消奴部に由来する肖奈公であり、[4]天平十九年（七四七）に王姓を賜って肖奈王となり（『続紀』天平十九年六月辛亥条）、天平勝宝二年（七五〇）には高麗朝臣（『続紀』天平勝宝二年正月丙辰条）、宝亀十年（七七九）には高倉朝臣へ改姓した（『続紀』宝亀十年三月戊午）。一族からは武蔵守・介を多く輩出し、中央で活躍しながらも、出身地の武蔵国に影響力を保ったと見られる。[5]

また、高麗郡に居住した人々の中心的存在であったと伝えられるのが、[6]高麗王若光である。彼は、天智五年（六六六）に来日した高句麗の使者の中に「玄武若光」として見えており（『紀』天智五年十月己未条）、母国の滅亡によって帰国の機会を失い、そのまま列島に留まったと考えられる。[7]大宝三年（七〇三）には、高句麗の王族に連なることを意味する高麗王の姓を賜った（『続紀』大宝三年四月乙未条）。没後には高麗郡の地に、彼を祭る高麗神社（埼玉県日高市新堀）が創祀されたという（『高麗氏系図』など）。

このように武蔵国高麗郡は、高句麗に出自を持ち、その国名をウジナに冠する二つの氏族と密接な関係を有している。特に高麗朝臣氏は中央で大きな足跡を残し、在地では高麗神社神主家が高麗王氏の後裔を称した。[8]とするならば、高麗郡の古代史を生きた人々は、倭（日本）や高句麗を取り巻く東アジア世界の政治的・文化的な「衝突」を経て、朝鮮半島から到来し、日本列島の中へ「融合」していった人々であると言うことができる。逆に言えば、この地域の歴史的展開過程を復元することは、武蔵や東国の地域史に留まらず、倭（日本）の成立・形成史や、列島と東アジアとの交流史を解明することにもつながるであろう。本稿ではその第一歩として、高麗郡の建郡に関わった氏族について若干の考察を行いたい。

一、武蔵守としての大神朝臣狛麻呂

（一）高麗郡の建郡とその背景

高麗郡が建てられた理由については、渡来系の人々を集住させて開拓を進めることがまず想定されるが、それ以外にも諸説が出されている。すなわち、高麗郡が置かれた当時の議政官の構成氏族と、武蔵国司や武蔵国の在地氏族との結びつきを想定する説(9)、各地に分散していた高句麗系遺民の集住を要望する動きに応えるためとする説(10)、高麗郡が地方行政を整備する上での「モデル」としての役割を担ったとする説(11)、「反畿内的で在地性の強い」北武蔵に高句麗人を集住させて「律令体制を浸透させる」ためとする説(12)、「日本型の中華思想」にもとづき、倭（日本）が高句麗を従えて「「日本」エリアの最北端の辺境の地」に高句麗遺民を「服属・居住させているという構図を政策的に演出する」ためとする説(13)、対蝦夷政策における後方の兵站基地としての充実をはかったとする説(14)、八世紀前半に全国的に実施された国郡再編の一環としての側面を重視する説(15)、などである。おそらく、高麗郡が置かれた理由は択一的なものではなく、これらのうちのいくつかが複合的に絡み合っていると思われる。詳しい検証は別の機会に譲ることとして、ここでは最初に掲げた点を掘り下げてみたい。この点について原島礼二氏は、次のように指摘している。

・高麗郡が置かれた霊亀二年時の左大臣は「物部氏の一族」の石上朝臣麻呂であり、大納言は大伴宿禰安麻呂であった。一方、高麗郡域はかつて入間郡に含まれていたが、その入間郡では物部直氏や大伴部直氏が有力であった。

・霊亀二年時の中納言は、阿倍朝臣宿奈麻呂であった。彼は「北武蔵への関心が若干強い阿倍氏の後裔」であり、かつ「阿倍氏のなかでも引田氏を名のる系統」であった。この系統から出た引田朝臣祖父は、大宝三年（七〇三）に武蔵守に任じられていた。

・霊亀二年時の武蔵守は、大神朝臣狛麻呂であった。彼の出身母体である大神氏(16)には、三輪引田君氏という複姓氏族がいた。また、大神朝臣氏と阿倍朝臣氏はともに三輪山周辺に本拠を構えており、両氏は「大変親しい関係を保っていた」。

そして、これらを踏まえて原島氏は、武蔵国における高麗郡の設置に、議政官構成氏族（石上・大伴・阿部各氏）の意向が反映していると推測した。ただし、これに対して宮瀧交二氏は、議政官を構成する氏族と「武蔵国ゆかりの同族」との関係が、「果たして建郡という国策を導き出すほどの関係かどうかについては見解が分かれる」と述べている。[17]たしかに、引田朝臣祖父は高麗郡が置かれた時点では、すでに武蔵守を退任している。また、原島氏は「入間地方の名族の利害が高麗建郡に関係したことだけは否定することができない」とするが、高麗郡が置かれることが物部直氏・大伴部直氏にいかなる利益をもたらしたのか判然としない。原島説をそのまま認めることは、現状では難しいであろう。

（二）高麗郡と武蔵国司

しかし、原島氏が大神氏（大神朝臣氏・三輪引田君氏）の存在を指摘した点は、注目に値する。高麗郡が置かれた霊亀二年に武蔵守の任にあった大神朝臣狛麻呂は、大和国城上郡大神郷[18]（『和名抄』）を本拠とする中央氏族・大神朝臣氏の人物であり、壬申の乱で戦功を挙げて中納言に上った高市麻呂や、摂津大夫・兵部卿などを歴任した安麻呂の弟に当たる。彼は、慶雲元年（七〇四）に正六位上から従五位下となり（『続紀』慶雲元年正月癸巳条）、和銅元年（七〇八）には丹波守に任じられ、この時には従五位上であった（『続紀』和銅元年三月丙午条）。そして、和銅四年（七一一）には正五位下（『続紀』和銅四年四月壬午条）、霊亀元年（七一五）には正五位上となり（『続紀』霊亀元年四月丙子条）、同年に前述のとおり武蔵守に任命されている（『続紀』霊亀元年五月壬寅条）。養老三年（七一九）には、多治比真人県守が武蔵守として見えることから（『続紀』養老三年七月庚子条）、少なくともこの年までには交替していたと思われる。卒伝などは残されておらず、これ以上の事績は未詳であるが、仁和三年（八八七）の大神朝臣良臣の奏上に高市麻呂・安麻呂・狛麻呂のことが見えており（『日本三代実録』〈以下『三代実録』〉仁和三年三月乙亥朔条）、そこで狛麻呂は正五位上とされていることから、これが極位であろう。

改めて確認するまでもないが、「狛」は「高麗」と通用される。たとえば、『紀』には高句麗のことを「狛」と表記した例が散見する（『紀』雄略天皇二十年条、欽明七年〈五四六〉是歳条、同九年〈五四八〉六月壬戌条、同十一年〈五五〇〉四月乙未条、同十四年〈五五三〉八月丁酉条、同十五年〈五五四〉十二月条など）。また、山城国相楽郡には大狛郷・下狛郷[19]があるが（『和名抄』）、この地は「高麗里」とも言い換えられており（『行基年譜』）、さらに「高麗寺」[20]も建立されている（『日本霊異記』中巻第十八縁など）。とするならば、大神朝臣狛麻呂はその名前からして、高句麗（高句麗人）と何らかの関係を有していた可能性がある。

さらに、冒頭で触れた高麗朝臣福信は、三度も武蔵守に任命されているが（天平勝宝八年〈七五六〉「法隆寺献物帳」〈『大日本古文書』四―一七六〉、『続紀』宝亀元年〈七七〇〉八月丁巳条、延暦二年〈七八三〉六月丙寅条）、彼の在任中には武蔵国に関連する重要な政策が施行されている。最初に武蔵守に任じられていた期間には、天平宝字二年（七五八）に新羅郡が設置されている（『続紀』天平宝字二年八月癸亥条）。また、二度目に武蔵守となった翌年の宝亀二年（七七一）には、武蔵国の所属が東山道から東海道へ変更されている（『続紀』宝亀二年十月己卯条）。前者は藤原仲麻呂政権下で出されたものであるが、この時に仲麻呂は紫微内相と中衛大将を兼ねていたのに対して（『続紀』天平宝字元年〈七五七〉五月丁卯条、天平宝字二年八月甲子是日条、『公卿補任』）、福信は紫微小弼と中衛少将を兼ねていた（『続紀』天平勝宝元年〈七四九〉八月辛未条）。このことから原島氏は、福信は仲麻呂の右腕として厚い信頼を得ており、新羅郡が置かれた背景には、福信から仲麻呂への働きかけがあったと見ている[22]。一方、中村順昭氏は、新羅郡の建郡は公式令論奏式に規定する事項であり、武蔵国の所属変更も郡の廃置と同様に論奏式による手続きが取られたと推定されることから、太政官がこれらの政策を立案した際に、「武蔵国の長官である高麗福信が関与しなかったとは考えにくい。むしろ武蔵守高麗福信が中央で発言力を持っていたことが、このような政策を実現した要因であったと考えられる」と述べている[23]。いずれも首肯すべき指摘であろう。

これらの事例を参考にするならば、武蔵守の意向が武蔵国に関する政策に影響することは、当然あり得ると言える。もっとも、大神朝臣狛麻呂の場合は、高麗朝臣福信のように武蔵国の出身ではなく、彼一人が発起人になるような形で高麗郡の建郡を進言したとは思われない。しかし前述のとおり、その名からして彼は高句麗（高句麗人）と何らかの関係を有していた可能性がある。そうした人物が武蔵守の任にある時期だからこそ、高麗郡の建郡事業が円滑に進んだ側面もあったのではなかろうか。

二、三輪引田君難波麻呂と高句麗

(一) 大神朝臣氏と三輪引田君氏

そのことは、狛麻呂を輩出した大神氏の対外交渉への関わり方からもうかがうことができる。大神氏には、三輪引田君（大神引田公・大神引田朝臣）氏、大神私部公氏、大神波多公氏、大三輪真上田君（神麻加牟陀君・大神真神田君・大神真神田朝臣）氏、三輪栗隈君氏、神宮部造氏、大神大網造氏、神掃石公（大神掃石朝臣）氏、大神椋田朝臣氏など、非常に多くの複姓氏族が確認できる。[24] このうち、特に三輪引田君氏には、高句麗へ派遣された人物がおり、注目される。すなわち、天武十三年（六八四）、三輪引田君難波麻呂が大使として「高麗」に派遣され、約一年にわたって現地に滞在した後、翌天武十四年（六八五）に帰国している（『紀』天武十三年五月戊寅条、同十四年九月癸亥条）。この時点ですでに高句麗は滅亡していることから、これらの記事に見える「高麗」とは、天智九年（六七〇年、新羅文武王十年）、新羅が高句麗最後の宝蔵王の嗣子（庶子あるいは外孫、一説には泉蓋蘇文の甥）ともいわれる安勝を高句麗王として冊封し、天武三年（六七四、文武王十四年）には報徳王に任命して、[25] 旧百済領内の金馬渚[26]に再興した高句麗（小高句麗国・報徳国とも）のことを指している（『三国史記』新羅本紀文武王十年・十四年条）。

難波麻呂が派遣された天武十三年以前には、約十年にわたりほぼ毎年のように高句麗からの使者が来日し、倭（日本）からも使節が派遣されており（『紀』天武十年〈六八一〉七月辛未条、十一年〈六八二〉六月壬戌条など）、しかも難波麻呂が帰国した九月癸亥（二十日）からわずか七日後の庚午（二十七日）には、冒頭に挙げたように化来した高句麗人に対して禄が与えられていることから（『紀』天武十四年九月庚午条）、彼は高句麗の遺民を倭（日本）に引率した可能性がある。[27] なお、この点に対しては、派遣の目的が遺民の引率であるならば「一年以上も滞在しなかったであろう」とし、「亡命者を受け入れる時期としても、かつて天智朝に高句麗が滅亡した際のような画期的な事態がとくにこの時勃発した様子もない」ことから、「高句麗遺民からの来朝を重視したためであることは事実であるが（略）確乎たる具体的な使命をもった訳ではなかろう」と見る説もある。[28] しかし、この時期は再興された高句麗にとって、やはり画期であった。天武九年（六八〇、文武王二十年）には、新羅の文武王の妹が安勝のもとに降嫁し（『三国史記』新羅本紀文武王二十年条）、天武十二年（六八三、神文王三年）には、安勝に新羅の第三等の官位である蘇判と、新羅王と同じ金姓が与えられ、居所も金馬渚から金城（慶州）に移されている（『三国史記』新羅本紀神文王三年条）。天武十三年（六八四、神文王四年）十一月には、安勝の一族である大文が金馬渚で蜂起して鎮圧される事件が起こり、この地の住民は南方に移住させられることになった（『三国史記』新羅本紀神文王四年条）。つまり、天武十三〜十四年の前後は、旧百済領内に再興された高句麗の存在意義が失われ、解体に向かっていた時期なのである。難波麻呂はこうした情勢を受けて派遣されたのであり、当初の主要な目的ではなかったかもしれないが、結果として高句麗の遺民を連れて帰国したと見ることもできる。滞在期間が一年にも及んだのは、渡航後に起こった大文の反乱の影響により、帰国の日程が遅れたためか、予定よりも多くの遺民が発生したためと理解できよう。

この難波麻呂が出た後、三輪引田君氏の活躍はしばらく知られないが、神護景雲二年（七六八）には、大神引田公足人・大神私部公猪養・大神波多公石持ら計二十人に、大神朝臣が賜与されている[29]（『続紀』神護景雲二年二月壬午条）。この三氏は、他の複姓氏族に比べて大神朝臣への改姓が早いことから[30]、本宗たる大神朝臣氏と比較的近い関係にあったと考えられる[31]。一方、本宗の狛麻呂は生没年ともに未詳であるが、前述のとおり慶雲元年以前には官途に就いていることから、難波麻呂が高句麗に渡った天武十三年には、すでに生まれていたと思われる。おそらく狛麻呂は幼少期に、難波麻呂の活躍を身近で聞いていたに違いない。

また、大神朝臣氏は大和国城上郡大神郷に本拠を構えていたのに対し、三輪引田君氏の本拠は大和国城上郡辟田郷[32]（『和名抄』）と推定されている。両者はともに三輪山麓の初瀬川北岸に位置し、近接している。この地には曳田神社が鎮座しており（『延喜式神名帳』大和国城上郡条）、現在の乗田神社（奈良県桜井市白河）に比定されている。この神社は本来、谷を一つ隔てた西の丘の上に鎮座しており、「地元の伝承」によればそこは古宮跡と称され、三輪引田君難波麻呂の屋敷跡であったという[33]。この伝承がどこまで史実かは不明であるが、曳田神社が現在よりも西寄りの地点に鎮座していた場合には、辟田郷は大神郷のより近くに比定されることになる。

そして、乗田神社から初瀬川を挟んだ対岸には、大字に狛という地名が残っている。この地はもと東岩坂村と呼ばれており、永正四年（一五〇七）に山城国の豪族・狛山城守がこの地に入部したことにともない、狛村に改名したとも言われている。よって、狛という地名そのものが、古代にまで遡る確証はない。しかし、山城国の狛氏の本拠は、前述した山城国相楽郡大狛郷・下狛郷である。この地には、高句麗人が多く居住していたことが知られる。欽明二十六年（五六五）には、高句麗人の頭霧唎耶陛が投化して山背国へ遷されているが、この人物は畝原・奈羅・山村の高句麗人の先祖とされている（『紀』欽明二十六年五月条）。ここに見える山村は、山城国相楽郡内の地名であることが確認できる（『新撰姓氏録』山城国皇別 日佐条）。また、貞観三年（八六一）に伴大田宿禰常雄が伴宿禰へ改姓した際の款状には、常雄の祖先である大伴連狭手彦が、欽明朝に百済を救援するため大将軍として派遣され、高句麗を討伐して多くの宝物を持ち帰り、帰国した際には高句麗人の捕虜を献上し、彼らが山背国の狛人の祖になったとある（『三代実録』貞観三年八月十九日庚申条）。これらの人々を現地で管轄した伴造氏族と見られる狛造氏は、[34]高句麗の夫連王より出たとされている（『新撰姓氏録』山城国諸蕃高麗 狛造条）。このほかにも山城国には、高句麗人の東部黒麻呂なる人物が見える（『日本後紀』弘仁二年〈八一一〉八月己丑条）。

こうした山城国の高句麗人が、後世に現在の桜井市狛一帯へ移住してきたことからすれば、この地には同じ高句麗系の人々が古くから居住していたのではあるまいか。たとえ狛の地名に拘泥せずとも、かつて難波麻呂が伴ってきた高句麗遺民の一部が、三輪引田君氏や大神朝臣氏の本拠の近くに居住地を与えられ、両氏との結びつきを維持しながら定着していったことは十分に考えられる。そうした人々の中に、たとえば養育に関わる、あるいは側に仕えるなど、何らかの形で狛麻呂との間に関係を持った者がいたと想定することも、あながち無理ではなかろう。[35]

(二) 大神氏と対外交渉

さらに、大神氏には難波麻呂のほかにも外交に関与した人物が散見する。まず垂仁三年には、大友主が新羅から到来した天日槍を尋問するために派遣されたとある（『紀』垂仁三年三月条）。この大友主は、大神氏の始祖とされる伝承上の存在であるが、[36]そうした人物に対外交渉に関わる事績が仮託されていることは、大神氏が主たる職掌である三輪山での祭祀と並んで、対外交渉の分野にも早い段階から従事していたことを物語っている。次に、大化元年（六四五）には、百済と任那の境界を観るため、三輪栗隈君東人が二度にわたり朝鮮半島へ派遣されている（『紀』大化元年七月丙子条）。東人が出た三輪栗隈君氏は、山城国久世郡栗隈郷[37]（『和名抄』）を本拠とする大神氏の複姓氏族の一つである。つづいて大化五年（六四九）には、三輪君色夫が新羅へと派遣されている（『紀』大化五年五月癸卯条）。この年には、新羅から人質や多くの従者（僧・官人・才伎・訳語・雑傔人）が来日したとあり（『紀』大化五年是歳条）、色夫はこうした人々の送迎を担当したと見られる（『紀』大化五年是歳条）。そして、天智二年（六六三）には、白村江の戦いの際、三輪君根麻呂が中将軍に任命され、前・後将軍らとともに計二万七〇〇〇人の兵を率いて出征している（『紀』天智二年三月条）。この三輪君根麻呂については、同じく白村江の戦いに参加した但馬国の神部直根閇（『粟鹿大明神元記』）と同一人物とする説もあるが、[38]両者は別人と理解すべきである。[39]

このように大神氏（複姓氏族を含む）は、その祖とされる大友主、孝徳朝の三輪栗隈君東人・三輪君色夫、天智朝の三輪君根麻呂、そして天武朝の三輪引田君難波麻呂というように、少なくとも七世紀中葉から対朝鮮半島外交に関わった経験を蓄積していた。特に難波麻呂は、旧百済領内に再興された高句麗（小高句麗国・報徳国）の遺民を率いて帰国し、彼らは三輪山嶺に居住して、大神朝臣氏や三輪引田君氏と関係を保った可能性がある。とするならば、こうした氏族としての伝統を有する大神氏より出た狛麻呂だからこそ、高句麗の遺民の移配・集住に関わる政策に積極的に取り組み、その結果として高麗郡の建郡を円滑に進めることができたのではなかろうか。その意味において、霊亀二年当時、武蔵守の任にあった大神朝臣狛麻呂が高麗郡の建郡事業において果たした役割は、決して小さくなかったと考えることができる。

結語

武蔵国高麗郡に関する従来の研究においては、大神朝臣氏や三輪引田君氏への言及は見られたが、これらの氏族の存在が具体的にいかなる意味を持ったのかについては論じ残されていた。そこで本稿では、霊亀二年当時の武蔵守・大神朝臣狛麻呂に着目し、大神氏が七世紀中葉から約半世紀にわたって朝鮮半島との対外交渉に従事してきたことや、三輪引田君難波麻呂が高句麗遺民の列島への移住に関与したと推測されることなどから、狛麻呂はかかる大神氏の氏族としてのバックグラウンドをもって、高麗郡の建郡に一定の役割を果たしたと考えられることを述べた。もちろん、そのことを直接的に示す史料は残されておらず、推論を重ねた部分もある。しかし、高麗郡の建郡が実現するに至るまでの不可欠な要素の一つとして、武蔵守としての大神朝臣狛麻呂の存在を位置づけることは可能であろう。

さて、以上を踏まえて最後に二点を付言しておきたい。第一に、冒頭で触れた高麗王若光に関連して、藤原宮跡から次の木簡が出土している。(40)

□□〔高麗カ〕若光　　（一八七）・（九）・四　〇八一

この木簡は、上下端・左右両辺いずれも原形を留めておらず、用途も不明であるが、同じ遺構から出土した木簡には、宮内省・中務省とその被官、王家、門の警護などに関わるものが多く、また、紀年を持つものは天武十年から和銅二年（七〇九）に及んでおり、とりわけ文武二年（六九八）以降に集中している。(41) よって、ここに見える人物が若光を指すならば、この木簡は七〇〇年前後に若光が上記の内容に関係する何らかの職務に従事していたこと、つまり中央（藤原京内もしくはその周辺）に居住していたことをうかがわせるものである。これまでの研究では、若光は高句麗滅亡後（高麗郡が置かれる以前）に武蔵国へ移住したとする説[42]、高麗郡の建郡にともなって移住したとする説[43]、中央に居住していたとする説[44]などが出されてきたが、当該木簡を踏まえて改めて検討する必要があろう[45]。

第二に、列島内には前述した山城国相楽郡大狛郷・下狛郷のほかに、河内国大県郡巨麻郷・若江郡巨麻郷、甲斐国巨麻郡、武蔵国多磨郡狛江郷、紀伊国那賀郡山崎郷狛村など、高句麗人（遺民）の集住に由来すると思しき地名が多く確認でき[46]、ほかにも高句麗人は各所に分布したと思われるのに対し、武蔵国高麗郡への移住は全国的な規模で実施されたのではなく、あくまでも東国の計七カ国に限られている。このことは、高麗郡の建郡が第一義的には東国経営の中で理解されるべきことを示唆している。しかし、かといってこの問題を東国史の中に解消してしまうこともまた、正確な理解には及ばない。そこで注目されるのは、高麗王姓の賜与に「「高句麗王権」の取り込みの象徴性」を見出す研究を援用して[47]、高麗郡が置かれた意義を説明しようとする議論である[48]。今後はそれを発展的に継承する形で、律令国家の支配理念に関わる王姓賜与の問題と、より実際的な地方行政に関わる建郡の問題とを、ひとまず別個に考えることが必要になると思われる。この点については、同じく王姓を有する百済王氏・肖奈王氏や、国名を冠する摂津国百済郡・武蔵国新羅郡との比較も含めて、別の機会に詳論することとしたい。

注

（1）史料では「高麗人」と表記されるが、本稿では高句麗から列島へ到来した人々（遺民を含む）を総じて「高句麗人」と表記する。

（2）現在の埼玉県日高市高麗本郷・高麗川を遺称地名とし、郡域は日高市・飯能市・狭山市一帯に比定される。また、高麗郷は現在の日高市高麗本郷付近、上総郷は飯能市平松・芦苅場付近に比定される。

（3）高橋一夫「奈良・平安時代」（入間市史編さん室編『入間市史』一九九四年）など。

（4）佐伯有清「背奈氏の氏称とその一族」（『新撰姓氏録の研究』吉川弘文館、二〇〇一年、初出一九九一年）。

（5）福信は武蔵守に三回（後述）、石麻呂と大山は武蔵介に各一回（『続紀』宝亀九年（七七八）二月辛巳条、天平宝字五年（七六一）十月壬子条）、それぞれ任じられている。また、高麗朝臣大山は高麗郡司であった可能性が指摘されている（中村順昭「八世紀の武蔵国司と在地社会」『律令官人制と地域社会』吉川弘文館、二〇〇八年、初出二〇〇六年）。

（6）「伝説」によれば、高麗王若光は「高麗郡建郡と同時に若光は高麗郡の大領（郡長）に任ぜられた」という。高麗澄雄『高麗神社と高麗郷』（高麗神社社務所、一九三一年）。

（7）『日本古典文学大系　日本書紀』下（岩波書店、一九六五年）頭注。
（8）高麗朝臣氏と高麗王氏を同族とする見方もあるが、福徳と若光は倭（日本）へ到来した時期や理由が異なること、王姓の賜姓時期が異なること、高麗朝臣氏は当初は王姓を賜与される血統とは認められていなかったこと、高麗王氏の家系を記した『高麗氏系譜』に高麗朝臣氏の系統が登場しないことなどから、田中史生氏は「高麗王氏と肖奈氏が別系統の氏族であることを窺わせるものはあっても、同系統と思わせるものは全くない」と述べている（田中史生「王姓賜与と日本古代国家」『日本古代国家の民俗支配と渡来人』校倉書店、一九九七年、初出一九九四年）。筆者も、両氏は密接な関係にはあったが、別個の氏族であると理解したい。
（9）原島礼二「渡来人の活躍」（埼玉県編『新編埼玉県史』通史編一、一九八七年）、森田悌『武蔵の古代史』（さきたま出版会、二〇一三年）。
（10）前掲注9原島論文。
（11）高橋一夫「古代寺院成立の背景と性格」（『埼玉県古代寺院跡調査報告書』埼玉県県民部県史編さん室、一九八二年）、同「奈良・平安時代」（前掲）。
（12）加藤かな子「北武蔵の古代氏族と高麗郡設置」（『駒沢史学』三七、一九八七年）。
（13）宮瀧交二「高麗郡の設置と渡来人」（『名栗の歴史』上、飯能市教育委員会、二〇〇八年）、同「古代武蔵国高麗郡をめぐる研究の現状について」（『地域のなかの古代史』岩田書院、二〇〇八年）。
（14）新井孝重「古代高麗氏の存在形態」（『日本歴史』七四九、二〇一〇年）。
（15）前掲注9森田書。
（16）氏姓は神君・三輪君・大三輪君・大三輪朝臣なども表記される。本稿では、いわゆる本宗氏族を大神朝臣氏、複姓氏族を三輪引田君氏と呼称し、後述する他の複姓氏族を含めて大神氏と総称する。
（17）前掲注13宮瀧論文「古代武蔵国高麗郡をめぐる研究の現状について」。
（18）現在の奈良県桜井市三輪を遺称地名とし、郷域はこの一帯に比定される。
（19）現在の京都府山城町上狛・精華町下狛を遺称地名とし、この一帯に比定される。
（20）寺跡が京都府木津川市山城町上狛に所在する。
（21）現在の新座市・和光市・志木市一帯に比定される。
（22）前掲注9原島論文。
（23）前掲注5中村論文。
（24）拙著『大神氏の研究』（雄山閣、二〇一四年）。
（25）高句麗王と報徳王の関係については、高句麗王は「本国王」、報徳王は「徳化王」に相当すると理解したい。金子修一「唐代冊封制一班――周辺諸民族における「王」号と「国王」号」（『隋唐の国際秩序と東アジア』名著刊行会、二〇〇一年、初出一九八四年）、李成市「六～八世紀の東アジアと東アジア世界論」（『岩波講座日本歴史』二、岩波書店、二〇一四年）参照。
（26）現在の韓国全羅北道益山市金馬面に比定される。
（27）村上四男氏は、「六八五年、日本朝廷では化来高麗人に禄を賜うているが、小高句麗国の滅亡時に多数の高句麗人が我国に来投したからであろう。三輪引田麻呂等が、六八四年五月に彼地に趣、六八五年九月に帰来したのは、亡命者を伴わんがためであったのかも知れない」と述べている。村上四男「新羅国と報徳王安勝の小高句麗国」（『朝鮮古代史研究』開明書院、一九七八年、初出一九六六年）参照。

(28) 鈴木靖民「百済救援の役後の百済および高句麗の使について」（『日本歴史』二四一、一九六八年）。

(29) この記事には「大神引田公」とあることから、天武十三年から神護景雲二年までの間に、三輪引田君氏は大神引田公へ改姓したと見られる。また『続紀』天平宝字三年（七五九）には、「君」から「公」への表記変更が命じられている（『続紀』天平宝字三年十月辛丑条）。

(30) 大神真神田君氏も貞観四年（八六二）に大神朝臣へ改姓しているが（『三代実録』貞観四年三月己巳朔条）、大神引田君氏らの改姓からは約一〇〇年遅れる。

(31) 阿部武彦「大神氏と三輪神」（『日本古代の氏族と祭祀』吉川弘文館、一九八四年、初出一九七五年）、前掲注24拙著。

(32) 現在の奈良県桜井市白河一帯に比定される。

(33) 松本俊吉「曳田神社」（『式内社調査報告』三、皇學館大学出版部、一九八二年）。

(34) 佐伯有清『新撰姓氏録の研究』考証編五（吉川弘文館、一九八三年）。

(35) 荒井秀規氏は、狛麻呂の養育者が高句麗人であったと推測している（荒井秀規「東アジアと日本の政治状況から――高麗郡建郡の歴史的な意義は」『高麗郡建郡一三〇〇年歴史シンポジウム資料集』日高市文化体育館、二〇一三年十一月三十日）。ちなみに、大神氏の家系を記した『大神朝臣本系牒略』では、狛麻呂の母を「高市連安人女」としており、彼がどのような集団に養育されたかは定かでない。ただしその場合でも、大神氏と高句麗（高句麗人）との間には、本文に述べたとおり密接な関係があったと考えられる。『大神朝臣本系牒略』については、拙著『日本古代氏族系譜の基礎的研究』（東京堂出版、二〇一二年）、前掲注24拙著参照。

(36) 前掲注24拙著。

(37) 現在の京都府宇治市大久保付近に比定される。

(38) 是澤恭三「但馬国朝来郡粟鹿大明神元記に就いて」（『書陵部紀要』九、一九五八年）、田中卓「一古代氏族の系譜」（『田中卓著作集』二、一九八六年、初出一九五六年）など。

(39) 溝口睦子『日本古代氏族系譜の成立』（学習院、一九八二年）、前掲注24拙著。

(40) 『藤原宮木簡』三―一三一六。なお、この木簡には姓（カバネ）が記されていないことから、単にこれを省略したものか、あるいは若光が王姓を賜与された大宝三年以前に作成されたと考えられるが、同じ遺構から出土した木簡には姓を記すものが多いことから、ここでは後者の可能性を指摘しておきたい。

(41) 『藤原宮木簡』三解説。

(42) 前掲注13宮瀧論文「古代武蔵国高麗郡をめぐる研究の現状について」など。

(43) 前掲注9原島論文。

(44) 近江昌司「仲麻呂政権下の高麗朝臣福信」（林陸朗先生還暦記念会編『日本古代の政治と制度』続群書類従完成会、一九八五年）。

(45) 荒井秀規氏は、来日後の若光について、相模国大磯との関連を指摘した上で、「霊亀二年（七一六）に若光が健在であり高麗郡へ移住したのか、その前は大磯にいたのか、いずれも不明である。だが、若光が後代に神と崇められるほど、渡来した高句麗人の拠り所となる人物であったこと、彼を慕う高句麗人が相模国では多く大磯の地に居住していたこと、その一部が武蔵国高麗郡に移り住んだこと、などは史実と見なしてよいであろう」と述べている（『大磯町史』通史編六、二〇〇四年）。なお、荒井秀規「古代相模の「渡来人」と「帰化人」」（『三浦古文化』四八、一九九〇年）も参照。

(46) 河内国大県郡巨麻郷は現在の大阪府柏原市本堂付近、河内国若江郡巨麻郷は同東大阪市若江北町・若江南町から八尾市久宝寺付近、甲斐国巨麻郡は山梨県西部一帯、武蔵国多磨郡狛江郷は東京都狛江市・調布市一帯、紀伊国那賀郡山崎郷狛村は和歌山県岩出町山付近に、それぞれ比定される。このうち、たとえば甲斐国巨麻郡について、関晃氏は「かなり多くの高句麗系帰化人が居住していたことを物語る」と述べている。関晃「甲斐の帰化人」（『関晃著作集』三、吉川弘文館、一九九六年、初出一九五九年）。

(47) 前掲注8田中論文。

(48) 前掲注13宮瀧論文「古代武蔵国高麗郡をめぐる研究の現状について」など。

付記　本稿は、科学研究費補助金若手研究B（課題番号一五K一六八三四）による研究成果の一部である。

藤原成佐の「泰山府君都状」について

柳川　響

やながわ・ひびき――日本学術振興会特別研究員。専門は中世文学。主な著書に「藤原頼長の経学と「君子」観――『台記』を中心として」（『国文学研究』一六九、二〇一三年）、「『保元物語』における藤原頼長の人物造型――「神矢」と平将門をめぐって」（『国語国文』八三―三、二〇一四年）、「藤原頼長と告文――『台記』所載の告文をめぐって」（『和漢比較文学』五三、二〇一四年）などがある。

藤原成佐が作った泰山府君都状について考察する。成佐は藤原頼長の学問に多大な影響を与えた人物であるが、この都状は頼長が『周易』を学ぶ時に作られたものであり、内容にも経書の影響が強く反映されている。平安時代の泰山府君都状を整理したうえで、成佐の都状における経書の具体的な影響を明らかにし、その位相や特徴を考える。

はじめに

平安時代末期に摂政・関白を務めた藤原忠実の二男として、早くに大臣となって活躍した藤原頼長は、有職故実や学問に通暁した人物であった。頼長は儒学の経典である経書を重視し、その学識は当時の儒者たちを凌ぐほどであった。この頼長の学問に多大な影響を与えた人物に藤原成佐がいる。

成佐は藤原北家良世流の儒者であり、頼長の学問の師であった。[1] その優れた才学は頼長の日記『台記』にしばしば記されているが、成佐の儒者としての素養を具体的に知りうるのは、『台記』康治二年（一一四三）十二月七日条に載せられている泰山府君都状だけである。この都状は頼長が『周易』の学習を始めるときに行った泰山府君祭で読まれたものである。現存する平安時代の都状と比べると、経書の学習を目的とした都状は他になく、先行研究では特色あるものとして捉えられてきた。[2] しかしながら、これまでの研究ではそれぞれの都状に用いられている言葉や表現など、内容の詳細な検討はなされておらず、どの程度異なるものであるかは明確にされていない。

泰山府君祭や都状はこれまで主に陰陽道研究の中で史学的、思想的な側面から論じられてきたが、都状の文章や内容に関する研究は少ない(3)。とりわけ、都状に用いられる語句の典拠を明らかにしたり、注釈を施したりするなど文学的側面からの研究はほとんど行われてこなかった。

本稿では平安時代の泰山府君祭について先行研究を踏まえながら整理し、他の都状との比較を通して成佐の都状の位相や特徴を明らかにしたい。

一、平安時代の泰山府君祭

(一)泰山府君祭とは

まず、前提として、泰山府君祭とは陰陽道の祭祀であり、泰山府君を含む冥道十二神を祭って延命息災、富貴栄達を祈願するものである。泰山府君とは中国山東省の東岳泰山の神であり、人の生死や寿命、福禄を司るものとして古くから道教で信仰された。澤田瑞穂氏は、後漢ごろまでの泰山は死霊の赴く山で、人間の寿命の年数を記した原簿がある程度のものであったが、仏教地獄説の浸透によって生前の善悪の罪福を審判し、罪業への刑罰を執行する権能が付加され、天帝―閻羅王―泰山府君―五道神という序列が現れたことを指摘している(4)。

泰山府君信仰は仏教や密教の影響を受けながら日本では陰陽道的祭儀として受容され、十世紀以降の貴族日記には泰山府君を祭る記事が散見する。速水侑氏は、十世紀の貴族社会に成立した金峰山信仰の背景には泰山府君に代表される冥府・冥官への信仰があったことを想定した。そして、冥府・冥官の信仰が貴族の個人的信仰である星宿信仰と混交して発達したこと、泰山府君への祈願が現世利益であったことを指摘している(5)。

冥道十二神とは、『朝野群載』巻十五の「藤原為隆閻羅天子都状」によると、閻羅天子・五道大神・泰山府君・天官・地官・水官・司命・司禄・本命・同路将軍・土地霊祇・永視大人であり(6)、十二神それぞれに対して都状が作られたようである。加えて、「藤原為隆泰山府君都状」(『朝野群載』巻三、巻十五)に見えるように、「謹上　泰山府君都状」に始まる都状が別に一通作られ、計十三通の都状が泰山府君祭に用いられた。このことは藤原行成の日記『権記』でも確認できる。長保四年(一〇〇二)十一月九日条には、「晩景送都状等都十三通。加署送之。(晩景に都状等都《すべ》て十三通を送る。加署して之れを送る。)」と見える。

祭時の供物については、『権記』同年同月二十八日条に

「日出依左京権大夫晴明説、奉太山府君幣一捧・紙・銭。為延年益算也。（日の出に左京権大夫晴明の説に依り、太山府君に幣《ぬさ》一捧げ・紙・銭を奉る。延年益算の為なり。）」とあるように、祭物として幣と紙と銭を捧げている。また、『本朝続文粋』『朝野群載』『三十五文集』の都状では、金幣、銀幣、銀銭、鞍馬、勇奴が祭物として捧げられている。これらの祭物は紙で作られ、祭が終わると焼却されたのである。[7]

（二）早期の泰山府君祭

泰山府君祭の最も早い例として注目されるのが、藤原忠平の日記の抄本『貞信公記抄』の記事である。延喜十九年（九一八）五月二十八日条には「廿八日、甲午、七献上章祭」と見えるが、七献上章祭は泰山府君祭の別名であったようである（『伊呂葉字類抄』太・諸社）。

さらに、「泰山府君祭」という名称で見える例としては、藤原実資の日記『小右記』の記事が挙げられる。

〔小右記、永祚元年（九八九）二月十日条〕

依喚参院。尊勝御修法・焔魔天供・代厄御祭等、奏事由可令奉仕者。日来奉為公家自他夢想不宜。仍所示仰也者。即罷出。

〔小右記、永祚元年（九八九）二月十一日条〕

参内。皇大后宮俄有悩御、摂政被馳参。昨日院仰事、今日申摂政。令勘申尊勝法・太山府君祭日。御修法事□遣天台座主許、御祭□晴明奉仕。晩頭罷出。今夜於南庭祈申南山。是身上事也。

永延三年（九八九）二月十日、院（円融法皇）は病気がちな一条天皇のために尊勝御修法、閻魔天供、代厄御祭など諸々の祭祀を行うことを実資に命じた。翌十一日、実資は摂政の藤原兼家に院の言葉を伝え、尊勝法と太山府君祭（泰山府君祭）を行う日を勘申させた。前者は天台座主の尋禅に、後者は安倍晴明に行わせたようである。前日の「尊勝御修法・焔魔天供・代厄御祭等」の中に泰山府君祭が含まれていたかは明らかでないが、兼家の指示で尊勝法と泰山府君祭が行われるようになったことが分かる。

ところで、承和年間（八三四～八四八）に入唐した慈覚大師（円仁）によって比叡山に勧請された赤山明神は泰山府君と同神であるとされている。『源平盛衰記』巻十・赤山大明神では、赤山明神が円仁によって勧請されたことを述べた後、「赤山トハ震旦ノ山ノ名也。彼山ニ住神ナレバ、赤山明神ト申ニヤ。本地地蔵菩薩ナリ。太山府君トゾ申ス」と記している。どの時点で赤山明神と泰山府君が同一視されるようになったかは詳らかでないが、近衛家実の日記『猪熊関白記』によると、承元二年（一二〇八）三月二十五日に土御門天皇が赤山で泰山府君祭を行ったとあり、鎌倉時代初期には既に両者に密接な関係性が生じていたことが推察される。

（三）泰山府君祭と陰陽師

泰山府君祭を奉仕するのは陰陽師であるが、中でも安倍氏の活動は注目される。先に挙げた『権記』長保四年（一〇〇二）十一月九日条で泰山府君祭に奉仕したのが安倍晴明であるが、『小右記』長和二年（一〇一三）二月二十五日条では、息子の吉平が実資のために泰山府君祭を行った例が見える。また、吉平の曾孫に当たる泰長は藤原師通のために泰山府君祭と代厄祭を行っているほか、(8) 藤原忠実もしばしば泰長に泰山府君祭を行わせている。(9) とりわけ、忠実の日記『殿暦』には泰山府君祭の記事が多く残されており、長治二年（一一〇五）九月二十一日には正室の源師子の病気平癒のため、泰山府君祭・呪詛祭・七瀬祓等を行い、永久元年（一一一三）六月十一日には、頼長の兄の忠通が泰山府君祭を行っているが、いずれも泰長が奉仕している。

さらに、頼長や九条兼実の泰山府君祭では、泰長の子息泰親が奉仕している。(10) そのほか、兼実の日記『玉葉』には安倍時晴が奉仕した例も見られる（安元二年（一一七六）八月一日条、同三年二月二十三日条）。これらのことから摂関家の泰山府君祭では安倍氏が重用されていたことが推察される。

泰山府君祭は安倍晴明や泰親など安倍氏との関係で論じられることがあるが、(11) 晴明と同時代の『小右記』の記事で安倍氏以外の陰陽師が泰山府君祭に奉仕していることは注意が必要である。例えば、県奉平《あがたのともひら》（寛弘二年（一〇〇五）二月十八日条）と賀茂守道（治安三年（一〇二三）十二月六日条、同四年二月二十七日条、万寿四年（一〇二七）二月十一日条）は実資のために泰山府君祭に奉仕している。

藤原為房の日記『為房卿記』では、東宮（宗仁親王、後の鳥羽天皇）が月に三度行う泰山府君祭について、賀茂光平、安倍泰長、安倍宗明の三人が奉仕すべきかと記されている（長治元年二月二十五日条）。また、中山忠親の日記『山槐記』治承二年（一一七八）十一月八日条では守覚法親王が中宮徳子の御産を祈るため、七つの霊所で泰山府君祭を行っているが、この時は賀茂氏からは在憲、済憲、宣平が、安倍氏からは時晴（原文は「時清」に作る）、隆茂、泰茂、季弘が奉仕している。『山槐記』同三年正月十八日条で東宮（言仁親王、後の安徳天皇）が七ケ夜の泰山府君祭を行った時には賀茂在憲が奉仕し、『山槐記』の久寿二年（一一五五）六月十二日条で近衛天皇が泰山府君祭を行ったときには賀茂憲栄が奉仕するなど、天皇周辺の泰山府君祭では安倍氏以外の陰陽師も多く用いられている。

このように泰山府君祭に奉仕する者は安倍氏と賀茂氏を中心とする陰陽師であり、特に摂関家では安倍氏が重用されていたということが分かる。

そのほか、『殿暦』では長治二年（一一〇五）三月三十日条で堀河天皇の病気平癒のために白河法皇が泰山府君祭を行い、天永四年（一一一三）二月二十一日条や永久元年（一一一三）八月十九日条では鳥羽天皇が泰山府君祭を行うなど、天皇や院の泰山府君祭も貴族日記に散見する。また、藤原宗忠（『中右記』寛治八年（一〇九四）七月二十六日）、太后太后の藤原寛子（『殿暦』長治元年（一一〇四）十二月十六日条、同二年五月八日条）が泰山府君祭を行うなど、平安時代に貴人の間で盛んに行われていたことが分かる。平安時代末期から鎌倉時代にかけても泰山府君祭は三条実房の『愚昧記』や近衛家実の『猪熊関白記』、近衛兼経の『岡屋関白記』など貴族日記に多く見られ、鎌倉時代以降も引き続き天皇や公卿の間で泰山府君祭が盛んに行われていたことが分かる。

二、平安時代の泰山府君都状

（一）都状とその作者

平安時代に泰山府君祭が数多く行われたことはこれまで確認してきたが、実際に都状が残っている例は極めて少ない。藤原明衡が編纂した『本朝文粋』には都状の項はなく、一篇も収められていない。また、作者が分かる例も少なく、都状が読まれた状況は必ずしも分明でない。

具体的に現存する平安時代の泰山府君都状を古いものから列挙すると次のようになる。(12)

①永承五年（一〇五〇）十月十八日――「後冷泉天皇都状」（『朝野群載』巻三・文筆下。巻十五・陰陽道にも「後冷泉天皇泰山府君都状」として入る）

②承保四年（一〇七七）九月二十三日――藤原敦基「泰山府君都状」（『三十五文集』）

③永久二年（一一一四）十一月二十三日――「藤原為隆泰山府君都状」（『朝野群載』巻十五・陰陽道。巻三・文筆下には「藤原顕隆都状」として入る。(13)巻十五には併せて「藤原為隆閻羅天子都状」も載せられている）

④保延四年（一一三八）三月――藤原敦光「大納言実行卿泰山府君都状」（『本朝続文粋』巻十一・都状）

⑤康治二年（一一四三）十二月七日――藤原成佐「泰山府君都状」（『台記』同日条）

⑥永万元年（一一六五）九月七日――藤原長光「泰山府君都状」（『三十五文集』）

①は天変地妖の災厄を払うため、後冷泉天皇が自ら泰山府

君を祭った時の都状であるが、作者は未詳である。②は藤原伊房が娘の病気平癒のために祈った時の都状であり、作者は式家の儒者藤原敦基である。③は藤原為隆が加給昇進を祈った都状で、作者は未詳である。④は藤原実行が大臣への昇進を祈った都状である。作者は未詳であるが、都状の内容から文才の高さが窺える。⑤は後述する藤原頼長の都状であり、作者は藤原成佐である。⑥は九条兼実が災厄を払うために祈った時の都状で、作者は式家の儒者藤原長光である。

そのほか、作者だけが分かるものとしては、『為房卿記』長治元年（一一〇四）二月二十六日条で、東宮（宗仁親王、後の鳥羽天皇）の泰山府君祭に際して、大学頭の藤原敦宗が都状を作った例が挙げられる。また、『台記』では、⑤の都状以外にもう一例ある。康治元年（一一四二）八月五日条では、頼長は嫡母の源師子が二カ月以上病気であったため、その平癒を祈って安倍泰親に泰山府君を祭らせているが、その時の都状もまた成佐が作ったことを明記している。都状については資料が少なく、実態を詳細に知ることは困難であるが、儒者によって作られるものであったと考えることができる。

（二）泰山府君祭の目的

泰山府君祭の目的は既に示したように、長寿や出世を祈ったり、災厄を払ったりすることが中心となるが、頼長の都状はこうした目的とは異なるものとしてこれまで論じられてきた。既にいくつか例を見たように、貴族日記に載せられている泰山府君祭では病気の平癒や寿命の延長を祈る場合が多いが、例えば、①の後冷泉天皇の泰山府君都状では、天変地妖がしばしば現れたことを理由に行っている。また、⑥の九条兼実の泰山府君都状では、若くして内大臣と右近衛大将を兼ねた罪が重いこと、怪異や夢想が頻りに起こることを理由に災いを払う目的で冥道十二神を祭っている。さらに、③の藤原為隆の都状や④の藤原実行の都状では加給昇進を祈っているが、現存する資料の中に頼長のような経学のために泰山府君祭を行った例は見出すことができない。

しかしながら、頼長の泰山府君祭が『周易』を学ぶことで生じる災いを払う目的で行われたように、将来起こりうる災いを払う目的で行われた例は、頼長の父忠実に見出すことができる。

〔殿暦、永久元年（一一一三）八月九日条〕

九日、〈丁巳、〉天晴。今日不出行。依物忌也。《中略》今日泰山府君祭也。余明後日堅固物忌也。而依行幸当可破。仍件祈也。

忠実は明後日に堅い物忌があるが、行幸で謹慎を破る必要があったために泰山府君祭を行い、災いを払ったのである。

理由こそ頼長とは異なるが、目的の方向性においては近似した例と言えよう。それゆえ、頼長の都状は目的においてはそれほど異質なものとは言えないように思われる。成佐が作ったこの都状がいかなるものであったかは、寧ろその内容を見ることで考えるべきではなかろうか。以下では、具体的に都状の言葉や表現について検討を加え、その特色について考えていきたい。

三、成佐の泰山府君都状と経書

成佐の作った泰山府君都状は『台記』康治二年（一一四三）十二月七日条に載せられている。その日の記事によると、頼長は明年の甲子革命の仗議に向けて『周易』を学ぶべく、成佐に泰山府君都状を作らせ、泰親に祭らせたのである。成佐の作った都状は現存する都状の中でも長く、とりわけ、経書に関わる表現が多く見られる。その点で他の都状とは一線を画したものになっている。限られた紙幅の中ですべてを詳細に読み解くことは難しいので、ここでは経書に関わる表現を中心に見て行きたい。

最初に挙げるのは、都状の前半で頼長の経歴について述べた表現である。

謬在弱冠之齢、早忝輔扆之職。

（謬りて弱冠の齢に在り、早く輔扆の職を忝くす。）

「弱冠」とは、『礼記』曲礼上に見える言葉である。「人生十年曰幼学。二十曰弱冠。（人生まれて十年を幼と曰ひて学ぶ。二十を弱と曰ひて冠す。）」とあることから、男子の二十歳を、または元服して冠をかぶることを言う。頼長は大治五年（一一三〇）四月十九日に十一歳で元服し、その日のうちに正五位下となり、内裏と両院の昇殿、禁色を許されている（『公卿補任』）。「輔扆」は「黼扆」と同義で、『尚書』顧命に「狄設黼扆綴衣。（狄は黼扆・綴衣を設く。）」とあり、帝王の座の後ろにある屏風を指す。ここでは誤って元服と同時に昇殿が許されたことを経書の言葉を用いて述べている。

また、忠孝の道と礼譲の儀は典籍や文章によって明らかになると述べるところでは、「古典に云はく」として、『礼記』を引いている。

夫忠孝之道、披典籍以乃見焉、礼譲之儀、待文章以後顕矣。古典云、君子若欲化民成俗、其必由学乎。玉不琢不成器、人不学不知道。蓋此謂也。

（夫れ忠孝の道は、典籍を披きて以て乃ち見れ、礼譲の儀は、文章を待ちて以て後に顕れん。古典に云はく、若し民を化し俗を成さんと欲せば、其れ必ず学に由るか。玉琢かざれば器と成らず、人学ばざれば道を知らず。蓋し此の謂ひなり。）

『礼記』学記には、「君子如欲化民成俗、其必由学乎。玉不琢不成器、人不学不知道。（君子如し民を化し俗を成さんと欲せば、其れ必ず学に由るか。玉琢かざれば器と成らず、人学ばざれば道を知らず。）」とある。人が学ぶべきことを説く経書の一節を引用することで、学ぶことの正当性を示している。

都状ではさらに続けて、無為徒食の責めを収め、奉公の誠を尽すために学問に励むとして、経書を学ぶ理由が書かれている。

是以為収曠官之責、為励奉公之誠、専志於九経、竭力於六芸。性縦愚魯、学古思斉而已。

（是を以て曠官の責めを収めんが為、奉公の誠を励まさんが為、志を九経に専らにし、力を六芸に竭くす。性縦ひ愚魯なりとも、古を学び斉しからんことを思ふのみ。）

「曠官」とは、職責を果たさないことを言い、『尚書』皐陶謨の「無曠庶官、天工人其代之。（庶官を曠しくする無かれ、天工は人其れ之れに代はる。）」を典拠とする。「九経」は『漢書』芸文志にあるように、易・書・詩・礼・楽・春秋・論語・孝経・小学を指す。一方、「六芸」は『周礼』地官・大司徒に「三曰、六芸礼・楽・射・御・書・数。（三に曰はく、六芸は礼・楽・射・御・書・数。）」とあり、元々は六種の技芸を指した。しかし、『史記』滑稽列伝に「孔子曰、六藝於治一也。礼以節人、楽以発和、書以道事、詩以達意、易以神化、春秋以義。（孔子曰はく、六藝は治に於て一なり。礼は以て人を節し、楽は以て和を発し、書は以て事を道ひ、詩は以て意を達し、易は以て神化し、春秋は義を以てす。）」とあるように、ここでは礼・楽・書・詩・易・春秋の六経を指すと考えられる。すなわち、「九経」と「六芸」はいずれも経書を意図しているのである。

そして、「思斉」という語は、『論語』里仁の「子曰、見賢思斉焉、見不賢而内自省也。（子曰はく、賢を見ては斉しからんことを思ひ、不賢を見ては内に自ら省みるなりと。）」を典拠とする。頼長は自身の性質がたとえ愚かであっても、経学に励むことによって賢人を見習いたいと考えているのである。

次は、『周易』を学ぶことの災いに関する言説を挙げたところである。

俗諺云、易多忌諱、学者之仁可畏也。又云、五十以後可学此書。

（俗諺に云はく、易は忌諱多く、学者の仁畏るべきなりと。又云はく、五十以後に此の書を学ぶべしと。）

俗諺は何に拠るか詳らかでないが、「又云はく」以下は『論語』述而の「子曰、加我数年、五十以学易、可以無大過矣。（子曰はく、我に数年を加へ、五十にして以て易を学ばば、以て大過無かるべし。）」に拠る。(14)

都状ではまた、『周易』を学ぶ理由として、明年が甲子で革命の年に当たり、群議に参加する必要があることを述べている。

革命之起出自周易。（革命の起こりは周易より出づ。）

これは『周易』革卦の彖伝に「天地革而四時成。湯武革命、順乎天而応乎人。革之時大矣哉。（天地革まりて四時成る。湯武命を革めて、天に順ひて人に応ず。革の時大いなるかな。）」とあるのを踏まえたものかと思われる。

さらに、『周易』を学ぶ年齢についても経書が引用されている。

従幼学之齢、縦読此書、到知命之年、将究其理。
（幼学の齢より、縦ひ此の書を読むとも、知命の年に到り、将に其の理を究めんとす。）

「幼学」とは、先に挙げた『礼記』曲礼上に見える言葉であり、学問を始める年、十歳のことを指している。また、「知命」とは、『論語』為政に「子曰、吾十有五而志于学。三十而立、四十而不惑、五十而知天命、六十而耳順。七十而従心所欲、不踰矩。（子曰はく、吾十有五にして学に志す。三十にして立つ。四十にして惑はず。五十にして天命を知る、六十にして耳順ふ。七十にして心の欲する所に従ひ、矩を踰えず。）」とあることから、五十歳を言う。

最後に、都状の後半にある、祭祀を設けて祈願する言葉を挙げる。

是故、敬尊如在之礼、聊設惟馨之奠。苟有明信、神其捨諸。
（是の故、敬ひて如在の礼を尊び、聊か惟馨の奠を設く。苟も明信有らば、神其れ諸れを捨てんや。）

「如在」とは、『論語』八佾の「祭如在、祭神如神在。（祭るには在すが如く、神を祭るには神在すが如くす。）」に拠る言葉で、神を祭る時はあたかも神がそこに居るかのように慎み敬うことを意味する。また、「惟馨」とは、『尚書』君陳に「我聞曰、至治馨香、感于神明。黍稷非馨、明徳惟馨。（我聞くに曰はく、至治の馨香は、神明を感ぜしむ。黍稷馨るに非ず、明徳惟れ馨る。）」とあり、孔伝に「所聞之古聖賢之言、政治之至者、芬芳馨気動於神明、所謂芬芳、非黍稷之気。乃明徳之馨励之以徳。（聞く所の古の聖賢の言に、政治の至りは、芬芳として馨気神明を動かす。謂ふ所の芬芳とは、黍稷の気に非ず。乃ち明徳の馨にして之れを励ますに徳を以てす。）」とある。最高の政治の澄み切った香りは神明を感動させるが、それは神に供える黍や稷が香るのではなく、神を祭る人のすぐれた徳が香るのである。すなわち、明徳を以て神を感じさせるような祭祀の様子を表現している。

さらに、「苟も明信有らば」という言葉は、『春秋左氏伝』隠公三年伝に見える。「苟有明信、澗谿沼沚之毛、蘋蘩薀藻之菜、筐筥錡釜之器、潢汙行潦之水、可薦於鬼神、可羞於王公。（苟も明信有らば、澗谿沼沚の毛、蘋蘩薀藻の菜、筐筥錡釜の器、潢汙行潦の水も、鬼神に薦むべく、王公に羞むべし。）」とは、たとえ明らかな信があれば、どのような粗末なものでも神に供えたり、王公に薦めたりすることができるという意味である。これも神に対する頼長の心の誠実さを示す表現として効果的に用いられている。

以上のように、都状の言葉を取り出して見てきたが、経書の引用や経書を典拠とする語句の利用など、かなり経書の影響を受けた表現となっていることが分かる。これは都状が『周易』を学ぶという目的で作られたこととも少なからず関係があったかもしれないが、何より経学を重視した頼長の考え方と軌を一にすることに注意すべきである。

おわりに

以上、成佐の都状では経書の言葉が多用されていることを具体的に確認した。この都状は経書を重んじる頼長の考え方と少なからず影響関係があったと見ることができる。そして、都状における言葉や表現は『台記』の日記本文との関係でも類似性を指摘することができるのである。最後に都状と『台記』の影響関係について考察を加えて結びとしたい。

次に挙げる文章は都状の一部と、『台記』の記事であり、記号と波線部で類似する表現を示した。

〔藤原成佐、泰山府君都状、台記、康治二年（一一四三）十二月七日〕

Ⓐ俗諺云、易多忌諱、学者之仁可畏也。又云、五十以後可学此書。而Ⓑ明年甲子当革命否。雖為瑣才之身、Ⓑ可関群議之席。Ⓒ革命之起出自周易。若不窺此書者、何以陳其趣、若又披此書者、恐不免其徵。然而Ⓓ俗人之諺未識所由。

〔台記、康治二年（一一四三）十月十二日〕

成佐来。余云、Ⓑ明年甲子革命也。将有仗儀。予可学其事。成佐対云、Ⓒ革命其事出周易。不学周易難議其事。爰仰成佐令点周易、又可校摺本之由仰之。

〔台記、康治二年（一一四三）十二月七日〕

吾欲学周易之。且是所以、Ⓑ可与明年甲子革命之議也。而Ⓐ俗人伝云、学此書者有凶云々。又云、五十後可学云々。Ⓓ余案之、此事更无所見。如論語皇侃疏者、少年可学之由所見也。然而猶恐俗語、因之使泰親祭代山府君。去三日欲祭、依雨延引。

まず、都状のⒶは既に挙げたものであるが、「俗諺に云はく、易は忌諱多く、学者の仁は畏るべきなりと。又云はく、五十以後に此の書を学ぶべしと」という表現は、『台記』康治二年十二月七日条のⒶ「俗人伝へて云はく、此の書を学ぶ者凶有りと云々。又云はく、五十の後に学ぶべしと云々」と非常に近い表現となっている。

次に、都状のⒷ「明年は甲子革命に当たるや否や」と「群議の席に関るべし」は、『台記』康治二年十月十二日条のⒷ「明年は甲子革命なり。将に仗儀有らんとす」や同年十二月七日条のⒷ「明年の甲子革命の議に与るべきなり」と表現や意味が重なる。

また、都状のⒸ「革命の起こりは周易より出づ。若し此の書を窺はずんば、何を以てか其の趣きを陳べん」という言葉は、『台記』康治二年十月十二日条のⒸ「革命は其の事周易に出づ。周易を学ばずんば其の事を議し難し」という成佐の返答の言葉と一致する。

さらに、都状のⒹ「俗人の諺未だ由る所を識らず」は、『台記』康治二年十二月七日条のⒹ「余之れを案ずるに、此の事更に所見无し」という表現と近似している。

このように、成佐の作った「泰山府君都状」と『台記』の記述はその表現や意味するところにおいて共通性を見出しうる。成佐の思想や都状が『台記』の記事に影響したか、或いは逆に頼長の思想が都状に反映されたかは明瞭でないが、少なくとも都状の言葉と『台記』の記述が同一思想の下で成立したと見做すことができる。そして、経書の影響が強く反映されていることに加え、『台記』との類似性を指摘しうる点において、成佐の作った都状が特色ある文章であると位置づけることができるのである。

注

(1) 藤原成佐については、柳川響「貴族日記と説話――藤原成佐をめぐる二説話と『台記』」(『早稲田大学大学院文学研究科紀要』五八輯三分冊、二〇一三年)に論じた。

(2) 斎藤英喜『増補 陰陽道の神々』(思文閣出版、二〇一二年)参照。

(3) 泰山府君祭については、速水侑『平安貴族社会と仏教』(吉川弘文館、一九七五年)、村山修一『日本陰陽道史総説』(塙書房、一九八一年)、坂出祥伸「日本文化の中の道教――泰山府君信仰を中心に」(『中村璋八博士古稀記念東洋学論集』汲古書院、一九九六年)参照。また、坂出祥伸氏の『日本と道教文化』(角川学芸出版、二〇一〇年)では「後冷泉天皇都状」(『朝野群載』)と成佐の作った泰山府君都状の概要と訓読文が示されている。

(4) 澤田瑞穂「二 冥府とその神々」(『地獄変――中国の冥界説』平河出版社、一九九一年)参照。

(5) 速水侑「第三章 貴族社会と冥府の信仰」(前掲注3速水

書）参照。

（6）増尾伸一郎氏は冥道十二神の諸神は七世紀以前から部分的に受容され、泰山府君祭が成立した十世紀後期頃に十二神の総祭化が始まったことを指摘している（増尾伸一郎「泰山府君祭と〈冥道十二神〉の形成」、田中純男編『死後の世界　インド・中国・日本の冥界信仰』東洋書林、二〇〇〇年）。

（7）東京国立博物館本『不動利益縁起絵巻』では、安倍晴明が泰山府君祭を行う場面が図像として残る。「鞍馬」と「勇奴」はそれぞれ鞍を置いた馬と、その手綱を引く人物として紙に描かれ、檀上に貼り付けられている。

（8）『後二条師通記』寛治六年（一〇九二）六月二十四日条。

（9）『殿暦』康和四年（一一〇二）閏五月十日条、長治元年（一一〇四）十月三十日条、同二年九月二十一日条、天仁二年（一一〇九）六月三十日条、永久元年（一一一三）六月七日条、同五年二月二十四日条。

（10）『台記』康治元年（一一四二）八月五日条、同二年十二月七日条、久安六年（一一五〇）十一月七日条、久寿二年（一一五五）五月十三日条、『玉葉』承安元年（一一七一）四月二十五日条。

（11）斎藤英喜氏は泰山府君祭を安倍晴明による独自な祭祀法であったとする（『陰陽師たちの日本史』角川学芸出版、二〇一四年）。

（12）⑤の標題は『本朝文集』に拠る。また、『三十五文集』所収の都状に関しては私に「泰山府君都状」とした。

（13）「藤原顕隆都状」と「藤原為隆泰山府君都状」は共に「永久二年十一月廿三日」の日付を持つ、ほぼ同文の都状である。これらの願主の官位は「従四位上行右中弁兼備中介」であるが、これは藤原為隆と一致する（『公卿補任』）。ゆえに、「藤原顕隆都状」も為隆の同一の都状として扱った。

（14）「諺」として中国古典籍を引用することについては、河野貴美子「「言」「語」と「文」」（『日本における「文」と「ブン《bun》ガク《gaku》」』アジア遊学一六二、二〇一三年）参照。

付記　引用した本文は、『権記』『台記』は史料纂集、『貞信公記抄』『小右記』『殿暦』は大日本古記録、『源平盛衰記』は中世の文学、『礼記』『尚書』『周礼』『論語』『周易』『春秋左氏伝』は十三経注疏（中華書局影印、一九七九年）、『史記』は中華書局に拠り、傍線・波線・傍点を付し、適宜、句読点等を私に改めた。なお、引用文の〈　〉は割注を表す。

幼学書・注釈書からみる古代日本の「語」「文」の形成
――漢語と和語の衝突と融合

河野貴美子

古代日本の「語」「文」が漢語との衝突と融合によっていかに形成されてきたのかを、幼学書や注釈書類にみえる諺に関する記述に注目して検討する。源為憲撰『世俗諺文』（一〇〇七年序）には漢籍由来の諺が収載されている。それらは平安期の和文や和歌に果たしていかに取り込まれているのか。『源氏物語』古注釈書や歌学書の説解をたどる。

こうの・きみこ――早稲田大学文学学術院教授。専門は和漢古文献研究。主な著書に『日本霊異記と中国の伝承』（勉誠社、一九九六年）、『東アジア世界と中国文化――文学・思想にみる伝播と再創』（共編、勉誠出版、二〇一二年）、『東アジアの漢籍遺産――奈良を中心として』（共編、勉誠出版、二〇一二年）、『日本における「文」と「ブンガク《bungaku》」』（共編、勉誠出版、二〇一三年）、『日本「文」学史第一冊「文」の環境――「文学」以前』（共編、勉誠出版、二〇一五年）などがある。

はじめに

日本の「文」は、その始まりにおいて漢字によって表記されたのであり、漢語・漢文からきわめて大きな影響を受けて形成され、展開したものであることは、改めていうまでもない。しかし、漢字・漢語・漢文が有する独自の特性を、日本の言語環境に取り込む過程において、いかなる衝突があり、またいかなる取捨選択や加工が施されたのか、そうした日本の「語」「文」の形成について考察するうえで有効な資料は、まだ新たな「発掘」の余地があるように思われる。小稿では、平安・鎌倉期に撰述された、学問の入門書である幼学書、およびいくつかの注釈書類をとりあげ、それらの書物において、「語」や「文」に関わるいかなる事象が扱われているのかをみることによって、漢と和が混じり合い融合する古代日本の「語」「文」世界がいかに形成されたものであったのか、改めて考えてみたい。

例えば、源為憲が撰述した『世俗諺文』（寛弘四年（一〇〇七）序）は、漢籍や仏典に由来する「諺」を、その典拠である原文とともに掲載した諺語集であり幼学書であるが、そこには、すでに元の漢籍の文脈とは切り離された形で、日本語に姿を変え、日本の言語環境の中に融け込みつつあった漢語、漢文の様相をみることができる。また、『世俗諺文』に収められている「諺」が、古代日本の文学作品の中で実際どのように用いられているのかをみていくと、漢語・漢文に学びつつも、そこから独り立ちをして、日本の「語」「文」が新たな表現を獲得していく過程をみることができ興味深い。

さらには、『源氏物語』をはじめとする物語や和歌の古注釈書においても、漢語と和語との関係が詳細に考究されることがしばしばあるが、現代の諸注釈がもはや積極的には取りあげることのなくなったそれらの注解の中に、むしろ古代日本の言語環境の実態や本質に迫るヒントが示されていると思われるものもある。

小稿では、漢語・漢文の栄養素によって育まれつつも、またそこから新たに変成を遂げていった日本の「語」「文」について、幼学書や注釈書を材料として考察を試みたい。

一、『世俗諺文』について

それではまず、『世俗諺文』を取りあげてみていくことにする。(1)

『世俗諺文』は源為憲（?～一〇一一）撰。原三巻、計六三一条の「諺」を収める諺語集であったが、現在は上巻（計二二三条）のみが残る（東寺観智院旧蔵、現天理大学附属天理図書館蔵写本）。『世俗諺文』は、当時天皇の外戚となり栄華を極めた藤原道長（九六六～一〇二七）の依頼により、道長の嫡子藤原頼通（九九二～一〇七四）の学習用に編纂された幼学書である。撰者源為憲は平安中期を代表する文人で、『和名類聚抄』の撰者源順（九一一～九八三）を師として学んだ人物。『世俗諺文』の他、藤原為光の子誠信のために撰述した『口遊』（天禄元年（九七〇））や、尊子内親王のために撰述した『三宝絵』（永観二年（九八四））など、啓蒙的な著作を複数残している。左に掲げる序文において為憲は、漢籍や仏典を由来とする「諺」が、その典拠を正しく把握されないまま用いられている現状を指摘し、『世俗諺文』では、「諺」をそれぞれの言い伝えや出典である漢文資料（「世之口実内外本文」）とともに合わせて掲げていく。

……夫言語者自交俗諺者多出経籍。雖釈典儒書為街談巷説、然而必不知本所出矣。抱朴子云、所謂見其景而不識其形、渉其流不知其源者歟。是以世之口実内外本文管見所及、且一百五十二門六百卅一章、勒成三巻、名為世俗諺文。

（『世俗諺文』序）(2)

（一）『世俗諺文』の特色と意義

「諺」というものに注目し、特にそれを集めた書物は、現存する日本古典籍の中では『世俗諺文』が最初である。

なお、鎌倉期に入ると、『玉函秘抄』（藤原良経撰）、『明文抄』（藤原孝範撰）、『管蠡抄』（菅原為長撰）[3]などの金言成句集が相継いで成立するが、それらはいずれも各種典籍から金言成句部分のみをそのまま抜き出し列挙したものであり、「諺」を掲げ、それに続いてその典拠本文を注釈のように付属させる『世俗諺文』のスタイルとは異なる。

ちなみに中国においては、敦煌出土資料の中に、『新集文詞九経抄』と題する、各種典籍から「佳言名句を摘録」[4]した書物の断簡が複数発見されている。『玉函秘抄』など鎌倉期の金言成句集は、この『新集文詞九経抄』の体例に近く、『世俗諺文』の編纂方法は独自の異彩を放っている。なお、中国においても「諺語」を多数含む幼学書や類書、注釈書は古くから存在はするが（『蒙求』『琱玉集』『白氏六帖』『千字文注』等）、それらは「諺語集」として編まれたものではなく、専ら「諺」を集めた書の出現は明清以降となる（明・楊慎輯『古今諺』、清・杜文瀾輯『古謡諺』等）。

それではなぜ『世俗諺文』は、中国にも先駆けて、漢語漢文由来の「諺語集」として生み出されることとなったのか。

『世俗諺文』は、将来人びとを率いる立場に立つべき人物（藤原頼通）が、当然身につけておくべき知識教養として提示された、ことばの世界である。そして序文によれば、源為憲が、当時通用していた漢籍・仏典由来の諺を出典の本文とともに掲げたのは、それらの諺が典拠を意識されないままに、「日本語として」使用されるようになっていた当時の状況に対する「教育的指導」が必要だという判断によるものであったことが窺える。

つまり、『世俗諺文』成立の時期は、ちょうど、漢語・漢文から学び取られた表現が日本のことばの環境に定着し、日本語として独り立ちし、ややもすると典拠が顧みられることもなく、独り歩きを始めていた、しかし一定の教養を有する知識人としては、その典拠たる「本文」（漢文）をきちんと把握していることが求められた、まさにそうした分節点、分岐点にあたるということではないだろうか。

『世俗諺文』は、西暦一〇〇〇年前後という時期に、漢語と和語、漢文と和文が融合していく中で揺れ動く、日本のことばの状況を反映する格好の資料と考えられるのである。

（二）『世俗諺文』所収の「諺」

現存する『世俗諺文』上巻に収められている「諺」二二三条は、おおよそ以下のように分類できる。

（ア）典拠である漢籍・仏典の本文の語句表現をそのまま摘録して掲げるもの。
（イ）典拠である漢籍・仏典の本文から派生して造られた語（成語）を掲げるもの。
（ウ）漢籍・仏典を典拠としつつも中国にはみられない日本独自の「成語」を掲げるもの。

以下、それぞれ例をあげてみよう。

（ア）典拠である漢籍・仏典の本文の語句表現をそのまま摘録して掲げるもの。

前事之不忘後事之師也

史記、大史公曰、四周五序得其道、千余歳不絶。秦本末並失。故不長久。由此観之、安危之統、相去遠矣。野諺曰、前事之不忘後事之師也。

戦国策云、張孟談謂趙襄子曰、前事之不忘後事之師。

（『世俗諺文』一九〇）

「前事之不忘後事之師也（前事を忘れざるは後事の師なり）」は、『史記』や『戦国策』にみえる語で、『史記』が「野諺曰」として引くように、中国においても古来「諺」とされたものである。なお、現代の『日本国語大辞典』（第二版）[5]にも「前事を忘れざるは後事の師なり」は、訓読された形で、日本語として立項されている。

（イ）典拠である漢籍・仏典の本文から派生して造られた語（成語）を掲げるもの。

七歩才

世説云、魏文帝令陳思王七歩作詩。不成行大法。即応声曰、煮豆燃豆萁、豆子釜中泣。本自同根生、相煎何火急。

（『世俗諺文』一五二）

「七歩才（七歩の才）」は、詩作に優れた陳思王（魏の曹植）が七歩歩くうちに詩をつくりあげたという『世説新語』（文学篇）の故事に基づく語。なお、例えば『北斉書』魏収伝に「雖七歩之才、無以過此（七歩の才と雖も、以て此に過ぎたるは無し）」とあるなど、「七歩の才」は中国においても早くから「成語」として用いられていたものである。

（ウ）漢籍・仏典を典拠としつつも中国にはみられない日本独自の「成語」を掲げるもの。

綸言如汗

礼記云、王言如糸、其出如綸。王言如綸、其出如綍。

鄭玄曰、言出糸大。云、綸言如汗、出而不反。

（『世俗諺文』二二）

「綸言如汗（綸言汗の如し）」とは、君主の言葉は汗のようにひとたび口から出れば取り消すことができない、という意で、現在の日本語においてもよく知られた成語である。

ところが、『世俗諺文』が出典として引く『礼記』（緇衣篇）は、「王の言葉は、発せられた時には糸のように細くとも、やがて綸、そして綍のように太くなる、そのように重みをますものだ」、というもので、「汗」とは関係がない。「言」を「汗」と関わらせて説くのは次にあげる『漢書』劉向伝の一節である。

易曰、「渙汗其大号」。言号令如汗、汗出而不反者也。

しかし、ここには「綸」のことはみえない。(6)「綸言如汗」は、『礼記』と『漢書』を合わせて一語としたもので、中国の古文献中には見出せない、日本で独自に造られた「成語」かと思われるものなのである。

もう一例をあげる。

借者白物　倭之謂也

朝野僉載云、借他書第一痴、還他書第二痴。

（『世俗諺文』二〇一）

平安末期書写とされる観智院本『世俗諺文』には「借者《カスハ》白物《シレモノ》」と仮名が付されている。そして、「諺」に続いて注記されているように、これは「倭之謂」、すなわち、「他人に書物を借すのは第一の痴、借りた本を返すのは第二の痴」という漢文本文の、「痴」の字を訓じて「白物（しれもの＝痴れ者）」といったわけである。これは漢籍に基づきつつも、訓読を通して、日本語の表現にすでに変化を遂げた「諺」である。

なお、源為憲が「借すは白物（痴者）」の出典として引く『朝野僉載』の撰者、唐・張鷟は、『遊仙窟』の作者でもある。『朝野僉載』も『遊仙窟』も、古代日本で非常に好んで読まれた書物である。(7)そして、『世俗諺文』には、他にも『劉子』や『顔氏家訓』など、平安期の漢籍受容の「特徴」や「偏向」を反映する出典記述がみえることも、留意すべき点である。(8)

以上のように、『世俗諺文』が掲げる「諺」や典拠注記は、漢語・漢文の刺激を受けて、そこから日本の語・文が何をどのように吸収していったのかを知るうえで、さまざまな示唆を与えてくれる貴重な資料といえる。

それでは、『世俗諺文』が収集したこれらの「諺」は、同時代の日本語の環境において、実際どのように用いられていたのか。

それをたどる方法として、小稿では以下、『世俗諺文』とちょうど時を同じくして成立した『源氏物語』、および平安期の和歌の表現に注目してみる。

二、『世俗諺文』と『源氏物語』——『光源氏物語抄』を通してみる『源氏物語』の「諺語」表現

『源氏物語』という和文作品において、『世俗諺文』に載るような漢語・漢文由来の「諺」は、どのような形で現れるのだろうか。

そのことをみるために、有効と思われる資料は、『源氏物語』のことばの世界をさまざまに探究し解明しようとする古注釈書の指摘である。

以下、『源氏物語』成立からあまり時代を下らない初期の注釈書の中で、豊富な引用文とともに詳細な考証を繰り広げる『光源氏物語抄』（一二六七年頃成立）を中心にとりあげてみることにしたい。

(一)『光源氏物語抄』について

『光源氏物語抄』は撰者未詳。藤原伊行『源氏釈』や藤原定家『奥入』をはじめ、西円や素寂、清原教隆らの諸説、および撰者自身の案語も含めて編纂された、『源氏物語』諸注集成のごとき体裁を有する注釈書である。『源氏物語』本文の和語に対して「漢字を当てる」注釈を多く含むことは、以後の『紫明抄』（素寂撰）、『河海抄』（四辻善成撰）へと続く傾向である。(9) その注釈例をいくつかみよう。

①いとト云事　最《サイ》《イト》 字訓也　宗円　（『光源氏物語抄』桐壺）(10)

②あつしうなりゆき物心ほそき程にさとがちなるを
　劣《アツシ》也　あやうき心也……　（同）

③かしこき御かげと云事
　是二義アリ　威《カシコシ》左伝　賢《カシコシ》諸書訓　今者威義也　教隆　（同）

①は、「いと」という語が「最」字の訓であること、②は「あつし」という語は「劣」の意であることを、それぞれ述べている。

また、③は、「かしこし」という語について、「威」と「賢」の二つの字を当てる説があるが、ここは（「桐壺帝の御かげ（庇護）」ということから）「威」の字義でとるべきだ、との教隆の説を載せる。

このように、『光源氏物語抄』は、『源氏物語』を構成する和語に対して、しばしば漢字を当て、理解を助け、語義を明確にしようと説く。そして我々は、こうした記述を通して、『源氏物語』のことばの多くが、漢字・漢語の訓から発生していること、あるいはまた、漢字・漢語との関係や結びつきを強く意識しながら読まれていたことを知るのである。

また、「諺」に関わる事項として、『光源氏物語抄』には「世俗」のことばが多々留められていることも注目される。

みちかひと云事　……

路違歟。委はみち〻がひと云べき也。而和語ヲ略する也。世俗此例多……　（『光源氏物語抄』あかし）

「みちかひ」とは本来、「みちちがひ（路違い＝路ですれ違うことか）」である。世俗ではこのようにしばしば和語を略すのだ、という指摘である。

人びとが用い、話すことばは、時間とともに変化していく。そしてその中には、本来は誤った用法であっても、人びとの間で定着してしまうと、元の「正しい」状態には戻れなくなる。これは、現代においても常に起こっている現象である。

ここで思い至るのは、「諺」というものこそ、本来は口頭の会話の中で用いられるものである、ということである。中国の古文献において「諺」が書き留められる場合、その多くが「諺曰」「里語曰」「古人有言曰」などとして記されることに、それは端的に現れている。そして、中国では、「諺語」という言い方はあっても、決して「諺文」という言い方はない。『世俗諺文』が、『世俗諺語』でなく、『世俗諺文』という書名を冠したことには、本来は話しことばであるはずの「諺」を、古代日本においては、大陸から渡来した「文」（書籍）によって学んだこと、そして、それらの、元々は外国語である、漢語由来の表現が「諺」として日本語に吸収され、融け込み、用いられ、「日本語として」話されるようになったこと、『世俗諺文』という書名は、そうした古代日本のことばの世界の特殊事情をまさに反映するものではないだろうか。(11)

それでは、『源氏物語』にはどのような「諺」が用いられているのだろうか。

（二）『源氏物語』にみえる『世俗諺文』所収の「諺」

孔子仆事

盗跖之利口、少児之問答等に孔子併詰了、以此為仆也。素寂　（『光源氏物語抄』三・こてふ）

これは、胡蝶巻に、

右大将の、いとまめやかにことごとしきさましたる人の、恋の山には孔子《くじ》の倒れまねびつべき気色に愁へたるも……(12)

とある部分に対する注釈である。実直な右大将（鬚黒大将）が、恋のことになると勝手がちがうのか、玉鬘への恋文は「孔子の倒れ」のごとく要を得ずしどろもどろ、というところである。

「孔子仆（孔子の仆れ）」は『世俗諺文』にみえる諺で、そこには、『光源氏物語抄』が引く素寂の注解と同様に、孔子が、暴虐を尽くして万民を苦しめている盗跖を説教しようとして失敗する話（『荘子』盗跖）や、朝の太陽と昼の太陽のどちらが遠くどちらが近いかという小児の問答に対して答えに窮したという話（『列子』湯問）があげられており、「聖人の失敗」を意味する諺だと解せられる。しかし『世俗諺文』は、そのことを「孔子仆」の語をもって述べる典拠たる書籍は不明だ、と述べる（傍線部）。

孔子仆

……荘子云、孔子与柳下季為友。季之弟、名曰盗跖。従卒九千人、横行天下、侵暴諸侯。万民苦之。孔子謂柳下季曰、……丘請為先生往説之。……

列子伝曰、一児曰、日初出、大如車蓋、其中如盤。不為遠者小、而近者大乎。一児曰、日初出、蒼々涼、及其中如探湯。此不為近者熱、遠者涼乎。孔子不能決之。

……今案、孔子仆、諺世多所好。訪之書籍、已無所見。

……（『世俗諺文』一五四）

「孔子仆」は、中国にはみられない、日本独自の（しかし漢籍に由来する）「諺」である。ところが『世俗諺文』は、その諺の由来を既に突き止められなくなっている。漢籍所載の故事に基づき生まれたことばは、かくして日本語として消化されていったのである。

しかし同時に、『世俗諺文』、そして『光源氏物語抄』は、ともに、さまざまな関連書籍を引きつつ、和語・和文と漢語・漢文との関係を断ち切らず、再び結びつけ確認しようという努力を惜しまない。これは、平安から鎌倉期において、「語」「文」の学問に携わった人びとにとっての課題は何であったか、問題意識はどこにあったのかを反映するものだとはいえないだろうか。

つまり、日本のことばは、漢字・漢語からさまざまなエッセンスを吸収し、豊かな和漢の「語」「文」を形成していった。そして、「和」と「漢」との関係を認識、理解し、把握すること、古代のことばのプロフェッショナルには、この作業と知識が欠かせなかった、ということではないか。もう一例をみる。

子をしるはといふはそらごとなめりなどぞつきしろうと云事

日本記第十四雄略天皇曰、古人有言、知臣莫若君、知子莫若父。……

左伝云、知臣者不知君、知子者不知父云々―教隆　素寂

（『光源氏物語抄』三・おとめ）

これは、女房の噂話を耳にした内大臣が、思いがけず、娘雲居雁と夕霧の恋仲を知る、という場面。女房はここで、「「子を知るは」というのは空言、嘘のようですね」という。

「子を知るは」（＝子どものことを最もよく知っているのは親）というのは、『世俗諺文』に載る次の語と同意の成句である。

択子莫如父

左伝云、使棄疾為蔡公。王問於申無宇曰、棄疾存蔡何如。対曰、択子莫如父。択臣莫如君。

（『世俗諺文』六一）

「択子莫如父。択臣莫如君」の句は、鎌倉初期に成立した金言成句集の『玉函秘抄』上や『明文抄』帝道部にも収められている（出典は『左氏伝』昭公十一年伝）。一方、「子を択ぶことは……」ではなく「子を知るは……」の成句は、『管子』大匡や『隋書』高祖紀などにもみえ、『光源氏物語抄』が引く『日本書紀』（雄略天皇二十三年八月条）の「古人有言、知臣莫若君、知子莫若父」の部分は『隋書』高祖紀を引用したものと考えられる。(13)

さて、いまここで注意したいのは、『日本書紀』以来、日本の書物にも現れるこの「諺」は、『源氏物語』に至ると、「子をしるは」と言うのみで、その後の「親にしかず」を省略しても意味が通じる、当然了解されるべき「日本の諺」になっていることである。

『光源氏物語抄』は、しかしそこに改めて典拠として『左伝』を引き、本文を確かめているのである（ただし『光源氏物語抄』が引く本文は現行の『左伝』には一致するものが確認できない）。

最後にもう一例、『世俗諺文』にはみえないが、やはり古代日本でよく知られた漢籍由来の成句を『光源氏物語抄』がとりあげる部分をみる。

玉のきずにおぼさるゝもよのわづらはしさのおそろしう
おぼへ給なりけりと云事

毛詩云、大雅抑之篇 白圭之玷、尚可磨。斯言之玷、不可為也。玷この字を玉のきずとよむ也 同

（『光源氏物語抄』二・さかき）

光源氏と藤壺との不義密通によって生まれた東宮は、非の打ち所のない玉のような皇子であったが、光源氏と瓜二つなのが「玉のきず」であった。そのことによって世に密事が知られるのを恐れる、という部分である。

『光源氏物語抄』がここで引く『毛詩』大雅・抑の当該句（白圭の玷《きずつ》くる、尚ほ磨くべし。斯の言の玷《きずつ》くる、為すべからず（＝白玉の瑕ならば磨いて取ることができるが、言葉に瑕（落ち度）があってはならない）(14)）は現存『世俗諺文』には載らない（散佚部分に存した可能性はある）。しかし、鎌倉初期に成立した金言成句集『明文抄』帝道部には収められており、「玉のきず」という語に対して『毛詩』の当該詩を注釈に引くのは、当時

の共通理解であったといえる。

そしてここで特に注意したいのは、『光源氏物語抄』が「玷この字を玉のきずとよむ也」と注記することである（「同」とは、これが直前の注解と同じく素寂の注解であることを示す）。「玉のきず」という語は、『毛詩』の「玷」字の訓読語として認識されているのである。

『源氏物語』の本文が、ここで、「玉の皇子のきずは磨いて取ることができる」という意味までを含ませているとは思えない。しかし、現代にも「玉に瑕」という表現として誰もが知るこの語の出発点が、実は『毛詩』の訓読語に端を発するものと考える発想が当時あったというのは、興味深い。

古代の訓点資料から訓点語を集めた築島裕氏の『訓点語彙集成』には、「タマノキズ」と訓じられた漢字の例として「瑕」のみをあげる（『大般若経音義』（奈良末期撰））[15]。しかし、『光源氏物語抄』の注記は、「世俗」においては、『毛詩』の「玷」字を「たまのきず」と訓じていた、という、新しい情報を伝えてくれる。

そもそも、「玉」というものに絶対の価値を認めるというのは、本来、中国に発した伝統ではないか。しかし『源氏物語』においては周知の通り、光源氏は「玉のみこ」と称され、「玉のきず」の語も繰り返し用いられる（玉鬘巻、手習巻）一つのキーワードとなっている。『光源氏物語抄』は、そうした物語のポイントを作る「仕掛け」となる言葉の背景にも、漢語・漢文世界が存することを指摘しているのである。

三、『世俗諺文』所収の「諺」と和歌
――『奥義抄』を中心に

次に、『世俗諺文』所収の「諺」は、平安期の和歌表現とどのようにつながるのかを、歌学書の指摘をたよりとしてみてみよう。取りあげるのは、『光源氏物語抄』同様、さまざまな典籍の本文を引用しつつ「考証」を行う、藤原清輔撰『奥義抄』（一一四八年までに成立？）である。『奥義抄』中巻では、『拾遺和歌集』や『後拾遺和歌集』所収の歌の表現に、『世俗諺文』所載の「諺」に関するものがあることが複数指摘されている。『奥義抄』の「諺」の記述と、それに関連する『世俗諺文』の該当部分を照らし合わせてみてみよう。

なき人はおとづれもせでことのをゝたちし月日ぞかへりきにける

伯牙鍾子期といひて二人の琴の上手ありき。鍾子期しぬる時に、伯牙きゝしりたる人あるまじければよしなしといひて、琴のをゝたちてそのゝちひかざりしことをよめるなり。

（『奥義抄』中・後拾遺・雑二）[16]

伯牙が琴の友である鍾子期の死後、絃を断った故事は、『文選』報任少卿書や『蒙求』にも載る著名なものであり、『世俗諺文』にも次のようにある。

鍾子期死伯牙絶絃

列子云、伯牙鼓琴。志在高山。鍾子期曰、美哉、峨々若大山。志存流水。鍾子期曰、洋々善江河。及鍾子期死、伯牙絶絃、不復鼓琴。痛知音之永絶。

（『世俗諺文』一六八）

「なき人は……」の和歌は、友ならぬ、亡き母の一周忌に道綱母が詠んだもので、「（伯牙絶絃の）故事を詠み込んだ歌としては先駆的」とされる。(17) 母親との死別の悲しみが、中国故事に基づくことばによって表現されることで、当該和歌は深い味わいを獲得したものといえる。そしてそれを可能にしたのは、『世俗諺文』の記述が証するように、平安中期当時、伯牙絶絃の故事が日本においても「諺」と認められるほどよく知られ、人びとの心に感動をもたらすものとして受け入れられていたという基盤があったからといえよう。

さて、このように、伯牙絶絃の故事は古来非常によく知られたものであったと思われるのであるが、『奥義抄』が指摘する和歌のことばの典拠には、やや特異と思われる例もある。

こゑたかくみかさの山ぞよばふなるあめの下こそたのしかるらし

山呼二万歳一といふことのあるなり。世のまつりごとゝのほれるときの事也。見二史記一。

（『奥義抄』中・拾遺・賀）(18)

「山呼万歳（山万歳を呼ばう）」は、漢の武帝が中嶽（嵩山）に登った時に、それを寿ぐがごとく万歳の声が聞こえてきた、という『史記』封禅書や『漢書』郊祀志五上にみえる故事に基づく語句。『史記』や『漢書』に「山呼万歳」という表現そのものはみえないが、『白氏六帖』巻十一・祥瑞には「山呼万歳」の語がみえ、(19) 唐代には「成句化」していた語と考えられる。ただし中国の古文献における用例は多くない。しかし、平安期の日本においては、この表現が、少なくともリテラシーの基礎を身につけた人びとの間では共有されていたようである。なぜならば、『世俗諺文』に「山呼万歳」が見出し語として掲げられているからである。

山呼万歳

史記云、漢武帝元封元年三月、東幸維氏、登礼中嶽大室。従官在山下聞若有言万歳。上問上々不言、問下々不言。於是以三百戸封大室。奉礼命曰、崇高邑。漢書祀志云、帝幸緱氏、祀登中岳太室。従官在山上聞若有言万歳。問上不言、問下不言。乃令祠官加増大室。

（『世俗諺文』一六）

『奥義抄』が「山呼万歳といふことのあるなり」と述べるのは、それが人びとの間でよく知られた語句であったことを推察させる謂である。そしてその証拠に、『世俗諺文』には「山呼万歳」の語が立項されていたのである。そして「山呼万歳」という漢語表現は、日本語の中に融け込み、「山ぞよばふ」という和歌の表現をも生み出したわけである。このように、『世俗諺文』所載の「諺」は、平安期の日本の言語環境に確かに存在し、日本語として用いられていたのである。

さらに別の例をみよう。

ふるさとの花のものいふ世なりせばいかにむかしのことをとはまし

桃李不レ言下自成レ蹊といふ事のあるなり。それはもろこしに李広といひし武士のみちをなし、させるいふ事もなかりしかど、徳あるものにて、これがもとに人のつどひしを、桃李はもの云ふ事なけれど人あつまりきたりてみるにたとへしよりいふことなり。もろこしには桃李をめでたき花にするなり。但しいづれの花をもよみてむ。詩には石松などをもものいはずとつくれり。

（『奥義抄』中・後拾遺・春二）[20]

『奥義抄』が当該和歌の背景として指摘している「桃李不言下自成蹊（桃李もの言わざれども下に自ずから蹊を成す＝徳望のある人のもとには自然と人が集まってくる）」もまた、『世俗諺文』にみえる「諺」である。

香餌之下必有懸魚　桃木不言下成鶏鳥留於河同事而已

史記云、香餌之下必有懸魚。優賞之下必有怨夫。

（『世俗諺文』三五）

なお、現在通行の『史記』李将軍列伝には「諺曰、桃李不言、下自成蹊」とあり、「桃李不言……」は『史記』において既に「諺」として引用されている表現であった。[21]そして『奥義抄』はここで、「花のものいふ」という句が「桃李不言……」の故事をふまえると指摘するとともに、『史記』の李広の記事を和文に置き換えた形で紹介、解説している。漢文故事を日本語文にひらいて記すことは、平安中期以降の著作において盛んに行われるものであるが、そのようにして日本語内に融け込んでいく中国の故事とそれに関わる表現が、やがて和歌という、「日本の歌」をも形成する一要素となっていく、『奥義抄』の当該条は、そうした、和漢の融合から新たな和文が生み出されてきた経緯を記し留めてくれているものといえる。

最後にもう一例をみる。

みちよへてなるてふもゝのことしよりはなさく春にあひ

ぞしにける
漢武帝は仙の法をならひて、とげざりし人也。七月夜漏に西王母と云ふ仙人紫雲にのりて武帝の承華殿に至る時に、東方朔といふもの御まへにありし時、かくれて屏風のうしろにをり。みかど不死の薬をこふ。王母いまだいだすべからずといひて、桃七枚をとりて、みづから二枚をばくひつ。御門のゝたまはく、この桃かうばしくうまし。うゑむとおもふ。王母わらひていはく、これは三千年に一度なるもゝなり。下土にうふべきものにあらず。この屏風のうしろに侍る童が三度ぬすみてたべたるものといふ。東方朔も仙人なり。かの仙宮の桃をよめるなり。王母きたらむとするとき、まづ青き鳥つかひにきたる。これによせて使をば青鳥といふ也。

（『奥義抄』中・拾遺・賀）[22]

西王母の持つ不死の薬たる桃は三千年に一度実を結ぶもの、それを東方朔が三度盗んだ。また、西王母の現れる前にはまず青い鳥が使いとしてやってくる、それで青い鳥のことを使いという。『奥義抄』が当該和歌の背景として説くこれらの故事は、いずれもよく知られた中国故事であるが、『世俗諺文』には「東方朔三偸西王母桃（東方朔三たび西王母の桃を偸む）」「青鳥使（青鳥の使）」の二条が立項目され、これらの故事の典拠である漢文の原典が示されている。

東方朔三偸西王母桃
漢武帝故事云、西王母指東方朔曰、仙桃三熟。此小児三度偸去。又云、王母賚桃五枚以献帝。帝以核欲種之。王母笑曰、此樹一千年生、一千年華、一千年実。人寿幾何能及之乎。

（『世俗諺文』一七八）

青鳥使
漢武故事云、七月七日於承花殿斎。正中忽有一鳥、従西方来集殿前。上問東方朔。朔曰、此西王母欲来也。有頃王母来。有青鳥如烏。侍王母旁。

（『世俗諺文』一八〇）

「桃李不言……」の例と同じく、『奥義抄』はここでも漢文故事を和文によって示している。『奥義抄』が説く和文による中国故事が、藤原清輔の手によって「翻訳」されたものなのか、あるいはすでに和文化した当該故事が存在したのかは未詳であるが、「屏風」や「みかど」といった、原典の漢文にはない表現が用いられていることも興味深い。

以上、『世俗諺文』のように故事の典拠たる「本文」（漢文）に立ち戻り、それを確認しようとする方向と、それを和文化し、日本語の中に融け込ませていく方向、その両方向への「往復運動」を繰り返しつつ、日本の「語」「文」が形成されてきた過程を、これらの書物からたどることができるわけである。

おわりに

小稿では、『世俗諺文』を出発点として、特に漢語・漢文由来の「諺」に注目し、それらが日本の「語」「文」にいかに取り込まれていったのか、また、そこにみられるような和と漢とが相互に複雑な様相を織りなす日本のことばの世界を、『源氏物語』の注釈書や歌学書がいかに取りあげ「研究」していったのかをたどってみた。

『世俗諺文』は、若い人への教育用に編まれたということから幼学書と呼ぶことができるが、同時に、辞書的、注釈書的な書物ともいえ、また、諺が内容ごとにまとめて収載されていることからは、「類書」的ともいえる。

一方、歌学書もまた、辞書的、注釈書的な性格も備え、さらには、和歌集自体が内容によって分類編纂されることからも、やはり「類書」的な要素も含むといえよう。また、『源氏物語』注釈書がしばしば和語に漢字を当てる注を載せることなど、その体例が歌学書と深い関係にあることは、すでに指摘がある。[23] そして、例えばやがて『色葉和難抄』（撰者未詳）や『仙源抄』（長慶天皇撰）といった「いろは引き」の（辞書のごとき）歌学書や『源氏物語』注釈書が現れる。

要するに、幼学書、類書、辞書、注釈書、歌学書は、いずれも古代の言語と文に対する研究成果なのであり、それらがカヴァーする内容やアプローチの方法は当然重なりあうものである。

近年、日本古典文学研究においては、注釈書や幼学書が注目され、研究が進展している。今後はそれらを改めて総合的にとらえ、また、漢籍の世界との比較の視点（例えば、『世俗諺文』が同時代の中国にも例の無い「諺語集」として登場したことについて。また、『源氏物語』の注釈が、『奥入』のような巻末注から、『光源氏物語抄』のような本文の摘録に注釈文を付すスタイルへと移り変わっていくことについて、仏教の「音義」や中国経書の注疏（単疏本）の体例との関係から再考する等）をもって考察を進めていくならば、日本のことばと文の世界が「漢」文化との「衝突と融合」を経ていかにして展開してきたのか、その特質をさらに追究していくことも可能ではないだろうか。それは、現在に至るまでの日本のことばと文化の本質を明らかにしていくための一歩となるはずである。

注

（1）『世俗諺文』については、拙稿「源為憲撰『世俗諺文』にみる漢語と漢籍の受容」（小峯和明編『東アジアの今昔物語集翻訳・変成・予言』勉誠出版、二〇一二年）、同「「言」「語」と「文」――諺を記すこと」（河野貴美子・Wiebke DENECKE編『日本における「文」と「ブンガク《bungaku》」』アジア遊学一六二、二〇一三年）等を参照。また濱田寛『世俗諺文全注釈』（新典社、二〇一五年）も参照。

（2）引用は観智院本『世俗諺文』（古典保存会複製、一九三一年）に拠る。ただし文字は通行の字体とし、声点、返点、仮名等は省略し、句読点等を付した。なお以下にあげる『世俗諺文』における掲出語の通し番号は前掲注1濱田寛書を参照した。

（3）山内洋一郎『本邦類書玉函秘抄・明文抄・管蠡抄の研究』（汲古書院、二〇一二年）参照。

（4）京都国立博物館編『特別展覧会　シルクロード　文字を辿って――ロシア探検隊収集の文物』（『新集文詞九経抄』作品解説：高田時雄、京都国立博物館、二〇〇九年）。なお『新集文詞九経抄』については、鄭阿財『敦煌写巻新集文詞九経抄研究』（文史哲出版社、一九八九年）、伊藤美重子『敦煌文書にみる学校教育』第二部第五章（汲古書院、二〇〇八年）も参照。

（5）『日本国語大辞典』第二版（小学館、二〇〇〇〜二〇〇二年）参照。

（6）前掲注1濱田寛書も参照。引文中の『易』は「渙卦」九五爻辞。

（7）藏中進「失われた唐渡り書――張文成『朝野僉載』の周辺」（『和漢比較文学』一三、一九九四年）参照。

（8）前掲注1拙稿「源為憲撰『世俗諺文』にみる漢語と漢籍の受容」参照。

（9）拙稿「和語と漢語が紡ぐ文――古注釈を通してみる『源氏物語』と『白氏文集』」（仁平道明編『源氏物語と白氏文集』新典社、二〇一二年）、また同「古注釈書を通してみる『源氏物語』の和漢世界――『河海抄』、『花鳥余情』」（中野幸一編『平安文学の交響――享受・摂取・翻訳』勉誠出版、二〇一二年）、同「『源氏物語』と漢語、漢詩、漢籍――『河海抄』が読み解く『源氏物語』のことばと心」（日向一雅編『源氏物語　注釈史の世界』青簡舎、二〇一四年）、同「『源氏物語』古注釈にみる和漢の往還――『光源氏物語抄』所引漢籍考」（小山利彦・河添房江・陣野英則編『王朝文学と東ユーラシア文化』武蔵野書院、二〇一五年）等参照。

（10）引用は中野幸一・栗山元子編『源氏釈　奥入　光源氏物語抄』源氏物語古註釈叢刊第一巻（武蔵野書院、二〇〇九年）に拠り、適宜句読点等を付した。また財団法人正宗文庫・国文学研究資料館・ノートルダム清心女子大学編『光源氏物語抄』正宗敦夫収集善本叢書第Ⅰ期第一巻（解題：新美哲彦、武蔵野書院、二〇一〇年）をも参照。

（11）前掲注1拙稿参照。

（12）引用は阿部秋生等校注・訳『源氏物語』三（『新編日本古典文学全集』二二、小学館、一九九六年）に拠る。

（13）坂本太郎他校注『日本書紀』上（『日本古典文学大系』六七、岩波書店、一九六七年）参照。

（14）星野恒・服部宇之吉校訂『毛詩・尚書』漢文大系第十二巻（冨山房、一九七五年増補版）参照。

（15）築島裕編『訓点語彙集成』第五巻（汲古書院、二〇〇八年）参照。

（16）『奥義抄』の引用は佐佐木信綱編『日本歌学大系』第一巻（風間書房、一九五七年）に拠る。また、藤原清輔については井上宗雄『平安後期歌人伝の研究』第二章四「清輔年譜考」（笠間書院、一九七八年）も参照。なお、引用部分は『後拾遺和歌集』雑一・八九四・大納言道綱母の和歌に対する注解。同歌は『蜻蛉日記』上にもみえる。

(17) 長谷川政春・今西祐一郎・伊藤博・吉岡曠校注『土佐日記　蜻蛉日記　紫式部日記　更級日記』（『新日本古典文学大系』二四、岩波書店、一九八九年）脚注参照。

(18) 『拾遺和歌集』賀・二七四・仲算法師の和歌に対する注解。

(19) 古典研究会叢書漢籍之部第四一巻『白氏六帖事類集』（二）（汲古書院、二〇〇八年）参照。

(20) 『後拾遺和歌集』春下・一三〇・出羽弁の和歌に対する注解。

(21) 『世俗諺文』が『史記』を出典として引く「香餌之下……」の文は現在通行の『史記』テキストには確認できない。前掲注1濱田寛書参照。

(22) 当該和歌は『忠岑集』に載る。

(23) 浅田徹「中世の古今集注――多義性の二つの型」（増田繁夫他編『古今和歌集研究集成第三巻　古今和歌集の伝統と評価』風間書房、二〇〇四年）、慶應義塾大学附属研究所斯道文庫監修『古今集注釈書影印叢刊三　古今集素伝懐中抄』解題：浅田徹（勉誠出版、二〇一〇年）、乾善彦『漢字による日本語書記の史的研究』第三部第五章（塙書房、二〇〇三年）、松本大「『河海抄』における歌学書引用の実態と方法――顕昭の歌学を中心に」（『詞林』五〇、二〇一一年）、松本大「『河海抄』巻九論――諸本系統の検討と注記増補の特徴」（『中古文学』九一、二〇一三年）等参照。

付記　小稿は、The 14th EAJS International Conference（二〇一四年八月二十八日、於リュブリャナ大学）における口頭発表（Textbooks and Commentaries as Sources of Understanding the Formation of Early Japanese Language and Literature）に基づき加筆訂正したものである。

西湖と梅——日本五山禅僧の西湖印象を中心に

陳　小法・張　徐依

日本五山禅僧の文集に、中国江南地区にある杭州西湖を歌う詩文が多く見られる。その中では、湖自体は勿論のこと、西湖堤・蘇堤柳・寺院・蓮荷・梅花及び西湖ゆかりの人物まで取り上げられ、日本の禅僧が江南文化の代表である西湖へ心酔している心情が窺える。とりわけ梅を主眼に置いた詩文が目立ち、それらによると、梅は西湖にとってもっとも主要な存在で、その風骨こそが西湖隠遁文化の真髄を物語るものととらえられている。

ちん・しょうほう——浙江工商大学東亜研究院教授。専門は日明関係史。
ちょう・じょい——浙江工商大学修士課程。専門はアジア・アフリカ語言文化。

はじめに

明代文人田汝成の『西湖遊覧志餘』に、作者が日本人と思われる一首の詩文が掲載されている。

昔年曾見此湖図、不信人間有此湖。
今日打従湖上過、画工還欠著工夫。

（昔この湖の図を見たことがあるが、人間にこの湖のあることを信じなかった。今日湖上を過ぎると、絵書きの工夫がなお不足していることがわかる。）

現存する中国文献に記載された日本人の西湖詩の中で恐らくこの詩文が最も有名であろう。これは明の正徳年間（一五〇六～一五二一）、ある日本人が実物を目の前にして、かつて見た西湖の絵を思い出して詠じた作品だと言われている。田汝成はこの詩について「詞語雖俳、而羨慕之心、聞於海外久已。」(1)（詩文にはおかしみがあるが、羨む気持ちは海外に聞かれて久しい）と評価した。また、同時代の厳従簡(2)の『殊域周咨録』の中にも、右に述べた詩文と類似したものがある。

又倭人多能詩者、其「詠西湖」曰、一株楊柳一株花、原是唐朝売酒家。惟有吾邦風土異、春深無処不桑麻。昔年曾見画湖図、不意人間有此湖。今日打従湖上過、画工猶自欠功夫。(3)

（また倭人に詩才のある者が多く、その「詠西湖」に曰く、一株の楊柳に一株の花、なんと唐朝の酒屋だったのか。ただ吾邦の風土に異なり、春深く至る所に桑麻がある。昔この湖の図を見たことがあるが、人間にこの湖のあることを信じなかった。今日湖上を過ぎると、絵書きの工夫がなお不足していることがわかる。）

「詠西湖」の最後の四句は前掲の詩とほぼ重なり、同じ詩文だと分かるが、後者の内容はより詳らかで、西湖のこの上ない美しさを述べただけではなく、読者に「春深無処不桑麻」という異国情緒をも伝えている。

この詩文の作者については異説がある。一説では、詩の作成年代が誤伝され、本当の作者は嘉靖年間（一五二三～一五六六）に二回入明した遣明使の策彦周良とされる。彼は第一回目入明日記『初渡集』「嘉靖十九年九月三日」条に、

余旧年在海東見其図、今見其真、頗増感慨。

（わたしは旧年海東にて其の図を見たが、今其の本物を見て、感慨が頗る増す。）

と記しており、上述した「昔年曾見此湖図」とは、実によく似ていることから、作者と判定できる証拠として挙げられる。

その判定が正しいかどうかは別として、中世の日本においては確かに数多くの五山禅僧が杭州西湖の詩文を詠んでいる。その作者の一部は自分の目で杭州の美景を見たことがあるが、殆どの人たちにとって西湖は聞きかじりの話に過ぎない。しかしいずれにしても、詩文を通して、杭州西湖が日本人にとってどのようなイメージを与えていたか、また、どれほど大切であったかが察せられる。

明代の正統七年（一四四二）、日僧の普福（生没年不詳）が九艘の日本船及び千人の使者とともに明朝へ入貢に来たが、道に迷って危険な状況に追い込まれ、後に浙江省楽清県沙嵩藤というところで助けられた。その時、「被獲嘆懐詩」を作り、

来遊上国看中原、細嚼青松咽冷泉。慈母在堂年八十、孤児為客路三千。心依北闕浮雲外、身在西山返照辺。処処朱門花柳巷、不知何日是帰年。

（上国に来遊し中原を見、青松を細嚼しながら冷泉を味わう。健在の慈母は年八十、客と為った孤児は路あと三千。心は北闕の浮雲の外に依り、身は西山の返照の辺りにある。至る所

朱門と花柳の巷、何時帰国するかはわからない。）

と詠んだ。この普福は、西湖詩も吟じたことがあるそうで、内容は以下の通りである。

西湖

一株楊柳一株花、原是唐朝売酒家。
惟有吾邦風土異、春深無処不桑麻。

この詩が本当に普福の手によるものかは定かではないが、冒頭の『西湖遊覧志餘』の詩と併せると、ちょうど厳従簡の『殊域周咨録』の中に記載された詩文と一致する。音韻の点から見れば、この二つは別の詩文のようだが、厳従簡によって合成された可能性も高い。

もう一人の日僧は、左省と言い、号は鈍牛で、日本使者として明に渡ったことがある。中国にいる間に、わざわざ祝京兆（祝允明、一四六一～一五二七）を訪ね、詩文を貰うつもりであったが、会えなかった。彼の西湖詩文も厳従簡の『殊域周咨録』の中に収録されている。内容は以下の通りである。

詠柳─時泊舟杭州城外涌金門

涌金門外柳如金、三日不来成緑陰。
折取一枝城里去、教人知道是春深。(4)

（涌金門外の柳は金の如し、三日来ないうちに緑陰と成った。一枝を折って城里に行き、春深いことを人に知らせる。）

柳は春の到来を告げるものだが、杭州城内にいる人々に「一枝の柳」で春模様を伝えようとしている。

それ以外では、『殊域周咨録』の中に作者不明の詩文が記載されている。題目は保叔塔としているが、西湖とも実に深い関係があるため、併せて取り上げる。

保叔塔

作者不明

保叔原来不保夫、造成七級石浮屠。
縦然一帯西湖水、洗得清時也是汚。(5)

（叔を保てど夫を保たず、それで七級の石の浮屠を作り成した。たとえ一帯の西湖の水で、清らかに洗おうともまだなお汚い。）

保叔塔、正しくは「保俶塔」、宝石塔、宝所塔とも称する。伝説によると、塔の所在地である宝石山の麓に仲のいい兄嫁と義弟がおり、義弟の恩情を記念するため、兄嫁が宝石山で塔を作り、人々は「保叔塔」と名付けた。新たに赴任してきた杭州知府がこの塔を巡礼して塔名を不思議に思い、それで一首の諷刺詩を残したそうである。この詩文の一句に「保叔縁何不保夫」とあったようで、人々に誤解を招いた。上掲の詩文の内容から見れば、この作者の日本人が右の伝説を聞いて嘆いた作品だろう。

だが、真実はどうであるのだろうか。明代張岱の『西湖夢尋』に「保俶塔」という一文がある。

　宝石山、高六十三丈、周一十三里、銭武肅王封寿星宝石山、羅隠為之記。其絶頂為宝峰、有保俶塔、一名宝所塔。蓋保俶塔也、宋太平興国元年、呉越王俶聞唐亡而懼、乃与妻孫氏、子惟濬、孫承祐入朝、恐其被留、許造塔以保之。称名、尊天子也。至都、賜礼賢宅以居、賞賚甚厚、留両月遣還、賜一黄袱、封識甚固、戒曰、「途中宜密観。」及啓之、則皆群臣乞留俶章疏也、俶甚感懼。既帰、造塔以報仏恩、保俶之名遂誤為保叔、不知者遂有「保叔縁何不保夫」之句。(6)

（宝石山、高さは六十三丈、周囲は一十三里、銭武肅王が寿星を宝石山に封じ、羅隠が之の為に文を記した。其の絶頂は宝峰と言い、保俶塔があり、一名は宝所塔。保俶塔とは、宋太平興国元年、呉越王の俶が唐の滅亡を聞いて恐れ、妻の孫氏と子の惟濬及び孫の承祐とを連れて入朝したが、留められることを恐れ、塔の建立の許可を得て帰国の保証としようとした。名を称するのは、天子を尊ぶためである。都に至り、礼賢の宅を賜り居を持つようになり、賞賚が甚だしく厚かった。二ヶ月留まって還される際、黄袱を一つ賜ったが、封識が甚だ固く、戒めて、「途中で密かに見るべきである」とある。開けると、皆群臣が俶を引き止めるよう乞う章疏ばかりで、俶は感無量。帰ってから、塔を建立して仏恩に報いた。保俶の名は保叔と誤られて、それを知らない者が「保叔縁何不保夫」という句を作った。）

　張岱の記録によると、銭俶は自分が京から無事帰還できたことを感謝するために、宝石山の頂上で宝塔を作ったのである。塔名は勿論「保俶塔」というが、恐らく「俶」の字の読み方が難しかったことから、「保叔塔」と誤伝されたのだろう。いまでも杭州の方言では「俶」と「叔」の発音は同じである。

一、万里集九と西湖

　万里集九（一四二八〜？）は、室町時代中期の著名な五山禅僧である。正長元年（一四二八）九月九日近江安曇郡に生まれ、俗姓は速水、道号は「万里」、法諱は「集九」である。幼い時、京都の東福寺に入り、十五、六歳頃、相国寺の大圭宗価に師事し、該寺の蔵主を務めたこともある。応仁の乱（一四六七〜一四七七）以降還俗した。美濃の鵜沼で隠居し、陸游の「看梅帰馬上戯作」の「要識梅花無尽蔵、人人襟袖帯香帰」から、「梅花無尽蔵」という一節を取り、自分の居室の名にした。また、自分の文集名を『梅花無尽蔵』と付け、

図1　神奈川県横浜市金沢町にある称名寺（2014年7月陳小法撮影）

還俗した後「漆桶子」「漆桶万里」「梅庵」「椿岩」などの別号を付けた。

万里集九は宋人の詩文を非常に好んだ。蘇軾、黄庭堅のほか、林和靖、欧陽修、梅尭臣、邵擁、司馬光、王安石、蘇轍、李公麟、秦観、張耒、参寥子、釈覚範などの詩文もよく口にした。同時に、彼は梅花を特に好んでいて、右に述べた万里集九の好きな宋の詩人はほとんどが梅花と深く関わっていた。特に林和靖は彼が憧れていた存在であり、全ての詩文の中で、林和靖の作品に触れたものは、蘇軾、黄庭堅、陸游などの合計よりも多い。(7)

文明十八年（一四八六）初春、万里はある目的のため、著名な仏教聖地鎌倉にやってきて、ついでに横浜市金沢区にある金沢六浦を見学した。金沢六浦は関東地域の港の中で中国に最も近く、中世において日本の経済と文化の要衝であった。曾て三艘の宋船がここに漂着したことから、「三艘」という地名も残っている。江戸時代以降、金沢六浦の美景はよく日本の西湖だと擬えられた。そこは有名な称名寺を擁し、寺の中に金沢文庫がある。だが、万里の本当の目的は一体何であったのだろう。実は、金沢文庫に蒐集された中国文物ではなく、ここの美景でもなく、本当の目的は杭州西湖から移植された「西湖梅」の鑑賞であった。残念ながら、万里が訪れた時、「問西湖梅、以未開為遺恨矣」[8]、つまりまだ開花しておらず、遺憾な気持ちを思わず詩に一首詠んだ。

前朝金沢古招提、遊十年遅雖噬臍。
梅有西湖指枝拝、未開遺恨翠禽啼。
金沢西湖梅、先代之主、属南舶移杭州西湖之梅栽、故名之。[9]

（前朝の金沢の古い招提を訪ねたが、十年遅れて来たことを噬臍（後悔）している。西湖の梅があり枝に向き拝んだが、開花していないことを遺憾に思う、ただ綺麗な鳥が啼いている。金沢の西湖梅は、先代の主が南舶に属して、杭州西湖の梅を移植して、金沢に栽えたことによってこの名がある。）

今回、金沢の西湖梅を訪れた万里は、咲き誇る梅花を見られなかったが、話はそのまま収束せず、その後不思議な展開と結末が待っている。『梅花無尽蔵』の中に以下のような記載がある。

貼西湖梅詩序

丙午小春、余入相州金沢称名律寺、西湖梅以未開為遺恨。富士則本邦之山、而斯梅則支那之名産也。唯見蓓蕾、而雖未見其花、豈非東遊第一之奇観乎哉。金沢盖先代好事之主、属南舶移杭州西湖之梅花于称名之庭背、以西湖呼之。余作詩之、前朝金沢古招提、遊十年遅雖噬臍。梅有西湖指枝拝、未開遺恨翠禽啼。及今余恨未尽。巨福山有識面、丁未之春、摘其花数十片為一包、見恵焉。己酉夏五、余帰濃之旧廬、奉献彼一包于春沢梅心翁。々借余手、描枝条、貼其花、近而見之、則造化所設、遠而見之、則趙昌所画。并以出于春翁之新意矣。挂高堂、一日招余令観焉之次、要作賛語題軸上、漫从揚水之末章云。[10]

一横枝上粘西湖、名字斯花別不呼。
意外春風真假合、傍人定道画成図。[11]

（丙午小春、わたしは相州金沢称名律寺に参った。西湖梅は未だ咲いておらず残念であった。富士は本邦の山だが、この梅は支那の名産である。ただ蕾だけを見て、其の花を見ることができなかったが、それも東遊の第一の奇観ではないか。金沢は先代好事の主が中国行きの南船に属して杭州西湖の梅花を移して称名の庭の背に移植し、西湖と呼んだ。わたしは詩を作り、前朝の金沢の古い招提を訪ねたが、十年遅れて来たことを噬臍している。西湖の梅があり枝に向き拝んだが、開花していないことを遺憾に思う、ただ綺麗な鳥が啼いている、と。今もわたしの遺憾はまだ尽きない。巨福山に知り合いがあり、丁未の春、其の花を数十片摘んで一包と為し、贈ってくれた。己酉夏五月、わたしは美濃の旧廬に帰り、それを春沢梅心翁に一包奉献した。彼はわたしの手を借り、枝条を描かせ、其の花を貼った。近くで見ると、造化（の神）が作った花のようだったが、遠くで見ると、まるで趙昌の画のようである。これこそ春翁の新しい発想である。高堂にかけ、ある日わたしを招き見せてくれた後、贅語を作らせ軸上に書かせた。従ってつまらない文をつけた。一つの横枝の上に西湖の花を貼り、この花の名は梅というほか特別にはつけない。しかし春風は意外にも真偽合わせて吹き、人々は必ず画が図を成したと言うであろう。）

上文によれば、文中の丙午は文明十八年（一四八六）で、その時（小春）、西湖梅はまだ蕾の状態であったが、遠くにある富士山と身近にある西湖梅と組み合わせた景色が、万里にとって東遊の第一奇観であったのではなかろうか。

丁未（一四八七）の春、鎌倉にある建長寺（巨福山）の一僧人は、称名寺の西湖梅を見られなかった万里に、わざわざ西湖梅の花びらを何十枚も取り、紙で包んで贈った。己酉（一四八九）の夏、万里が美濃の鵜沼に戻り、もらったその梅花をずっと世話になっていた恩人の梅心瑞庸（一四三七〜一四九六）に贈呈した。そして、梅心は万里に梅枝図を書いてもらい、枝に西湖梅の花びらを貼り、二人は力を合わせて「貼西湖梅図」を完成させた。万里はこの絵に非常に満足していた。近いところから見れば自然であり、遠くから見れば宋の画家である趙昌の作品に匹敵するほど美しい。

金沢の西湖梅は非常に有名で、当時の武将でまた和歌の名人でもある太田道灌（一四三二〜一四八六）が金沢の西湖梅を江戸城内に移植した。それにより、万里の西湖梅鑑賞の願いもやっと叶えられた。その時残した詩文は、以下のとおりである。

梅時会故人（江戸城香月斎下、有西湖梅。盖分取金沢余根插之、于時着花爛漫、得鴻字。）
窓暖皆梅白雑紅、裂西湖置数株中。
春風話尽主人榻、一片帰心逐去鴻。(12)

（梅の時に故人と会う（江戸城の香月斎の下に、西湖梅がある。恐らく金沢の余った根を分け取って挿したものである。その時花は爛漫と咲いており、鴻と言う字を得た。）窓は皆梅で白と紅が混じり、西湖梅を分けて数本の中に植えてある。春風のなか主人の榻にて話を尽くしたが、一片の帰心が去る鴻を追う。）

二、五山僧の西湖像

北宋の代表的な文人である蘇東坡は、西湖の治理に貢献しただけではなく、西湖の評論にも影響力を持っている人物である。彼の「杭州之有西湖、如人之有眉目」といった名句は今でも引用し続けられている。周知の通り、眉目とは、人の気持ちを伝える働きがある。故に、中国文人にとって、西湖が杭州にとってまるで心の窓の如く、画竜点睛の役割を果たしていることが分かる。

だが、異国の日本人からみれば、西湖はどんなイメージであろうか。関連の先行研究によると、十三世紀から十六世紀の間、日本五山僧が書いた詩文の中で、西湖と関係があるものは三八一首に及び、六橋に触れたものは二十六例、蘇公堤は十二例ある。また、詩文の中で蘇東坡の「水光瀲灎」、「淡粧濃抹」などのような文を頻繁に引用していたことがわかった。(13)

本節では、日本五山僧にスポットをあて、文集を媒介として彼らの西湖像を分析してみる。

入明僧天与清啓が「西湖図」という絵の画賛の中で以下のように述べている。

西湖以梅而重焉、梅以和靖為重焉。横斜浮動之香影也、享自然之新画也。天地開闢以来、雖有此梅、而無和靖則梅不能以為梅也、西湖只是一野水而已。和靖何人也、能定梅花乎九鼎之重也、倍西湖乎連城璧価也。梅花若有意、則其築麟閣以像和靖於昏月之中乎。蘇東坡曰、西湖杭之眉目也。惜哉此論矣。其謂天下之眉目、則可乎。戯代梅花而西湖之余蘊云、我曾湖上問逋仙、的皪梅花一粲然。今日披図三笑処、楼台彷彿六橋前。寛正五年甲申腊月下浣、万里叟清啓、書以応綱仲統上人之求焉。(14)

（西湖は梅で重要視され、梅は和靖で重要視される。横斜浮動の香影で、自然を享受する新画である。天地の開闢以来、此の梅があったが、和靖がなければ梅は梅となることが不可能、西湖もただ一つの野水に過ぎない。和靖とは何人かと言うと、梅花を九鼎のような重さを持つものと定め、また西湖の価値を倍にした人である。もし梅花に意があるなら、麟閣を築いて和靖の像を置いて黄昏の月の中で鑑賞すればいい。蘇東坡曰く、西湖は杭州の眉目なりと。だが此の論は惜しまれる。天下の眉目といえばよいのではないか。戯れて梅花に代って西湖の余蘊を云えば、我は嘗て湖上で逋仙を問い、的皪たる梅花は粲然としている。今日三笑処の画を見て、楼台がまるで六橋の前にあるごとくである。寛正五年甲申腊月下浣、万里叟清啓、書を以って綱仲統上人の求めに答える。）

上文では、天与清啓は西湖、梅及び和靖との三者の関係を論じた。西湖の梅花は確かに有名だが、和靖がいなければ、ただごく普通の梅花に過ぎない。蘇東坡は「西湖杭之眉目也」と評価しているが、天与清啓はその評価が実に惜しく、西湖は杭州の眉目であるだけではなく、天下の眉目であ

表1　中世日本僧侶の西湖詩

詩名	作者	文集	キーワード
題西湖小草堂図	義堂周信	空華集	西湖、断橋柳、梅花
西湖帰舟図	絶海中津	蕉堅稿	湖上梅
西湖小景武衛源公硯蓋	惟忠通恕	云壑猿吟	柳色、梅華、逋仙
夢游西湖	惟忠通恕	云壑猿吟	西湖、荷花
西湖放鶴図	愕隠恵奯	南游稿	鶴、梅
西湖晴雪図	西胤俊承	真愚稿	梅華、鶴、逋仙
題西湖	景徐周麟	翰林葫芦集	湖辺、和靖宅、扁舟、早梅
西湖図	景徐周麟	翰林葫芦集	蘇公堤畔柳、和靖宅前梅
冬日西湖会千古鏡	友山士偲	友山録	孤山梅
西湖小雨図	東沼周岩	流水集	西湖、余杭、十里荷花
西湖弄水図	東沼周岩	流水集	時花、美女、湖光、春風、千山
送人帰西湖	作者不明	水南詩集	西湖、和靖、梅華
送人帰西湖	作者不明	水南詩集	西湖、梅花
西湖図	光厳老人	光厳老人詩	十里荷花、六橋、西子
西湖雪後図	蘭坡景茝	雪樵独唱集	西湖雪、五橋柳、六橋梅
六橋煙雨図	天隠龍沢	黙雲稿	柳、長堤、灵隠、蘇公、西湖雨
西湖図	心田清播	听雨外集	柳、蘇公、梅、老逋、水色、山光

る、と評価したいとする。

筆者は上村観光が編纂した『五山文学全集』（五巻）と玉村竹二が編纂した『五山文学新集』（八巻）の中にみえる西湖を題名とした詩文を整理し、中から関連するキーワードをピックアップして、日本の僧侶から見た西湖はいったい何を意味するかを分析してみた。

表の中には、題目に西湖という言葉のある詩文を整理してみたが、凡そ十七首もある。詩文に触れられた西湖に関連する言葉を簡単に統計すると、梅花と関係のある名詞が十二例にも達し、最も多かった。その次は西湖（湖）で、計十例である。第三位は柳、林和靖と関係のある言葉で、計六例である。

総じてみれば、日本中世の禅僧にとって、西湖と言えば最初に浮かんでくるのは梅花で、次は美しい湖水であることが分かる。

おわりに

中国で、西湖を称える詩文においては、恐らく蘇東坡の「飲湖上初晴後雨」という七言律詩が最も代表的なものだろう。キーワードから見れば、「水光」「山色」「西子」という三つの言葉が挙げられ、更に簡潔に言えば、西湖の美は山水という自然にあると言っても過言ではない。だが、右の分析を通してみると、日本五山僧にとっての西湖像は中国文人とはややズレが見え、その美の核心は自然ではなく、隠遁した林和靖と関係ある梅花にあると、主張していることが分かる。実は、日本人のこの西湖像は少なくとも明治維新初期まで続いて、遊記にもしばしばこのような論調が見える。

注

(1) 田汝成『西湖遊覧志余』(上海古籍出版社、一九五八年)三六四頁。
(2) 厳従簡、字仲可、号紹峰、浙江嘉興府人。嘉靖三十八年に進士に受かり、行人を与えられ、工科の給事中として選ばれ、後に刑科の右給諌に左遷された。隆慶元年に官位が婺源県丞まで降格され、揚州の同知を経て官位を辞めて帰省した。著に『殊域周咨録』などがある。
(3) 厳従簡著、余思黎校訂『殊域周咨録』(中華書局、二〇〇〇年)一一九頁。
(4) 前掲注3『殊域周咨録』一二〇頁。
(5) 前掲注3『殊域周咨録』一二〇頁。
(6) 張岱著・馬興榮點校『陶庵夢憶・西湖夢尋』(中華書局、二〇〇七年)一三一頁。
(7) 内山精也「万里集九と宋詩」(『漢籍と日本人』アジア遊学九三、二〇〇六年)。
(8) 玉村竹二『五山文学新集』第六巻(東京大学出版会、一九七二年)七一六頁。
(9) 前掲注8玉村書、七一七頁。
(10) 前掲注8玉村書、九四〇頁。
(11) 前掲注8玉村書、七六二頁。
(12) 前掲注8玉村書、七〇七頁。
(13) 舒淇・進士五十八「日本における中国杭州西湖の風景イメージの定着化についての考察」(『ランドスケープ研究』六二—五)四六九—四七二頁。
(14) 前掲注8玉村書、三四七—三四八頁。

万暦二十年代東アジア世界の情報伝播
——明朝と朝鮮側に伝わった豊臣秀吉の死亡情報を例として

鄭　潔西

豊臣秀吉の朝鮮侵略戦争において明朝と朝鮮側は戦略上の主導権を掌握するために積極的に秀吉に関する情報を収集した。特に秀吉の生死情報は、戦局の進退と戦争の勝敗に密接に関係しており、明朝と朝鮮側に大変重要視されていた。本稿は戦争期間中明朝と朝鮮側に伝わった秀吉の死亡情報の流伝状況を考察し、十六世紀末における東アジア世界の情報流通の一端を明らかにしたい。

てい・けつさい——中国寧波大学人文学院副教授。専門は中日関係史。主な論文に「豊臣秀吉の朝鮮侵略に関する明朝側の図像資料——「東征図」、『朝鮮日本図説』を中心に」（『年報非文字資料研究』第一〇号、二〇一四年）、「16 새기말 임진왜란과 전체 아시아국가와의 연동」（『해양문화』第二巻、二〇一五年）、「日藏孤本『刑部奏議』及其史料価値」（『学術研究』二〇一五年第一一期）などがある。

はじめに

万暦二十年（日本文禄元年、朝鮮宣祖二十五年、一五九二）に勃発した豊臣政権の朝鮮侵略戦争は、戦争に関わった明朝、日本、朝鮮三国の交流に新しい時代を開いた。三国間の人物往来および情報流通は、以前の時代に比べ戦時中より盛んになった。明朝と朝鮮側は積極的に日本の情報を探求し、その情報の研究を通じて戦争の行方を把握し、戦略上の主導権を把握しようと図った。中でも、明朝と朝鮮側が最も関心を払ったのは、日本の支配者豊臣秀吉に関する情報であった。特に秀吉の生死情報は、戦局の進退と戦争の勝敗に密接に関係しており、明朝と朝鮮側に大変重要視されていた。豊臣秀吉が実際に死亡したのは慶長三年（万暦二十六年、一五九八）八月十八日（明日同暦）であった。ところが、秀吉の死亡情報は、誤伝も非常に多く、万暦二十二、二十三年（一五九四、一五九五）以外、ほぼ毎年のように何度も明朝と朝鮮側に伝えられてきたのである。

本稿は、これまでの先行研究であまり言及されていない、日本の朝鮮侵略期間中に明朝と朝鮮側に伝わった豊臣秀吉の死亡情報の流伝状況を考察し、十六世紀末における東アジア世界の情報流通の一端を明らかにしたい。

一、万暦二十、二十一年の豊臣秀吉の死亡情報

万暦二十年（一五九二）六月、朝鮮の大臣柳成龍は現在の時事について、朝鮮国王李昖に次のような上奏を行った。

> 欲攻平壤之賊、當分三路而進、此則前已言之。然兵法先攻弱、賊之散出及往來道路者、隨處鈔擊、斬殺殆盡、則賊必奪氣而形勢益衰矣。今宜令黃海道監司趙仁得、兵使李泰亨等、抄發精兵、分據沿途鳳山、黃州、平山以上一路阻險之處、不必數多、十十五五、分運作隊、無論公私賤官吏山尺白丁才人、使之往來要截、資以糧餉、出沒無定、射殺其行路散出之賊、其所得財物及馬匹、任其自取、官不得奪。且處處舘驛、張榜曉諭云、賊將已死、其軍太半戰死、天兵十餘萬刻日分道並進、蕩滅不遠。且賊酋平秀吉在國中爲其下刺殺事、中朝咨報。此正狂賊送死之秋。凡道内人民、乘時立功。(1)

柳成龍は敗戦を繰り返した朝鮮軍の士気を鼓舞し、敗勢を挽回するために、「豊臣秀吉は既にその部下に刺殺された」という噂を作るべしと李昖に進言した。秀吉の指揮は、日本軍の朝鮮侵略の最も重要な動機であり、もし秀吉が急に死亡すれば、日本軍はかならず戦意を失い、戦争も速やかに朝鮮軍の勝利で終わるであろう、と当時の朝鮮人を代表する柳成龍は確信していた。

明朝も豊臣秀吉の生死情報を極めて重視していた。開戦後、明朝は積極的に朝鮮戦場の敵陣と日本の本土へ間諜を派遣し、日本の情報の収集に尽力した。明朝の日本の情報収集の結果は、その後北京にフィードバックされ、明朝の対日本政策に大きな影響を与えた。(2)当時北京に伝わった日本の情報の中には、秀吉が既に死亡したという内容もあった。

一番早く豊臣秀吉の死を報告したのは、恐らく朝鮮人の通事朴仁儉であろう。その内容は、朝鮮經畧宋應昌の万暦二十年（一五九二）十二月四日付の書簡に次のように記されている。

> 又據通事朴仁儉報稱、關白領兵屯對馬島、被深國人乘虛盡數殺死。又謂深國即薩摩州也。恐未的結報帖附覽相公處、乞為轉致。餘未敢悉。(3)

すなわち、「關白（＝豊臣秀吉）」は対馬島に駐屯していた時、「深國（＝薩摩州）」人に奇襲され全滅したという朴仁儉

の報告である。

朴仁倹の報告した、豊臣秀吉が戦死したという情報は、恐らく当時の日本国内の叛乱を反映したものであろう。文禄元年（万暦二十年、一五九二）六月十五日（明日同暦）、朝鮮へ向かう途中の島津氏の家臣梅北国兼が肥後の佐敷において叛乱を起こした。すなわち「梅北一揆」である。(4) 叛乱に関する情報の朝鮮への伝達は、叛乱が平定された当日の六月十八日にまで遡る。その日、豊臣秀吉は叛乱の状況を通告した書簡を作成し、飛脚に託し朝鮮在陣中の加藤清正と鍋島直茂のところに送らせた。(5) 宋應昌が耳にした秀吉の死亡情報は、恐らく「梅北一揆」の情報が朝鮮において誤伝されたものであろう。ほかに立証できる関係情報がなかったためか、この秀吉の死亡情報は当時北京に伝わったが、明朝に余り影響を与えなかった。

ところが、半年後、明朝の間諜沈丙懿(6)が南方から持ち帰った豊臣秀吉の死亡情報は、明朝に大きな影響を与えた。沈丙懿がもたらした情報について、戸科給事中呉應明はその筋道を分析した上、信用できるものとして万暦帝に上奏した。そのことに関して『明神宗實錄』に次のような記録がある。

戸科給事中呉應明題、近見兵部差沈丙懿密訪夷情、内稱關白中毒已斃、平柴二賊相圖。經畧總督了無報聞。臣觀倭奴攻陷朝鮮、易于破竹、乘勝之師、何所不逞、乃我師一集、輒棄開平而不顧、守王京而不堅、豈誠畏威遠遁哉。自古行師不戰而退者、非軍中有疫、則國中有變、未可知也。（後略）(7)

「關白（＝豊臣秀吉）」の死亡情報は、兵部の遣わした間諜沈丙懿によって北京に将来されたのである。呉應明は明確には沈丙懿の情報を真実だと断言しなかったが、朝鮮を侵略した日本軍の当初の破竹の勢いから、現在の連続的な退却という変化について、日本軍内に必ず疫病があったか、または秀吉が死亡したかと推断した。呉應明と同じような見解を持ったのは、当時明朝の朝鮮援助軍の「贊畫（＝参謀）」であった袁黄である。袁黄は小説「斬蛟記」を創作し、秀吉の死亡情報を深く信じているという自分の考えを述べたのである。

關白既死、（中略）彼恐人心離貳、必不發喪、必當假關白之號令、以攝六十六洲之人、此不可不説破者。其倭向約益兵來征、今竟不益、向欲長驅直犯、今竟不犯、則關白之死、昭然在目、稍知兵機者、不待予言而定。應預識矣。故予知倭之欲退、其信甚真。特以無征不信、不敢明言耳。今既西歸、當明發之。(8)

ところが、兵科給事中張輔之は沈丙懿のもたらした豊臣秀吉の死亡情報を完全な誤報と断言した。彼は万暦帝に提出した奏疏「款貢擅開疏」に次のような見解を掲げた。

小人之誤人家國甚矣、關白尚在、而昨報已死、則沈秉彝（＝沈丙懿）者、又一沈惟敬也。臣等忠憤所激、匪止職掌攸關、故敢披瀝陳瀆、不勝懇祈待命之至。(9)

張輔之は、「倭夷性實狡詐、其不可以羈縻款貢」(10)、即ち日本は狡猾であり、冊封と朝貢という羈縻関係を以って事態を解決することはできず、日本との朝貢関係の再確立を代価とする講和に激しく反対した。張輔之は、沈丙懿より報告された豊臣秀吉の死亡情報は、講和のための虚報であると見なしていた。

上述したように、沈丙懿が将来した豊臣秀吉の死亡情報は、当時の明日間の講和と密接な関係があったため、その真偽の判断について、明朝の朝廷において見解に大きな相違が生じたのである。

二、万暦二十四、二十五年の豊臣秀吉の重病・死亡伝聞

豊臣秀吉の死に関する情報は、万暦二十二、二十三年（一五九三、一五九四）の二年間の記録には余り見られない。ところが、万暦二十四年（一五九六）になると、また様々な秀吉の死亡伝聞が続々と明朝と朝鮮側に伝えられてきた。

万暦二十四年（一五九六）四月、豊臣秀吉が既に病死したという情報が朝鮮側に将来された。

（南）好正私書云、（中略）昨日、福、廣三倭、又來告天使曰、行長以皇女將至哄關白、而今無皇女、關白大怒、命夜也士起兵四十萬出來云。今有關白病死之説、若果爾、則諸倭必到京、相攻擊、爭關白之位、不暇顧朝鮮與天朝、此則天幸。(11)

朝鮮の通事南好正の書簡によると、その年の四月、既に彼のところに「關白（＝豊臣秀吉）」の病死情報が伝えられてきた。

また同四月に、朝鮮国に逃げ帰った被擄朝鮮人によって豊臣秀吉が重体になったとか病死した、という風説が朝鮮にもたらされた。

且因被擄回來人、聞關白自十月（万暦二十三年十月）病重、正月乃死云、或云正月快差。(12)

同じような情報は同四月に朝鮮の学者趙慶男と朝鮮の水軍統制使李舜臣のところに伝播した。(13) 李舜臣はそれら情報を信用できない噂であると判断した。

十九日乙卯、（中略）是日、因南汝文、聞秀吉之死、而未可信也。(14)

また、豊臣秀吉を「日本国王」に任命する明朝の冊封使と

して派遣された楊方亨は、同年六月に日本に渡海した際、自分の作成した書簡に当時の情勢を次のように述べている。

封之一事、延滞欲久、不知將來何如變態方是結局。不佞異域孤臣、良亦苦矣。聞關白病甚、望封之心益急、恨不即欲得封、死亦瞑目。是以連日之請、頻且誠矣。不佞於十五日間、揚帆渡海矣。儻得封事早完一日、議論早省一日。欽領誥敕、惟足下催促之來、或住對馬島、或住護屋待之云云。(15)

すなわち、日本側は「關白（＝豊臣秀吉）」が重病に陥ったため、一日も早く明朝の任命した「日本国王」に冊封されたい、と楊方亨の渡海を催促した。秀吉の重病情報を信じた楊方亨は、早速日本への渡海を決意したのである。

ところが、その後の交渉はうまくいかなかった。翌万暦二十五年（一五九七）初、明日の談判が決裂した後の講和の補修期、日本側の講和使者平調信（＝柳川調信）が談判を成立させるために、豊臣秀吉は近いうちに必ず死ぬという噂を作ったのである。

接伴使李光庭狀啓、當日午末、平調信率要時羅及卒倭三十七名、來到本縣。申時、天使與調信相見、辟人講話、移時罷黜。天使曰、接伴使欲詳聞其説、可來見我。臣即入見天使。與臣問答、別錄上送、明日再話後、即馳啓。天使曰、調信問于我王子事、何以處之。我對曰、天朝奉聖旨、王子決不可以送。調信曰、行長謂王子入送事、決定於我、當先歸日本、報稟關白、王子不送、則我不得歸報。只當令正成、往稟關白。曰、關白近日必死、姑忍得時月則可也乎。(16)

日本の談判使者平調信（＝柳川調信）が「關白近日必死（豊臣秀吉は近いうちに必ず死ぬ）」という噂を作ったのは、朝鮮側の王子を人質として日本側に提供することをもって戦争を阻止しようという画策である。ところが、平調信の提案は断固として朝鮮側に拒絶された。戦争は避けられずに再発した。

三、万暦二十六年の豊臣秀吉の死亡情報

万暦二十五年（一五九七）、日本の朝鮮侵略戦争が再開された。翌万暦二十六年（一五九八）、様々な豊臣秀吉の死亡情報がまた複数のルートによって続々と明朝と朝鮮側に将来された。そこで以下は、三種のルートによって伝わった秀吉の死亡情報の伝達実態、および当時日本で流布していた秀吉の死亡に関する伝聞を考察してみたい。

(一) 日本に潜入した明朝の間諜と豊臣秀吉の死亡情報

万暦二十五年（一五九七）、日本の朝鮮侵略戦争が再開された。明朝は再び朝鮮を援助する方針を立てて援助軍を朝鮮に

送りこみ日本軍と交戦した。また、明朝は、戦略上の主導権を掌握するために、数回にわたって日本へ間諜を派遣し、日本に対する諜報工作をいっそう強めたのである。豊臣秀吉の生死情報に関する偵察も、明朝の間諜の重要な任務であった。

現在判明している当時の明朝の間諜集団は二組ある。その第一組は兩廣總督陳大科により派遣されたものである。該当間諜集団の日本での活動について、当時の高僧釋德清が著した「忠勇廟碑記并銘」に次のように述べている。

将軍（招討將軍吳天賞）之子汝實、（中略）頃以倭奴犯東鄙、連兵數年、將軍子實猶為兩廣制府參軍、以司馬公命往日本間諜之、關白果死、實乃攜碧蹄所亡火器歸、諸執事奇之、未及報命而朝鮮倭已退、後司馬竟寢之。[17]

招討將軍吳天賞の息子吳汝實は当時兩廣總督陳大科の麾下で「參軍（＝参謀）」の職を務めていた。万暦二十五年（一五九五）に日本が朝鮮を再侵略した際、彼は陳大科の派遣により日本の情報を収集するために日本に潜入した。吳汝實は日本で豊臣秀吉の死亡情報を獲得し、それを万暦二十一年（一五九三）の朝鮮碧蹄館の戦いで日本軍の戦利品となった明朝軍の火器と一緒に明朝に持ち帰って復命した。ところが、朝鮮での日本侵略軍は彼が帰国する前に既に撤退したので、吳汝實の功も結局兵部に推されなかった。

間諜集団の第二組は福建巡撫金學曾により派遣されたものである。この集団のリーダーは福建漳州の儒生林震虩である。林震虩の一行は日本の京都の周辺地域に潜入し、日本の各層と様々な交渉を行った。また、彼らは日本に連行された被擄朝鮮人との接触にも成功した。万暦二十九年（一五九九）の春、林震虩一行は魯認という被擄朝鮮人と邂逅し、密かに彼を福建に連れ帰った。魯認は、日本滞在中に収集した日本の情報を明朝の間諜に提供した。

越三日（二月二十四日）、公（＝魯認）又往陳（＝陳屛山）、李（＝李源澄）館、陳、李起拜而請賦詩、詩成、陳、李極加嗟歎、進酒溢歡、仍問曰、公在倭探機、則秀吉死後、衆議何如、曰、筑前中納言金吾者、爲内府將、欲更犯朝鮮、而以内府米五萬餘石、出爲軍餉、家康以黄金四十萬錠、出資兵用、清正等所欲、不在朝鮮、將有射天之計、我以天朝臣民、既知其機如此、正欲歸國、以備不虞也。[18]

豊臣秀吉死後の日本の政論はどうであろうかと明朝の間諜に尋ねられたところ、魯認は日本は朝鮮と明朝を再侵略する計画中だと答えた。それは恐らく明朝の間諜の歓心を買うために捏造した情報であろう。

また、魯認が明朝福建省の漳州府に滞在していた際、豊臣秀吉の死に関する情報を地元の官憲にも提供した。

（万暦二十七年四月初四日）四日、林差官與公等、進于海防衙門、先呈浯澳寨文牒、次陳公等來歴及日本賊情、海防以呈文送于知府、知府送人邀公、公進知府、知府問曰、秀吉之死丁寧、而屯高麗諸賊、果皆退去否、公曰、秀吉積惡貫盈、去戊戌七月十七日、以天殃暴死、諸賊秘不發喪、有家康稱號者、以秀吉臨死之言、自襲爲關伯、諸賊忿恥、衆議紛紜、前頭之事、未知如何。(19)

すなわち、魯認は、豊臣秀吉が昨戊戌年（万暦二十六年、一五九八）七月十七日に暴死したこと、日本の支配層が彼の死を秘して喪を発さなかったこと、および家康（＝徳川家康）が秀吉の代わりに日本の支配者になったことを漳州知府に報告した。

魯認のような滞日経験者の聞いた日本の情報は、日本の民間に流布していた伝聞によるところが多かったと思われる。魯認が漳州知府に提供した日本の情報は、実は「希安」という日本僧から聞いたものである。魯認の著した『錦溪集』巻三「倭窟探情」に、

倭僧希安（一云安西堂）北學而知禮者也、（中略）一夕、安自畿内山城而來曰、今倭皇（＝豊臣秀吉）死、衆議紛紜、明年當更犯朝鮮、公之安留此土、幸也。公驚問其情。安曰、日本數百年來、未有干戈、不知師旅、而百官之改替、科目之取才及法令賞罰、與中國無異、自爲一樂國矣、五十年前、南蠻海船、滿載炮矢等物、漂到日本、日本之人、從此力學、皆爲妙手、自成戰國之習、而便作禽獸之域。今皇帝統合六十六國爲六十六州、生民塗炭已極、而不意暴死、衆情洶洶。又問誰其代立、曰、大閤（指秀吉）無子女、養妹之子任關伯、分守伊勢、尾張等州。大閤臨死、召諸將曰、後事托於家康、待秀頼（秀吉愛妾子）成立還政。(20)

とあり、その内容は前述の漳州知府に報告した豊臣秀吉の死亡情報と全く一緒である。

明朝の間諜林震虩の一行が収集した、豊臣秀吉の死亡情報も含めた日本の情報は少なからずあったと思われるが、記載の欠如によりその詳細は不明である。(21)

（二）朝鮮戦場に伝わった豊臣秀吉の死亡情報

前述したように、万暦二十五年（一五九七）日本の朝鮮侵略戦争が再発した際、明朝は複数の間諜集団に命じて渡海させ、日本情報の収集に尽力した。ところが、明日両国は海に隔てられ、交通手段は制限され且つ危険であり、日本に潜入した明朝の間諜の獲得した情報を、明朝へフィード・バックすることがすぐにできなかった。それら情報が明朝に将来されたのは、実はずいぶん遅れてである。

しかしながら、日本に潜入した明朝の間諜にくらべ、より大量に、即時に日本情報を明朝と朝鮮側に伝えたのは、当時の朝鮮戦場で活躍した人々である。以下は万暦二十六年（一五九八）に朝鮮戦場に伝播した豊臣秀吉の死亡情報の伝達実態を考察してみたい。

その年一番早く豊臣秀吉の死亡情報を伝えたのは、恐らく二月の朝鮮梁山郡守の報告であった。報告の内容は『宣祖實録』に次のように記されている。

經理接伴使李德馨啓曰、昨夕、經理出小貼、説稱梁山郡守馳報、而平秀吉已故、各倭酋一時停役、待正奇出來、渡海去云云。(22)

三月にも同じような情報が朝鮮に伝えられたと『宣祖實録』が記している。

政院啓曰、平秀吉病斃事狀啓、此外無之、此亦別無已斃之語矣。傳曰、天將亦似知之、更察以啓。(23)

ところが、四月になると、豊臣秀吉の生死に関する情報は一変した。『宣祖實録』に次のように記している。

呉揔兵接伴使尹泂馳啓曰、揔兵送塘報薛太勝所稟倭情、故謄書上送。其報有曰、本月初七日、審得投鄕高麗李明等自蔚山逃出、稱關白三月有病、清正俟關白之死、欲撤兵自立爲王。不期病好、叫清正住此、不可撤兵、天兵雖多、糧草匱乏、不久退歸。今關白發糧一萬石、不日渡海、至八月間、關白親統倭奴往釜山。又言、蔚山只留倭奴三千守巢、其餘三萬往西生浦打造重城等語。其言不敢據信、聞此不敢不稟。在慶州稟。(24)

「投鄕高麗李明」、すなわち故郷に逃げ帰った朝鮮人李明は、「關白（＝豊臣秀吉）」が三月に病気に罹ったが、期せずして治ったという情報を朝鮮にもたらした。その後、秀吉の病気が完全に治ったようで、五、六、七月の三箇月間で、秀吉の死に関する情報も一切見られなくなった。

ところが、八月になると、朝鮮戦場での豊臣秀吉の死亡情報がまた急増した。この月最初に秀吉の死亡情報を伝えたのは、八月戊午（五日）に提出された全羅兵使李光岳の報告である。

戊午、全羅兵使李光岳馳啓曰、義兵將林懽馳報、曳橋被擄人鄭成斤率妻子來到、言內被擄人等近欲全數出來。蓋傳聞日本有戰伐之變、至於秀吉已死、行長以事越往泗川、曳橋撤陣、當在行長還陣之後云。朴守榮者、頗有出來之意、家屬甚多、待月黑之時、脫出爲計云。(25)

李光岳の報告によると、この情報の提供者は朝鮮に逃げ帰った鄭成斤という被擄朝鮮人である。

李光岳の報告に続きまた多数の豊臣秀吉の死亡情報が朝鮮

戦場に伝えられてきた。特に明朝援助軍の參政王士琦のところに、秀吉が既に死亡したという情報が載せられた「塘報（＝軍事情報）」が絶えず送られてきた。同八月庚午（十七日）、王士琦と朝鮮国王李昖とが面会した時、二人の間に秀吉の死亡情報について次のような対談が行われた。

參政曰、近日搪報亂傳、賢王亦聞之乎。上曰、小邦邊報、時未入來、未知有何搪報、竊欲聞知。參政曰、搪報連到、關白病死云。然不足取信。今者天兵、水陸竝擧、但當滅賊而已。彼之死生、固不關矣。上曰、兇賊變詐百出。關白病死、毎有其説、固難取信。參政曰、今日之計、豈但保守全州、南原等地、必須進逼賊陣、殲滅乃已、而糧餉之繼、最爲緊急。各別申飭、以官糧陪臣、十分催督何如。上曰、當如分付。(26)

明朝側の參政王士琦であっても、朝鮮側の国王李昖であっても、何れも豊臣秀吉の死亡情報を信じていなかった。

同八月癸酉（二十日）になると、豊臣秀吉に関する生死情報がいくらか変更された。

慶尚左兵使成允文秘密馳啓曰、被擄人回還言、關白病重、兇賊將有撤歸之計。西生之賊、盡焚窟穴、將欲撤歸、釜山、東萊之賊亦焚巢穴、歸向西生浦。兇謀叵測、整軍待變。(27)

この日に提出された慶尚左兵使成允文の報告によれば、豊臣秀吉は重病に罹ったが、まだ死亡には至らなかった。

同日に提出された全羅水使李純信の報告もほぼ同じ内容である。

全羅水使李純信秘密馳啓曰、自日本逃還人來言、秀吉七月初病死、兇賊將欲撤歸。且倭言、今年則不吉。天將無數出來、朝鮮舟師亦多。深恐夾擊、將欲遁歸云。(28)

ところが、同八月丙子（二十三日）に提出された慶尚右兵使鄭起龍の報告に、

慶尚右兵使鄭起龍馳啓曰、附賊魁首丹城縣監稱號安得、騎馬出來、捉致推問、則言附賊之後、倭將差定丹陽縣監、牛馬、奴僕、寶物、積在如山。頃聞秀吉身死之奇、諸陣方欲撤歸、恐被殺害出來云。(29)

とある。「附賊魁首丹城縣監稱號安得」、すなわち日本侵略軍に投降し、朝鮮人の裏切者の頭目とされた丹城縣の縣監安得は豊臣秀吉の死亡情報を聞いて、撤退準備中の日本侵略軍に殺害されることを恐れて朝鮮側に逃げ帰ったのである。安得の提供した情報は、恐らく日本の朝鮮侵略軍の陣中に流布していた伝聞であろう。

また、同八月庚辰（二十七日）の都元帥權慄の報告に、

偵探人言、西生之賊、本月初八日移屯釜山、軍糧、卜物、

連日船運。或云關白已死、或云南蠻來戰、故撤軍入歸、故出此言云。(30)

とあり、「偵探人（＝朝鮮の間諜）」も豊臣秀吉の死亡情報を獲得したのである。

九月になると、以前のそれより信用できる豊臣秀吉の死亡情報が朝鮮側に伝えられてきた。『宣祖實錄』宣祖三十一年（万暦二十六年、一五九八）九月戊子（六日）条に次のような記述がある。

慶尚道觀察使鄭經世馳啓曰、降倭言内、關白七月初七日、病死丁寧、倭將等方欲撤歸之際、自日本奇別出來。關白雖死、其子已立、左、右、中三納言、攝政國事、少無異議、傳令諸將、勿爲撤還云云。倭將等會議曰、天兵進攻某城、則我等各自守城、勿爲棄城相救。慮有乘虛掩襲之患云。(31)

豊臣秀吉が七月七日に病死したという情報は「降倭（＝朝鮮側に投降した日本兵）」が提供したものである。ここから見れば、当時の日本侵略軍の内部に、確かに秀吉が既に死亡したという伝聞が流布していたことがわかる。

さらに二日後、より数多くの被擄朝鮮人が逃げ帰って、豊臣秀吉の死に関するもっと詳しい情報を明朝と朝鮮側に将来した。同九月庚寅（八日）の慶尚道觀察使鄭經世の報告に、

逃還人言内、關白七月初、因獵中暑、謂其左右曰、小子可立、且與朝鮮及天朝、速爲講和、即令撤回。清正回報云、欲與朝鮮及天兵講和、而再三送人、朝鮮不答云。(32)

とあり、豊臣秀吉の病死の原因は暑気あたりであったと伝わった。また翌九日の慶尚右兵使鄭起龍の報告に、

近日附賊人、前後出來者、二千餘人、皆言關白已死、且南方有變。秀吉之少子雖立、皆有奪位之計、方欲撤歸。沈安頓亦欲簒位而立其子、資糧、器械、已爲載船、十日、十五日間、已定撤歸云云。(33)

とあり、二千余人までのぼった「附賊人（＝日本侵略軍に投降した朝鮮人）」が同じ情報を朝鮮側に提供した。すなわち、豊臣秀吉は既に死亡し、その息子は日本の支配者として立てられた。しかし、ほかの大名はみな秀吉の位を狙っている。「沈安頓（＝島津義弘）」のような朝鮮在陣中の日本侵略軍の指揮官も日本国内の権力争いに介入するために間もなく撤退するという情報である。

十一月になると、豊臣秀吉の死亡情報はより真実味を帯びて明朝と朝鮮側に伝えられてきた。先月小西行長が明朝軍の總兵劉綎の部下吳自化と交渉した際、秀吉の死などの情報を自ら吳自化に漏らしたのである。

宣傳官許㙉啓曰、（中略）臣於王參政營中、得聞唐人吳

表1　万暦二十六年朝鮮戦場に伝わった豊臣秀吉の重病、死亡情報

伝到の月日	情報の内容	伝播者	情報提供者
2/24	平秀吉已故	梁山郡守	不明
3/29	平秀吉病斃	政院	不明
4/15	關白三月有病	投向高麗李明	不明
8/5	秀吉已死	全羅兵使李光嶽	被擄人
8/17	關白病死	王士琦	塘報
8/20	秀吉七月初病死	全羅水使李純信	自日本逃還人（日本から逃げ帰った被擄人）
8/23	關白病重或云已死	慶尚觀察使鄭經世、慶尚右兵使鄭起龍	附賊魁首丹城縣監稱號安得（侵略軍に投降した丹城縣監安得）
8/27	關白已死	都元帥權慄	偵探人（朝鮮の間諜）
9/6	關白七月初七日病死	鄭經世	降倭
9/15	關白已死	慶尚右兵使鄭起龍	附賊人（侵略軍に投降した朝鮮人）
11/2	秀吉已死	唐人吳自化	小西行長
11/21	關白七月十七日病故、七月初病死	慶尚左兵使成允文	被擄人、逃還人

出典）『宣祖實錄』巻97～106より整理

自化者入賊中見行長、則曰、秀吉已死、國有大變、吾將入歸、願因吳都司宗道求見劉爺、於二十八日、旋即撤兵云。故二十二日、吳宗道入賊中云矣。(34)

小西行長は明朝の援助軍と和議を結び、無血撤退を成功させるために、豊臣秀吉が既に死亡し、自分も間もなく朝鮮から撤退すると吳自化に通告した。ここから見れば、秀吉の死亡情報は、当時の日本の朝鮮侵略軍にとっては既に隠しきれない公然の秘密とされていた。

さらに、朝鮮に逃げ帰った被擄朝鮮人は、徳川家康が政権を掌握したという秀吉死後の日本の政局に関する情報をも朝鮮にもたらした。

慶尚左兵使成允文馳啓曰、被擄人來言、關白七月十七日病故、家康稱號大將、察治國事、來此倭將妻子、竝爲捉囚、使不得謀叛、再三差人、召還清正等、故清正今月內、丁寧入歸云云。又逃還人言內、關白七月初病死、八歲兒子、幼不能治事、二也思稱號倭將、擅發號令、清正六寸倭加藤窓、以招清正事、領空船五十隻出來。今則島山之賊、毀屋炊飯、日治行裝、軍糧、戰馬三分之一、已爲載入日本、雜穀庫則不得輸去、以土塗門云。啓下備邊司。(35)

上述したように、万暦二十六年（一五九八）十一月日本の朝鮮侵略軍が日本へ撤退するまで、様々な豊臣秀吉の死亡情

報が被擄朝鮮人・侵略軍に投降した朝鮮人・降倭・日本の朝鮮侵略軍の指揮官によって朝鮮戦場に伝えられてきた（表1）。

(三) 琉球から伝わった豊臣秀吉の死亡情報

万暦二十六年（一五九八）十一月十二日、琉球国の提供した一通の日本情報書は北京に到着し、明朝の朝廷において大きな反響を及ぼした。この情報書は福建布政使司に送った「咨文」であるが、史料の欠如によりその内容は使者の所持した「執照」しか残されていない。「執照」に記している内容は次のようである。

琉球國中山王世子尚為飛報倭奴關白身亡事。照得本國前蒙欽差福建提督軍門許轉發咨文到國、着職偵探關白行動情由、以憑咨報外。因此關白覇稱為王、駿動日本六十六州作亂、累侵朝鮮、擾動天朝文武官民不安。職每時差人竊去密訪情由。至本年玖月拾肆日、有七島船装載記助回國、報導探得關白于本年柒月初陸日身故。即時特差使者栢槎通事梁順等賫捧咨文壹道、率領人伴稍水肆拾員名、坐駕閩船壹隻前往閩省馳報。(36)（後略）

琉球世子尚寧は、福建巡撫許孚遠の「咨文」に接して明朝の「偵探關白行動」という指令に従い、「毎時差人竊去密訪」すなわち度々偵察員を派遣し日本の情報を収集した。その年の九月十三日、一隻の「七島船」が日本から琉球に帰国し、豊臣秀吉は既に七月六日に死亡したという情報を尚寧に報告した。この情報を取得した尚寧は、速やかに福建布政使司宛の「咨文」を作成し、使者栢槎等を派遣し明朝に報告させた。この万暦二十六年（一五九八）十月三日に作成された情報書は、福建巡撫金學曾の手を経て朝廷に上奏され、僅か一箇月後の十一月十二日に北京に到達した。金學曾の上奏について、『明神宗實錄』には次のような記録がある。

福建巡撫金學曾奏報關酋平秀吉死、内難將作、且與小西行長平素不睦、必自相圖。倘水陸夾攻、殲此鯨鯢、或其時也。乞勅朝鮮經督諸臣、再加偵實、相機進剿、以彰天討、勿為清正狡謀所疑。章下兵部。(37)

金學曾は上奏して、琉球国からの情報を伝達したほか、当時の明朝と日本との攻防戦略に関する自己の意見をも提示した。彼は、現在の豊臣秀吉の死亡を好機として水陸の両面から日本軍を挟撃すべしと積極的な戦略を提案した。(38)

(四) 日本で流布していた豊臣秀吉の死亡伝聞

さて、万暦二十五、二十六年（一五九七、一五九八）の豊臣秀吉の発病、死亡に関しては、日本では一体どう記録されたか。既に松本愛重氏が指摘されたように、日本の朝鮮侵略の再開後、秀吉が初めて発病したのは、慶長二年（万暦二十五年、一五九七）十月二十七日であった。その病気は十二月にまで及んでいたが、翌慶長三年（一五九八）の年初、完治したようである。彼の命に関わる重篤な病気は、恐らく同年五月端午から始まったものであろう。それ以後の治療は一切効験がなく、秀吉の病気も益々重くなった。六月十六日の嘉祥の祝いで、秀吉は落涙しながら中・老・五奉行に自分の命は既に終わりに迫っていると言った。それからの病気は彌々重くなり、あらゆる神仏に祈誓しても少しも効験がなかった。ついに同年八月十八日に秀吉が死去した。ところが、秀吉の側近たちは、誓約を堅く守って秀吉の喪を発せず、徳川家康や前田利家までもがそれを知らなかった。[39]

しかしながら、豊臣秀吉の死について、当時の日本においては既に色々な伝聞が流布していた。[40]秀吉の死亡前日の八月十七日、秀吉の死亡伝聞を聞いた「阿波州（＝徳島）」に連行された被擄朝鮮人鄭希得は大喜びし、その情報を丁重に当日の日記に記入した。

十七日、聞秀吉之死、不覺失喜。秀吉死於七月初四日、賊徒雖秘不發、其跡已露。秀吉生在之日、怨其毒者多、故到于今、倭徒皆疑懼。余書示仲謙曰、天心厭亂、巨醜自斃、鮑車亂嗅、後必有蕭牆之禍、此正吾輩得還之時也。[41]

鄭希得が聞いた伝聞は、豊臣秀吉は七月四日に死亡し、その側近たちは彼の喪を秘していたということである。鄭希得にとっては、朝鮮侵略の首悪であった秀吉の死亡情報はたいそうな吉報であった。[42]

ところが、同年九月十一日大坂城に移送された被擄朝鮮人姜沆が耳にした豊臣秀吉の死亡日は七月十七日である。[43]その情報の詳細は、姜沆が日本滞在中の万暦二十七年（一五九九）に作成した朝鮮国王宛の奏疏「賊中封疏」に次のように記されている。

（前略）賊魁秀吉、自戊戌三月晦已得疾、夏季則病矣。其子年纔八歲。自知必死、盡屬其諸將、托以後事、措置既畢。賊魁遂以七月十七日死。家康等秘不發喪、剖其腹、實之以塩、置諸木桶、加平時冠服、雖諸將莫能知其定死。至八月晦間、始不得掩覆。盖慮其國内生變、故從容發喪以鎮之。或云清正等不參齊盟、恐其倒戈相向、故以賊魁疾甚招之、以觀其去就。丁酉之役、賊魁令諸將曰、人有兩耳、鼻則一也、宜割朝鮮人鼻、以代首馘。一卒各一升、沈之以塩、送于賊魁。鼻數既盈、而後乃許生擒。血肉之慘、以此尤甚。賊魁既閲視之、聚埋于北郊十里許、高作一丘陵。曾未踰年、而塩又實其腹矣。[44]

すなわち、豊臣秀吉は昨戊戌年（万暦二十六年、一五九八）三月晦（二十九日）に始めて病気に罹ったが、夏になるとだんだん重体になり、ついに七月十七日に病死した。秀吉の死後、徳川家康らは国内の混乱を防止するために彼の喪を発せず、その屍体を塩漬けにし、秀吉がまだ生存している様子を装った。ところが、八月末になると、秀吉の死はとうとう隠しきれなくなったのである。(45)

上述したように、日本で正式に記録された豊臣秀吉の死亡日は慶長三年（万暦二十六年、一五九八）八月十八日である。秀吉の死後、日本の支配層は彼の喪を秘する政策を取ったが、実際には秀吉の死は公然の秘密として早くも彼の死亡直前に既に日本各地で流布していた。その年の八、九月、秀吉の死亡伝聞は、滞日中の被擄朝鮮人のところまで伝えられた。それら日本で流布していた秀吉の死亡情報は、ほぼ同時に朝鮮戦場の日本侵略軍の陣中にも伝播し、さらに明朝と朝鮮側にも伝わった。

おわりに

本稿は、主に明朝と朝鮮両国の資料に基づき、万暦二十年代の明朝と朝鮮側に伝わった豊臣秀吉の死亡情報を例として、十六世紀九十年代の東アジア世界の情報流通実態を考察してきた。

万暦二十年（一五九二）、日本の豊臣政権は十数万の兵を発し朝鮮を侵略した。戦争の勃発に伴い、東アジア世界の通交実態も一変した。特に明朝、日本、朝鮮三国間の人物往来および情報流通は、以前の時代に比べより盛んになった。戦争がきっかけとなり、明朝と朝鮮側は積極的に日本の情報を探求し、その情報の研究を通じて戦争の行方を把握し、さらに戦略上の主導権を把握しようと図った。そして、明朝と朝鮮側が最も関心を払ったのは、日本の支配者豊臣秀吉に関する生死情報であった。

誤伝も多かったが、豊臣秀吉の重病・死亡情報は、万暦二十二、二十三年（一五九四、一五九五）以外、ほぼ毎年のように何度も明朝と朝鮮側に伝えられてきた。特に秀吉の死亡年慶長三年（万暦二十六年、一五九八）に、日本各地で流布していた様々な秀吉の死亡情報が複数のルート、すなわち明朝の間諜活動による【A】「日本↓明朝」ルート、被擄朝鮮人・侵略軍に投降した朝鮮人・降倭・日本の朝鮮侵略軍の指揮官によって情報が朝鮮戦場に伝えられた【B】「日本↓朝鮮」ルート、琉球国を経由した【C】「日本↓琉球↓明朝」ルートを通じて明朝と朝鮮側に将来された。秀吉の死亡情報の流通実態から見れば、当時の東アジア世界においては、日本の朝鮮侵略戦争の勃発に伴い、ある広範囲にわたる情報ネットワークが出現したことがわかる。

注

（1）柳成龍『西厓集』（『影印標點韓國文集叢刊』第五十二輯、景仁文化社、一九九六年再板発行）巻七「啓辭・条陳時事啓又」、一三六頁。

（2）鄭潔西「万暦二一年日本に潜入した明朝の間諜」（『東アジア文化環流』第二編二、二〇〇九年）一一六—一三七頁、鄭潔西「萬暦二十一年潜入日本的明朝間諜」（『学術研究』二〇一〇年第五期）一一五—一二四頁を参照。

（3）宋應昌『經畧復國要編』（明刻本、『四庫禁燬書叢刊』史部第三八冊、北京出版社、二〇〇〇年）巻四「報石司馬書」（万暦二十年（一五九二）十二月初四日）七四頁。

（4）「梅北一揆」に関しては、紙屋敦之「梅北一揆の歴史的意義——朝鮮出兵時における一反乱」（『日本史研究』一五七、一九七五年）二四—四四頁、同氏「梅北一揆の伝承と性格」（『史観』一二六、一九九二年）五六—六九頁などの先行研究があり、参考されたい。

（5）島津久通『征韓録』（北川鐵三校注『島津史料集』第二期第六、人物往來社、一九六六年）巻之一「島津義久主朝鮮渡海恩免之事附家臣梅北一揆之事」、一五七頁。

（6）沈丙懿の名前は、またほかの明朝と朝鮮との史料に「沈秉懿」、「沈秉彝」と記されている。本稿では『明神宗實錄』に準じて「沈丙懿」とした。

（7）『明神宗實錄』（中央研究院歴史語言研究所、一九六六年）巻二六二、万暦二十一年（一五九三）七月丁卯（二十五日）条、四八五八頁。

（8）袁黃「斬蛟記」（沈雲龍主編『近代中國史料叢刊續編』第九十四輯『心史叢刊』三集「袁了凡斬蛟記考」所収、文海出版社、一九八二年）三—四頁。

（9）張輔之『太僕奏議』（明天啓刻本、『四庫禁燬書叢刊』史部第二十二冊、北京出版社、二〇〇〇年）巻二「款貢擅開疏（万暦二十一年七月初七日）」、四三五頁。

（10）前掲注9張書、四三五頁。

（11）『宣祖實錄』（『李朝實錄』第廿八冊、學習院東洋文化研究所、一九六一年）巻七十四、宣祖二十九年（万暦二十四年、一五九六）四月丙午（十日）条、四八六頁。

（12）『宣祖實錄』（前掲注11）巻七十四、宣祖二十九年（万暦二十四年、一五九六）四月庚戌（十四日）条、四九二頁。

（13）趙慶男『亂中雜錄』（서울大学校奎章閣所蔵、請求記号：奎6586-v.1-16）丙申（万暦二十四年、宣祖二十九年）四月十八日条に「又因被搶回來人、得聞秀吉去十月（万暦二十三年十月）病重身死云、或快差云」とある。

（14）李舜臣『李忠武公全書』（『影印標點韓國文集叢刊』第五十五輯、景仁文化社、一九九六年）巻七「亂中日記三」、二六九—二七〇頁。

（15）『宣祖實錄』（前掲注11）巻七十六、宣祖二十九年（万暦二十四年、一五九六）六月乙卯（十九日）条、五三八頁。

（16）『宣祖實錄』（『李朝實錄』第廿九冊、學習院東洋文化研究所、一九六一年）巻八十六、宣祖三十年（万暦二十五年、一五九七）三月丙申（六日）条、三二頁。

（17）釋德清『憨山老人夢游集』（清順治十七年毛褒等刻本、「續修四庫全書」集部第一三七七冊、上海古籍出版社、一九九五年）巻十二「記・忠勇廟碑記并銘」、五四五頁。

（18）魯認『錦溪集』（『影印標點韓國文集叢刊』第七十一輯、景仁文化社、一九九六年再板発行）巻三「和館結約」、一九九頁。

（19）前掲注18魯書、巻三「漳府答問」、二〇二頁。

（20）前掲注18魯書、巻三「倭窟探情」、一九八頁。

(21) 被擄朝鮮人魯認に関しては、長節子「朝鮮役における明福建軍門の島津氏工作――『錦溪日記』より」（『朝鮮学報』四二号、一九六七年）一〇五―一一二頁、内藤雋輔『文禄・慶長の役における被擄人の研究』（東京大学出版会、一九七六年）第三章「『錦溪日記』釈読」三二九―四七〇頁などの先行研究があり、参考されたい。

(22) 『宣祖實錄』（前掲注16）巻九十七、宣祖三十一年（万暦二十六年、一五九八）二月己卯（二十四日）条、二五四頁。

(23) 『宣祖實錄』（前掲注16）巻九十八、宣祖三十一年（万暦二十六年、一五九八）三月甲寅（二十九日）条、二六八頁。

(24) 『宣祖實錄』（前掲注16）巻九十九、宣祖三十一年（万暦二十六年、一五九八）四月己巳（十五日）、二七六頁。

(25) 『宣祖實錄』（前掲注16）巻一〇三、宣祖三十一年（万暦二十六年、一五九八）八月戊午（五日）条、三四〇―三四一頁。

(26) 『宣祖實錄』（前掲注16）巻一〇三、宣祖三十一年（万暦二十六年、一五九八）八月庚午（十七日）条、三四八―三四九頁。

(27) 『宣祖實錄』（前掲注16）巻一〇三、宣祖三十一年（万暦二十六年、一五九八）八月癸酉（二十日）条、三四九頁。

(28) 『宣祖實錄』（前掲注27）。

(29) 『宣祖實錄』（前掲注16）巻一〇三、宣祖三十一年（万暦二十六年、一五九八）八月丙子（二十三日）条、三四九頁。

(30) 『宣祖實錄』（前掲注16）巻一〇三、宣祖三十一年（万暦二十六年、一五九八）八月庚辰（二十七日）条、三五〇頁。

(31) 『宣祖實錄』（前掲注16）巻一〇四、宣祖三十一年（万暦二十六年、一五九八）九月戊子（六日）条、三五四頁。

(32) 『宣祖實錄』（前掲注16）巻一〇四、宣祖三十一年（万暦二十六年、一五九八）九月庚寅（八日）条、三五五頁。

(33) 『宣祖實錄』（前掲注16）巻一〇四、宣祖三十一年（万暦二十六年、一五九八）九月丁酉（十五日）条、三五七頁。

(34) 『宣祖實錄』（前掲注16）巻一〇六、宣祖三十一年（万暦二十六年、一五九八）十一月癸未（二日）条、三九二頁。

(35) 『宣祖實錄』（前掲注16）巻一〇六、宣祖三十一年（万暦二十六年、一五九八）十一月壬寅（二十一日）条、三九七―三九八頁。

(36) 『歴代寶案（校訂本）』（沖縄県教育委員会、一九九二年）第二冊第二集巻三十二「執照・琉球國中山王世子尚為飞報倭奴關白身亡事」（萬曆贰拾陸年拾月初参日）三二〇頁。

(37) 『明神宗實錄』（前掲注7）巻三二八、万暦二十六年（一五九八）十一月癸巳（十二日）条、六〇七三頁。

(38) 万暦二十六年（一五九八）琉球国の対日本情報の収集活動とその影響の詳細については、鄭潔西「一六世紀末明朝の対日本情報システムの一環となった琉球国」（『南島史学』七五・七六合併号、二〇一〇年、三九―五四頁）の論述を参考されたい。

(39) 松木愛重「燃藜室記述の豊太閤に関する異説」（『国学院雑誌』第一四巻三、明治四十一年（一九〇八））五―七頁。

(40) 前掲注39松木論文、七頁。

(41) 鄭希得『月峯海上錄』巻之二「海上日錄」、戊戌（万暦二十六年、宣祖三十一年、一五九八）八月十七日条、韓國國立中央圖書館所蔵一八四六年刻本、請求記号：古3653-153。

(42) 被擄朝鮮人鄭希得の日本での活動については、内藤雋輔の『文禄・慶長の役における被擄人の研究』（東京大学出版会、一九七六年）三九―五七頁に既に紹介された。参考されたい。

(43) 姜沆『睡隱集』（『影印標點韓國文集叢刊』第七十三輯、景仁文化社、一九九六年再板発行）「睡隱看羊錄・賊中封疏」に「倭賊以其年八月初八日移臣等、九月十一日至倭大坂城、賊魁秀吉已以七月十七日死矣。大坂者、倭之西京也。居數日、又移

臣等于伏見城」（九一頁）とある。ここから見れば、姜沆が九月十一日に大坂城に着いた時秀吉の死亡伝聞を耳にしたことがわかる。

（44）前掲注43姜書、一〇〇頁。

（45）被擄朝鮮人姜沆の日本での活動については、前掲注42内藤書、一四―三九頁に既に紹介されている。参考されたい。

朱舜水の「筆語」——その「詩賦観」をめぐって

朱　子昊・王　勇

しゅ・しこう——浙江工商大学東アジア研究院研究助手。専門は明代中日交流史、朱舜水研究。主な著書・論文に『流失国宝争奪戦（*Loot: The Battle Over the Stolen Treasures of the Ancient World*）』（訳書、浙江大学出版社、二〇一四年）、『「答朝鮮問」与「医学疑問」淵源考』（王勇編『東亜的筆談研究』浙江工商大学出版社、二〇一五年）などがある。

明末清初に日本に亡命し、異国に骨を埋めた朱舜水は大部の著作を世に残さなかったかわりに、日本人との書簡や筆談の資料を大量に伝えている。本稿はこれまで殆ど注目されなかった筆談資料にスポットをあて、その形態と価値を考察し、公的な著述において否定されていた「詩賦」創作を、私的な筆談では肯定している朱舜水の多層的な内面世界とすぐれた文学教養について論じてみた。

はじめに

明清交替期に乱をさけて日本に移りすんだ朱舜水は、その思想的主張と学問的成果がほぼ朱謙之編『朱舜水集』（中華書局、二〇〇八年）に網羅されている。それをひも解いて気づくのは、伝統的な文集と異なって、日本の友人や弟子らとの間に交わされた書簡や問答そして筆談がその大半を占め、独自に思索を凝らして著述した作品が少ないということである。

本稿は、日本人との交流現場から生まれた筆談資料を手掛かりに、その分類と独自性を明らかにし、これまでの研究では看過されがちであった詩賦観を筆談資料に基づいて論じるものである。

一、朱舜水への評価

朱舜水は本名を之瑜といい、字は楚嶼または魯嶼、舜水はその号である。明末の万暦二十八年（一六〇〇）浙江省の餘姚に生まれ、明清交替期に際して、満清の中原支配に反旗をひるがえし、失敗後は海外に亡命して凡そ二十一年を過ごした。彼は明朝復興のために安南（今のベトナム）やシャム（今のタイ）などを転々として援兵を乞うたが、それがうまく行かず、最後は日本にとどまることを決意した。

今や朱舜水は黄梨洲、顧亭林、王船山、顔習斎らとならんで、清初にもっとも博学であった「五大儒者」の一人として評価されるのだが、明末清初の中国においては、これといった著作も残しておらず、その名はほとんど知られていなかった。それが、日本に移りすんでから、その博学と見解が日本の知識人を魅了し「大儒」と崇められ、一躍有名になった。

朱舜水は日本人に対して儒学や礼制のみならず、語学や風俗そして科学技術や海外知識などを隠すことなく伝えた。彼に教わった門下生らはのちに大学者となって、日本の歴史に大きな足跡を印したものが多かった。当時、水戸藩の徳川光圀も師礼をもって彼を遇し、朱舜水の学術思想の受容と伝播に拍車をかけた。梁啓超はかつて朱舜水の日本における功績を称えて「徳川二百年、日本はまるで儒教国民となったが、その最大な原動力はじつに朱舜水にある」(1)と評した。

日本で朱舜水による思想革新が引き起こされているさなか、本土の中国では朱舜水なる儒者を知る人は皆無に近かった。清末のころ、日本に渡った留学生たちが彼の事績と著述を本国に伝えてから、朱舜水への関心が高まり、それに関する論考が雨後の竹の子のごとく現われ、本格的な朱舜水研究が始まった。(2) 梁啓超は、南明のころ当時や地元で無名だったが、数百年後、外国で絶大な影響力を持った「両畸儒」として、王船山と朱舜水を挙げた。(3)

じつは朱舜水は王船山（王夫之、一六一九～一六九二）と違い、日本に移住してからも、円熟した大部の著作を書いていなかったので、日本人との文通や筆談そして問答など断片的な資料しかないが、朱舜水の思想と学問を知る上では、かけがえのない貴重なものとなっている。

管見のおよぶ限りでは、これまで公刊された朱舜水の文集は国内外をあわせて約九種あり、増補や削減をへて、今のところ収録点数がもっとも多いのは朱謙之の編んだ『朱舜水集』である。近年、徐興慶の『新訂朱舜水集補遺』（台湾学生書局、一九九二年）は新たに日本で発見した書簡などを加えて、『朱舜水集』の遺漏を補った。本稿が依拠する基本史料は、右の二書である。

二、儒学と史学と文学

朱舜水に関する先行研究をふりかえってみれば、儒学と史学の分野に集中していることがわかる。

まずは朱舜水の儒学への功績に関する先行研究を見よう。中村新太郎氏によれば、朱舜水の学問は朱子学と陽明学の中間に位置し、実用の学問にも深い造詣があるという。(4) 朱舜水は独自な儒学思想を主張し、程朱理学および陸王心学とは相違する面も見られるが、同時に切っても切れない関係を有する。

その宋儒と相通じる部分は彼の学説を日本に受け入れさせるのに役立ち、また宋儒と異なる部分すなわち「経世致用、格物致知」の主張は当時の日本儒学に芽生えた新しい追求に符合するものであった。

さらにいえば、朱舜水のいう「古学」は、山鹿素行、伊藤仁斎、荻生徂徠らのいわゆる「古学派」の主張するところと類似する面がある。したがって、これまでは他流派の儒学思想との比較を通して、朱舜水の儒学思想の位置づけと特徴ないし源流を見極めようとする試みが行われてきた。(5)

つぎは朱舜水の史学思想について考察してみよう。朱舜水の史学思想といえば、何よりも『大日本史』の編纂事業に注目しなければならない。水戸藩の彰考館は『大日本史』を編纂するために置かれた修史局である。初代の人見懋斎から数えて、六代までの彰考館総裁はすべて朱舜水の門人か友人である。彼らの間に交わされた書簡などを調べてみると、朱舜水が『大日本史』編纂に大きな影響を及ぼしていたことは明らかである。また、朱舜水と徳川光圀の師弟関係と交流関係も水戸学の形成と発展に寄与したといえよう。(6)

儒学や史学に比して、朱舜水の文学に関する主張に注目する研究者は少ないが、傾聴すべき言説はまったくないとは限らない。たとえば、李燦朝氏によれば、朱舜水の主張する文学功用論および「務めて古学を為す」の作文法は、細かに資料を調査すれば、その儒学の見解に似ていることがわかるという。(7)

筆者は右の見解に賛同する。朱舜水において、文学に関する主張と儒学思想は一脈相通じる。つまり、朱舜水は文学を儒学の媒介と見なし、次のごとく両者の関係を述べる。

所貴乎儒者、修身之謂也。身既修矣、必博学以実之。学既博矣、必作文以明之。不読書、則必不能作文。不能作文、雖学富五車、忠如比干、孝如伯奇・曾参、亦冥冥没没而已。故作文為第二義。(8)

私見では、朱舜水の文学に関する主張をその儒学思想体系から切り離すことはできず、朱舜水において儒と文は恰も一体一用の関係にあるごとく表裏をなしている。ただし、広い教養を要する「作文」はあくまでも「第二義」的な「用」のもので、第一義の「体」なる「儒学」のためにならないもの、

たとえば詩賦や修辞などは、惜しみなく排除されるのである。(9)

ところが、朱舜水はかならずしも彼自身が主張した「作文を以て之れを明らかにす」ることを忠実に実践しなかったようだ。彼は伝統的な意義においての著作を一冊も書き残さなかった。視点を変えて考えれば、これも一種の「功利主義」であるかもしれない。つまり、朱舜水にとって、後世に名を馳せる著作を書き残すよりも、自らの学問を現世に役立てることに大きな意義を感じたのかもしれない。朱舜水は文章を思想（とくに儒学）伝承の道具としか見ないから、彼の提唱する作文は儒学的作文であり、文学も儒学的文学であった。

以上述べてきたように、国内外の朱舜水研究は細部にわたって大きな成果を挙げているが、朱舜水にとってとても重要な筆談資料を用いての研究は寡聞にしてほとんど見られなかった。

三、朱舜水の筆談資料

『朱舜水集』は伝統的な文体（詩賦・論・辯・説・議・序・記・志といったもの）にしたがって作品を分類して収録するほか、二巻を裁いて「問答」の類を立てている。その一巻は「問答」とし、他の一巻は「問答（筆語）」と題する。同じ問答なのに、なぜこのように区別する必要があろうか。

朱舜水の文集として成立年のもっとも早い『明朱徴君集』（一六八四年）は問答を二巻にふり分けるが、その一巻を「筆語」とすることはなかった。徳川光圀監修の『舜水先生文集』（一七一五年）は問答と筆語を一括して「雑著」に収めている。ここで問題が生じてくる。「筆語」の類別ははたして朱謙之氏の造語なのだろうか。

ところが、朱舜水関連の往来書簡に、「筆語」は一度ならず出てくるのであり、決して朱謙之氏の造語ではなかったことがわかる。たとえば、安東省菴は奥村庸礼への書簡で朱舜水との面会に言及して「言語不通、兼無文采、筆語亦不如意、受業不足、為東関万里之別」(10)と述懐する。また人見竹洞は朱舜水との問答の状況を「桌椅相対、静話終日、翁欣然筆語作堆」(11)と活写する。

右の二例で明らかなように、弟子や友人は筆談の形で朱舜水と交流することを「筆語」と称している。このような「筆語」は『朱舜水集』に十三篇ほど収録されている。筆談の相手は加藤明友、林春信、林春常、野節、木下貞幹、安東守約、中村玄貞、小宅生順、吉弘元常、辻達、藤井徳昭そして未署名者の十二人で、談論の内容は礼制、経意、為学、文章、人物評価、中華国事、地理と風物など広範囲におよんでいる。

これらの「筆語」に用いられた語彙、用字、文法、体裁などは、往々にして同一分類に編みいれられる「問答」のそれらとは著しい相違を見せる。私見では、「問答」はおそらく朱舜水と他人との書信往来の記録であり、「筆語」は対面して交わされる筆談の実録であると思われる。以下に、こう判断する根拠をいくつか示しておく。

（一）「問答」と題する十八篇のうち、その大半を占める十五篇は「問」はなく朱舜水の「答」のみ存する。これはたぶん「問」と「答」は同じ時間に継起し、同じ空間に生起したものではなく、空間を隔てた両者が異なった場所と時期に「問」と「答」をそれぞれ作成した書信であることを示唆する。さらに、時空連係の弱い両者は同一人によって同一の場所に保管されていないのが常である。したがって、朱舜水の没後、文集の編纂者は弟子や友人が保管した朱舜水の「答」を集めえたのだが、朱舜水あての「問」は行方不明となった蓋然性が高いと想像される。対して、「筆語」と題する十三篇は同一の時空に生成し、同一人物（ふつうは弟子と友人）が両者の対面問答を一括して保管したはずである。つまり、筆語はすべて「問」と「答」そろって収録されたのであり、しかもそれは静止的な問答ではなく、多い時は六十一回も相互問答し、持続的な現場交流を動的に伝えている。

（二）「問答」の場合、朱舜水の「答」は概していえば長く、用字や語句も優雅にしてやや硬い書面体を多用し、さらには他人の言説をしばしば引用するのである。それは書簡で対面談話でないから字句を推敲する余裕があり、時間的な緊張感がないからじっくり書籍を調べて典故を引用し、長い文章が書けたと思われる。一方、「筆語」の場合は簡略な文面が特徴で、口語化が著しく、他人の言説をあまり引用せず、現場即答の雰囲気をにおわせるのである。

（三）「問答」を詳細に調べれば、対面質疑や現場応答ではない証拠を多く見つけることができる。たとえば、『答源光国問飯含』において、朱舜水は、

　本月二十一日、恭承明諭、謂、「威公飯含、以不忍啓視、故使人含、恐為非礼。」之瑜対曰、「大将軍臨小斂大斂、則大将軍親含。上公於左方啓巾。若使大臣含斂、礼亦如之。不然礼宜上公親含。」今考『雑記』一条、注曰云々（後略）。

と記す。この一条は、この前に「飯含」への回答の補足説明であると考えられる。「今考『雑記』」とある四字は、時間の前後や隔たりを示し、朱舜水が参考書を調べて熟考して与えた回答であり、対面交流ならありえないことである。

対して、「筆語」のなかには現場交流の痕跡が多く見いだされる。たとえば、『答安東守約問三十四条』に「吾輩今日

往還筆札、若他日有重見天日之時、未必不達之当寧、為名公碩輔之所評駁、不得草草而已」とある。筆談はふつう「草草而已」にして書き捨てのものにすぎないが、われわれの筆談は後日、朝廷（当寧）に達し、碩学の目にふれることもありうるから、真面目に書き残そうと朱舜水が安東守約に念を押したわけである。

以上のべてきたように、『朱舜水集』に収録された「問答」は書信の特徴を顕著に持つものといえよう。

これまでに、朱舜水関連の筆語は『朱舜水集』に収録された十三点のみと考えられてきたが、徐興慶編『新訂朱舜水集補遺』にも朱舜水の「筆語」が収載されている。ところが、その「筆語」はよく読めば、対面交流の筆談記録ではなく、他人との書信ばかりである。しかもこれらの「筆語」は問答形式ではなく、書簡に常用される挨拶語のみならず、落款さえも持つ。一方、徐興慶氏が「問答」に分類された『人見竹洞與朱舜水問答』はまぎれなく筆談の記録である。(12)

『人見竹洞與朱舜水問答』の資料の出所は人見竹洞と朱舜水の筆談を収録した『舜水墨談』である。人見竹洞が筆談の情景を「桌椅相対、靜話終日、翁欣然筆語作堆」と表現しているのは、その証拠である。

書簡形式の「問答」と現場交流の「筆語」は朱舜水にとって違う位相を持つものである。朱舜水は言語と文字の相違について独自な見解を示し、「言者、心之声也。文者、言之英也」(13)と述べている。つまり書簡や問答は「言之英」として推敲をかさねた「文」に属し、筆談の記録は「心之声」として自由自在に発言した「言」に属する。

四、筆談資料の価値

亡命の悲運にさらされた朱舜水は、異国にいて著述の環境も整わず、日本の弟子たちを教授するに際して、筆談という独特な方法を余儀なくされる。筆談に頼る現場密着の交流スタイルであるから、参考文献を調べることが許されず、時間をかけてゆっくり思索することもできない。このような事情により、『朱舜水集』における筆談資料は他の「文」に一致した儒学理念や学術見解を含みながら、「言」につきまとう個性的な心象風景をあらわにすることもある。

儒教理念と政治使命に縛られた朱舜水は、主として「文」において理性的な発言をするとき、詩賦に対しては否定的な見方を強調する。たとえば、「今詩不比古詩、無根之華藻、無益乎民風世教。而学者汲汲為之、不過取名干譽而已。即此一念、已不可入於聖賢大学之道」(14)と述べるのは一例である。

ところが、いったん政治的な束縛を解放された自由自在の筆談の場において、彼は儒学優先のために詩賦を否定し抵抗してきた硬い態度をゆるめ、中国文人の天性ともいうべき詩賦への執着という本性を吐露することがある。いくつかの例をあげよう。

（一）朱舜水は林春信との筆談時に、みずからの斎号「溶霜」の由来について、「僕幼時於書窗之下得一夢、有『夜暖溶霜月、風清薄露冰』之句、因以為斎名、亦未知其兆其応何如耳」[15]と紹介する。夢に得た詩句を書斎の号にするほど、詩賦への愛好は並大抵のものではない。

（二）朱舜水は弟子や友人の作詩に対して反対せず、ときには作詩の討論に加わる。安東省菴との筆談で、「前日所贈一作甚佳、其詩亦大進」[16]と述べ、人見竹洞との筆語においては人見竹洞の即興詩を「美之」と評価する。[17]このように朱舜水は私的な交流現場において、他人と詩賦を談論し、傑作に賛美を惜しまなかった。

（三）朱舜水が詩賦に深い造詣があり、またその豊かな知識と作詩の技巧を惜しむことなく、弟子らに伝授していることは、以下にみえる安東省菴との筆語から窺い知ることができる。

> 「漂」、「梗」字串読、則與上句不貫。重読「漂」字、綴入「梗」字則似乎倣作。艷與砌同。「覚」換一自然字則此句有趣、著一「覚」字便平平、故曰砌如補湊一般。詩韻字或平或上、不妨挪移用、古人多有此。但有必不可移者。更僕即是数、数即是更僕、如何重遝用得、無意致、只是搭色耳。且口気又懈、此等題怕俗、画出一箇蚊子来更不好了。要在言外伝神為妙。咬菜根雖貧士、卻不要待他寒酸気、方有大用。

ここで朱舜水は、作詩にかかせない平仄や押韻そして用字の知識を縦横に生かし、「言外伝神」といった詩人の心構えまで論じている。

青山延于編『文苑遺談』によれば、朱舜水は絶対に詩詞をつくらず、わずかに後楽園を見物したときに詠んだ「酒壚小詞」と安南で作った「旅寓七律」が残るのみであるという。[18]あまり知られていない「酒壚小詞」に「杜詩の『朝回日日典春衣、酒債尋常行処有』二句を翻し、以て一笑に供す」とある朱舜水の自注がついている。[19]

ここで思い出されるのは『安南供役紀事』に記された逸話である。安南国王に謁見したとき作詩を要求された朱舜水は凛と「作詩無取」と拒否した。[20]同じく安南の土地に身を置きながら、公的な場では国王の意に反して詩を作らないが、私的な旅中は気楽に「一笑に供す」る詩をつくっていた。詩賦に対する建前と本音の相違がここに見てとれる。

朱舜水は『答古市務本書』において明確に「詩不可為」と言い切っているのに、なぜ筆談では抵抗感なく詩賦を論じているのか。私見では、それは朱舜水の言行不一致ではなく、詩賦に浸ってより重要な経世の道をおろそかにするという「玩物喪志」を戒めているものである。

　つまり、彼が詩賦を排斥する真意は、「逢迎時俗、用心不肖」または「汲汲為之、取名干譽」への否定であって、作詩そのものを否定するものではない。弟子から作詩しない理由を聞かれたとき、彼はただ「無暇及此」や「以其妨工」と答えた。優先的にやるべき仕事があるから作詩しないという意味である。

　以上のように、伝統的な文体で主張された「詩不可為」の朱舜水像は、従来あまり活用されなかった新しい文体である筆談資料によって、ある程度までは覆されることになる。さらにいえば、豊富な筆談資料の発掘と解読を通して、より真実に近い、より立体的な朱舜水像が復元できるのではないか。筆談資料の価値はまさにここにあると思われる。

むすびに

　筆談は国境を越えての異国同士の間に漢字を介して行われた対話の実録である。また現場即興の問答を基本形態としているから、長い間、個人の文集には収録されていなかった。多人数との大量な筆談資料を文集におさめたのは、朱舜水の文集から始まったのであろう。

　それら文飾を施されていず、対話現場の雰囲気を生き生きと伝えてくる筆談資料は「舜水学」の根幹をなすものであるのみならず、中日文化交流史において第一級の原資料でもある。

　これまでの朱舜水研究では、筆談資料を活用する研究者が少ないため、今後は筆談資料の注釈など基本作業が進むにつれて、きっと多くの分野に刺激を与えるものと信じ、ここにて筆をおく。

注

(1) 梁啓超『中国近三百年学術史』(東方出版社、二〇〇四年)九四頁。原文は「徳川両百年、日本整個変成儒教的国民、最大的動力実在舜水」とある。

(2) 徐興慶編著『新訂朱舜水集補遺』(台湾大学出版中心、二〇〇四年)。

(3) 梁啟超『中国近三百年学術史』(東方出版社、二〇〇四年)八五頁。原文を示すと「南明有両位大大師、在当時、在本地、一点声光也没有。然而在幾百年後、或在外国、發生絶大影響。其人曰王船山、曰朱舜水」となる。

(4) 中村新太郎『日中両千年——人物往來與文化交流』(吉林人民出版社、一九八〇年)の「舜水與光圀」を参照。

(5) 紙幅に限りがあるため、ここでは朱舜水の儒学思想に関する先行研究を詳しく紹介しない。詳しくは徐興慶『朱舜水與近世日本儒学的發展』（台湾大学出版中心、二〇一二年）、韓東育『朱舜水在日活動新考』（『歴史研究』二〇〇八年第三期）を参照されたい。

(6) 紙幅の制限により、ここでは朱舜水の史学思想に関する先行研究を多く挙げない。詳しくは李甦平『朱舜水』（雲南教育出版社、二〇〇九年）、林俊宏『朱舜水在日活動及其貢獻研究』（秀威資訊科技股份有限公司、一九九五年）、李曉航『朱舜水史学思想及其對日本史学發展的影響』（『北方論叢』二〇一二年第二期）を参照されたい。

(7) 詳しくは李燦朝『論朱舜水的文学主張及其實踐』（『求索』二〇一一年第十一期）一九七—一九九頁を参照。

(8) 人見竹洞述『舜水墨談』（（日）祐徳稲荷中川文庫蔵写本）。

(9) 朱謙之編『朱舜水集』（中華書局、一九八一年）四〇六頁に「為学者当有実功、有実用。不独詩歌辞曲無益於学也。即於字句之間、標新領異者、未知果足為大儒否、果有関於国家政治否、果能変化於民風土俗否」とある。

(10) 前掲注2徐編著、一五五頁。

(11) 前掲注2徐編著、二三〇頁。

(12) 前掲注2徐編著に収録された『人見竹洞與朱舜水問答』は前掲注8人見述より抜粋したものである。

(13) 前掲注9朱編、四〇八頁。

(14) 前掲注9朱編、三九五頁。

(15) 前掲注9朱編、三八四頁。

(16) 前掲注2徐編著、一八三頁。

(17) 前掲注2徐編著、二三六頁。原文は「丙辰春暮、夙到翁之三鏡堂（水戸相公之別荘在本郷、相公為翁築館於森林之間、授園圃数畝、翁栽花竹、種美草以楽之、扁曰三鏡）、窓前脩竹森密、多生新筍、節即作詩、翁美之」とある。

(18) 青山延于『文苑遺談』（鉄槍斎活版、江戸時代）。原文は「先生絶不作詩詞、僅有酒壚小詞、遊後樂園所作也。又有旅寓所賦詩、竹洞野節所伝、云在交趾所作、不知何從伝之『舜水外集』」とある。

(19) 前掲注18青山書に収録された「酒壚小詞」の原文は「望処旗亭新構、竹裏茅舍人家。引来曲徑奇葩、鴻池諸白香茶。酔倒渾忘法地、波査辟易欹斜。歳暮冬衣難典、酒銭且自賒賒」とある。

(20) 前掲注9朱編、一四頁。

付記 本論文は浙江省社科規劃重點課題「東亞筆談文獻研究（中日編）」（課題号：**14JDDY01Z**）による成果の一部である。

政治小説『佳人奇遇』の「梁啓超訳」説をめぐって

呂 順長

ろ・じゅんちょう――浙江工商大学東方語言文化学院教授。専門は古典文献学、近代日中交渉史。主な著書に『清末浙江与日本』（上海古籍出版社、二〇〇一年）、『近代中日教育文化交流史』（商務印書館、二〇一二年）などがある。

東海散士の政治小説『佳人之奇遇』は梁啓超により漢訳されたということがほぼ定説になっている。本稿は従来の「梁啓超訳」説を整理したうえ、康有儀の山本憲に宛てた書簡、梁啓超と康有儀の日本語力、『佳人奇遇』の誤訳などについて分析し、『清議報』第一～三五冊に連載された『佳人奇遇』は康有儀により翻訳されたものであり、『清議報』主筆としての梁啓超は実際の翻訳者ではなく側面から支援しただけではないか、という結論を導こうとするものである。

はじめに

東海散士（本名は柴四朗）の政治小説『佳人之奇遇』は八編と十六巻からなり、一八八五年から一八九七年までの間に陸続と刊行されたものである。刊行完結をみた翌一八九八年の十二月からその漢訳版『佳人奇遇』が『清議報』創刊号に連載され始め、その後一九〇〇年二月に刊行された『清議報』第三五冊まで連載され続けた。しかし、連載は第一巻から第十二巻の巻頭までのもので、途中で打ち切られている。

『佳人奇遇』は最初の漢訳政治小説で、従来梁啓超によって翻訳されたとされている。たとえば、『飲冰室合集』（中華書局、一九三六年初版、一九八九年影印版）に梁啓超の作品として『佳人奇遇』が収録され、一九三六年に中華書局によって刊行された単行本の『佳人奇遇』は「新会梁啓超任公著」と署名されている。[1]また、『佳人奇遇』について数多くの研究成果をシリーズ論文で発表した許常安もその論文のなかで、

『清議報』に連載された『佳人奇遇』の訳者は梁啓超であると断定している。[2] ほかに、丁文江・趙豊田編『梁啓超年譜長編』、狭間直樹編『共同研究 梁啓超――西洋近代思想受容と明治日本』、夏暁虹著『覚世与伝世――梁啓超的文学道路』、鄒振環著『影響中国近代社会的一百種訳作』、李喜所・元青著『梁啓超伝』など、いずれも「梁啓超訳」説に異論を唱えていない。

では、果たして『佳人奇遇』は梁啓超により翻訳されたものであろうか。本稿では、まず従来の「梁啓超訳」説の主な依拠を整理し、羅普によって翻訳されたという説も併せて紹介したうえ、最近見つけた康有儀書簡における『佳人奇遇』翻訳に関する記録を示しつつ、「梁啓超訳」説の疑問点を指摘し、同漢訳小説が康有儀により翻訳されたことを明らかにする。

一、「梁啓超訳」説の主な依拠

『佳人奇遇』は梁啓超により翻訳されたという説の主な拠り所を整理すると、次のようになる。

1、『任公先生大事記』(無署名):「戊戌八月、先生(梁啓超)は険を脱し日本に赴き、彼国の軍艦の中に在りて一身の以外に文物無し。艦長『佳人奇遇』の一書を以て先生をして悶《うれい》を遣《はら》さしむ。先生随閲随訳し、其後『清議報』に登せり。翻訳の始めは即ち艦中に在るなり。[3]」戊戌政変後、梁啓超は大島艦に乗り込み日本へ亡命するが、その途中で艦長から渡された『佳人之奇遇』を気晴らしがてら読んでいた。そしてその翻訳も艦中で始めたという。

2、梁啓超『紀事二十四首』第二二首:「曩《さき》に佳人奇遇を訳して成り、毎に游想を生じ空冥《くうめい》に渉る。今より柴東海を羨まず、枉《いたずら》に多情により薄情を惹《ひ》かる。[4]」この詩のなかで、梁啓超は自らがホノルルで多情な女性何蕙珍と出会ったことと、小説の主人公の東海散士が佳人幽蘭、紅蓮に出会ったこととを重ね、以前小説の翻訳が出来たときはいろいろ奇想天外な連想もしたが、いま自らの薄情でホノルルでの恋愛は実らなかったとはいえ、もう小説の主人公の佳人とのロマンチックな出会いを羨むことなんかないと、大恋愛を経験したあとの心境を述べている。

3、梁啓超『訳印政治小説序』:「今特に外国名儒の撰述せらるる所の、而も今日の中国の時局に関切有る者を采《と》り、次第に之を訳し、報末に附す。愛国の士、或いは庶《ねが》わくは覧らるるを。[5]」これは『清議報』創刊号に『佳人奇遇』の連載を開始するにあたり、梁啓超が「任公」という署名で書いた序文の最後の部分である。後に新民社が『清議報全編』を刊行する際、題名は「政治小説佳人奇遇序」に変えられ、この最後の部分も「今特に日本の政治小説『佳人奇遇』を采り之を訳せり。愛国の士、或いは庶わくは覧らるるを。[6]」と改められている。

4、『飲冰室合集』所収『佳人奇遇』の「編者識」：「任公先生は戊戌（一八九八年）に出亡し、日本に東渡す。舟中に此れを訳して自ら遣《きばら》し、名氏を署せず、書も亦た久しく已に絶版せり。近ごろ冷攤《れいたん》の中より之を得、集に補入す。任公の詩『紀事廿四首』の一に、「曩に佳人奇遇を訳して成り、毎に游想を生じ空冥に渉る。今より柴東海を羨まず、枉に多情により薄情を惹かる。」とあれば、柴東海は即ち原著者の柴四朗なり。[7]」この「編者識」から分かるように、編集者は上記『任公先生大事記』と『紀事二十四首』の記述を根拠に『佳人奇遇』の訳者は梁啓超と推定しそれを『飲冰室合集』に入れたのである。

上記の資料のほかに、『佳人之奇遇』は漢文風の日本語で書かれたので、梁啓超は当時日本語がほとんど分からなかったとしても、漢文の素養が高いので、翻訳作業が可能だったではないかと主張する研究者も少なからずいる。

二、「羅普訳」説

『佳人奇遇』の訳者をめぐって前述の「梁啓超訳」説が主流となっているが、これを否定する資料と学説も存在する。

（一）馮自由の記述

馮自由は『開国前海内外革命書報一覧』で、「『佳人奇遇』は欧米の各滅亡せし国家の志士及び中国の遺民の、故土光復を謀る事を叙述す。日人の柴四朗の著なり。羅普に由り期を分かちて訳し『清議報』に載せ、単行本有り。惟だ中国志士の満虜《まんりょ》に反抗するに関する一節は康有為をして強く令せしめ删去せり。[8]」と記し、また『興中会時期之革命同志』の一文でも「羅普、（中略）字は孝高。嘗て『清議報』に在りて日人柴四朗著の『佳人奇遇』一書を訳述せり。又た羽衣女士を托名し、『東欧女傑』の小説を撰し、均しく革命を倡導する作に属す。[9]」と述べている。さらに『記東京大同学校及余更名自由経過』では、「羅孝高の訳す所の日人柴四朗の『佳人奇遇』の説部（小説）の中に、「支那革命党志士謀顛覆満清」の一節有り、亦た康有為をして厳令せしめ删改せり。秦力山等之を聞き、異常に憤激す。[10]」とも述べている。

（二）山田敬三の見解

山田敬三は主に上記馮自由の記述を引用し、次のように

『佳人奇遇』の訳者は羅普であると主張している。馮自由は『清議報』の発行名義人である馮鏡如の子で、その間の事情には通じていたはずである。この記録には信憑性があると考えてよい。しかも羅普は梁啓超とともに「康有為在広州長興学舎及万木草堂時代之嫡伝弟子」、「戊戌東渡游学、吾国学生入早稲田専門学校者、羅為第一人。」であった。日本語運用能力の点では、少なくとも梁啓超よりは一歩先んじていたであろう。かたや梁啓超のほうは、一八九九年春の時点で、「時任公欲読日本書、而患不諳假名」という状態であった。（中略）『佳人奇遇』の訳者は、『清議報』掲載分に関する限り、疑いもなく羅普である。従って梁啓超は訳者というよりも、むしろ作品の紹介者である、と。[11]

（三）夏暁虹の否定的な見解

しかし、「梁啓超訳」説を疑問視する説に対して否定的な見解を示している研究者も複数ある。たとえば、夏暁虹はその著書の中で、「梁啓超が一九〇〇年に作った『紀事二十四首』の中で「曩《さき》に佳人奇遇を訳して成る」と言い、自ら訳者であると認めているにもかかわらず、これに対して疑う人がいる。その根拠は、梁啓超は日本語が分からず、翻訳は不可能であるとされている。これは小説の原作者の使った文体を見過ごしており、説得力がないと私は思う。『佳人奇遇』の原作を読んだことのある人なら、この小説が漢文風の日本語で書かれたことにすぐ気づくだろう。（中略）梁啓超だけではなく、日本語がやや分かる中国の読者なら小説の大意が分かり、それを漢訳するのも難しくないだろう。」と述べている。[12]

三、康有儀書簡における『佳人奇遇』翻訳に関する記録

高知市立自由民権記念館には山本憲の親族から寄託された「山本憲関係資料」が所蔵され、同記念館から作成された『山本憲関係資料目録』によれば、書簡・自筆原稿・写真などの資料が六千点以上含まれる。その中に康有儀の山本憲に宛てた書簡が八十五通（整理番号C66、C111-C194）あり、同書簡は康有儀本人の状況のみならず、康有為・梁啓超ら維新変法派の日本での活動に関わる内容も多く含まれる貴重な資料である。

康有儀、字は羽子、号は孟卿、広東省南海県の出身である。祖父の康国器は福建省と広西省の布政使、広西省の巡撫などを歴任し、南海県における康氏一族の中で最も官位の高かった人物である。父の康熊飛も軍功により官が浙江省の道員に至る。また「戊戌維新」で一躍名が知れ渡るようになった同

族の康有為のことを康有儀が「舎弟」または「従弟」と呼び、両者は高祖父を同じくする。康有儀は一八九八年の春に、後に日本に亡命した康有為よりも早く来日し、一九〇〇年一月に帰国するまで二年近く日本に滞在していた。一八九八年は主に山本憲の大阪に開いた漢学塾「梅清処塾」に通い、山本に日文漢訳などを学んでいたが、同年十二月上旬から横浜に赴き、『清議報』館で働いていた。(13)

　筆者は二〇一一年から日本学術振興会科学研究費助成事業「『山本憲関係書簡』に残る康有為の従兄康有儀等の手紙からみた近代日中交流史の特質」(代表者は吉尾寛)のメンバーとして上記康有義書簡の訳注作業に着手していた。またその過程において書簡中に含まれる『佳人奇遇』の翻訳に関する内容を確認し、『佳人奇遇』訳者の研究には非常に貴重な資料であると判断して、同年に「『佳人奇遇』并非梁啓超所訳」(14)という中国語論文を作成し、さらに二〇一二年三月に中国現代史研究会で「『佳人奇遇』の「梁啓超訳」説を覆す新証拠」と題して口頭発表したことがあるのも断っておく。次に掲げるのは『佳人奇遇』の翻訳に関する部分である。

　弟子已むを得ず暫く塾を去り此に来たりて、以て東文を接《う》けて訳し旬報の用に供《そな》う。毎旬約字は万余にして、而して夫子片岡君を派《つかわ》して以て之を助け、幸甚感甚たり。惟だ毎旬の文字未だ足らず、則ち政治小説の『佳人奇遇』四篇を学び訳し以て之に充《あ》て、仍《な》お足らず、則ち此間《こちら》の教習の山田君に求めて以て之を助く。今此間《こちら》已に散館し、而も此の君郷に旋《かえ》り、則ち下期《つぎのき》の文字足らず。敢えて転じて片岡君に告ぐるを乞い、毎旬に約の如く訳し来たることを祷《いの》りと為す。此は已を得ざるの苦衷、伏して原《ゆる》して諒するを乞う。(15)

　これは一八九九年一月十一日に康有儀が漢学者山本憲に宛てた書簡の一部である。そのなかで、康有儀は自らが『佳人奇遇』四篇を翻訳したと記し、また「政治小説」という用語を使っている。「弟子」は康有儀本人、「旬報」は『清議報』、「夫子」は山本憲、「片岡君」は山本憲塾の塾生片岡鶴雄、「山田君」は横浜大同学校の日本語教員の山田夬のことを、それぞれ指す。また「散館」は大同学校が冬休みに入り、教職員と生徒が学校を離れることを意味する。この時、『清議報』はすでに二冊刊行され、康有儀の翻訳した『佳人奇遇』四篇中の後半の二篇は『清議報』第三、四冊に掲載される予定のものであると見られる。

　此間《こちら》の旬報は十二月廿三日に発行すと布告せりと雖《いえど》も、惟だ是れ印刷・釘装して帙《ちつ》と為すに稍や時日を需《もと》め、故に先に六七日の前に必ず須《すべか》らく巻を満たして印《す》るに備うべし。弟子毎旬に応《まさ》に万余字を訳すべく、刊期已に迫るに因り、故に此間《ここ》に在りて三千余字を意訳し、再び詩文を加えて巻を塞ぎ、以て此の期の事を了す。[16]

これは一八九八年十二月十八日に康有儀が山本憲に宛てた書簡の内容の一部である。「此の期」は『清議報』第一冊のことで、康有儀の「意訳」した「三千余字」はこの第一冊に載せたと見られる。[17]

では、康有儀が『佳人奇遇』四篇を翻訳してからも同小説の翻訳作業を続けていたであろうか。その後の康有儀の書簡に直接『佳人奇遇』という言葉は見られないが、「弟子来たりて此の職に就き、毎旬東文を訳するを需《もと》めらるること幾《ほとん》ど万字に及びて、方《はじ》めて能く巻を満たす。[18]」「弟子既に此の職に就き、則ち毎期に応《まさ》に用うべき東文十一二三篇は是れ弟子の責任なり。[19]」など、たびたび自らの翻訳作業に言及していた。また彼が横浜に赴いてから一九〇〇年一月に帰国するまでずっと『清議報』館に勤めていたこと、第五冊以降の『清議報』に載せられた『佳人奇遇』の訳文が最初の四篇と比べて翻訳表現と誤訳率がほとんど変わらないこと、康有儀の帰国時間と『佳人奇遇』の連載が打ち切られた時間がほぼ同じであることなどから、康有儀が帰国するまで『佳人奇遇』の翻訳を続けていたことが窺えよう。

四、『清議報』に連載された部分の『佳人奇遇』の訳者

以上、『佳人奇遇』の訳者をめぐる「梁啓超訳」説と「羅普訳」説について整理し、康有儀の山本憲に宛てた書簡に含まれる『佳人奇遇』翻訳に関連する部分を示した。では、『佳人奇遇』の真の翻訳者はいったい誰であろうか。

（一）「梁啓超訳」説の疑問

先に結論を述べるが、梁啓超は来日する前に日本語を学んだことがないにもかかわらず、来日する途中の船で艦長から与えられた『佳人之奇遇』を読みながら翻訳したというのは、いくら漢文風の作品とはいえ、とうてい考えられない。確かに梁啓超は日本語について「若し簡便の法を用いて、以て其の書を能く読むを求むれば、則ち慧者《かしこいひと》は一旬、魯者《にぶいひと》は両月《にかげつ》にて、以て手に一巻をして味津津たる可からざるは無し。[20]」、つまり賢い人なら十日間、頭が鈍い人でも二か月ぐらい勉強すれば日本語は普通に読めるようになると述べている。このような見解を持っていたのは梁啓超のみならず、ほかにもいるが、これはまさに「何も知らないものは何も恐れず」といわれるように、彼らの日本語に対する無理解によるものだといわざるを得ない。外交官として長く日本に滞在していた黄遵

憲は、中国語と比べて日本語は「字同じうして声異なり、語同じうして読異なり、文同じうして義異なり、故に其の文を訳するを求むるも亦た難し。[21]」と述べ、日本語は漢字が使われていてもその読み方・意味・文法などが違うので、それを中国語に訳す作業は簡単ではないという見解を示している。梁啓超は来日後日本語を習う時間の余裕があまりなかったらしく、翌年の春になってもまだ「日本書を読まんと欲するも、假名を諳んぜざるを患う[22]」という状態であった。それでも、その数ヶ月後に梁啓超は羅普との共著で『和文漢読法』を著している。共著と言っても、その作業は羅普を中心に行われたであろう。この本は一時中国人日本留学生からも人気を得ていたが、梁啓超が後に自ら「其の時日文の文法懂《わか》らず、訛《か》謬《びゅう》にして可笑しき者は猶お少なからざりし[23]」と認めているように、この本を書く時点では日本語の文法がほとんど分からない状態であった。そして来日一年後にやっと「稍や能く東文を読む[24]」ようになったのである。このように、梁啓超は日本語に対して、来日当初のほとんど無理解の状態から一年後にやっと少し読めるようになったのである。

　次に『佳人奇遇』の誤訳について見てみよう。許常安『清議報登載の佳人奇遇について――特にその誤訳』(一～四)によると、『佳人奇遇』の主な誤訳は合計一八八か所あり、平均すれば、一回掲載分約三千文字の訳文に誤訳が五、六か所という計算になる。これは多少誤訳があるとはいえ、基本的にはよく出来ているといわざるを得ない。一例を挙げよう。

原文：嗚呼今百萬ノ貔貅我ト共ニ海ヲ渡ルモノ百年ノ後皆枯骨トナリ一人ノ此世ニ生存スルモノナカラン嗚呼世ニ萬年ノ天子ナク国ニ不朽ノ雄邦ナシト涙下テ冷冷禁セサリシヲ

訳文：嗚呼。今百萬之貔貅。與我共渡此海。百年之後。皆成枯骨。能復有人生存於此世界者。嗚呼。世無萬年之天子。国無不朽之雄邦。言畢。涙涔涔下。不能自禁。[25]

上記原文の最初の部分の「嗚呼今百萬ノ貔貅我ト共ニ海ヲ渡ルモノ百年ノ後皆枯骨トナリ」は確かに日本語を学んでいなかった人でも漢文の素養があれば何とか漢文に直すことが出来そうである。しかし、この後に続くそれぞれ表現が違う否定文「ナカラン」「ナク」「ナシ」「サリシ」はまったく漢字の表記もないし、使い方もそれぞれ少し違う。それでも翻訳者はそれらをほぼ完璧にそれぞれ「能復……者」「無」「無」「不能」と訳している。さらに原文後半の「ト」の表現もよく理解して「言畢」と適切に意訳している。小説の原文に、このような仮名による文法表現が随所にある。こういう表現は、たとえ梁啓超の言う「慧者」であっても短期間では身につけられないと思われる。
許常安は『清議報登載の佳人奇遇について――特にその誤訳（その二）』[26]で訳文中の否定文の誤訳二十二か所を指摘し、「あまりにもこんなに多くの否定文に関する誤訳があるところを見ると、やはり梁啓超が日本語の否定形の句法を知らなかったために犯した誤訳であるというほかないであろう。」と結論付けている。しかし、否定文の誤訳率の実態はどうなっているであろうか。筆者は『日本現代文学全集』所収の『佳人奇遇』（講談社、一九六五年）に対して、最初の四頁の否定表現を数えたところ、全部で五十五か所あり、一頁に平均約十四か所あることが分かった。全書一六四頁あるので、単純計算で否定表現は二千か所以上あり、許論文で指摘された誤訳二十二か所で計算すれば否定文の誤訳率は約一パーセント程度である。仮名さえ知らない梁啓超にはこのような上出来の翻訳は不可能というしかない。

では、梁啓超はなぜ『清議報全編』所収の『政治小説佳人奇遇序』の中で「今特に日本の政治小説『佳人奇遇』を采《と》り之を訳す」と言い、また前述『紀事廿四首』のなかに「曩《さき》に佳人奇遇を訳して成る」と述べたのであろうか。これまでにほとんどの研究者はこの二つの文の主語を梁啓超と見なしているが、梁啓超本人ではなく、私梁啓超が主筆を務める『清議報』と理解すべきであろうと思う。

このように、本稿では梁啓超が直接『佳人奇遇』を翻訳したという説を否定したが、梁啓超は小説の連載を開始するにあたり序文を書いただけではなく、『清議報』の主筆として小説の翻訳と連載の指示を出したり場合によっては訳文の添削と潤色をしたりして側面から支援したことは十分可能性がある。

（二）「羅普訳」説の証拠不足

「羅普訳」説については、前記の馮自由による記述があるが、ほかにはこの説を裏付ける資料はない。羅普が『清議報』の刊行作業で康有儀の上司のような存在であったので、一部協力した可能性はあるかもしれないが、最初からずっと羅普が翻訳していた可能性は低い。羅普は梁啓超と同じく康有為の主な弟子の一人で、注目度が高かった。それに対して康有儀は康有為と同族とはいえ、社会での認知度は低い。康有儀が翻訳作業をこつこつ行っていたが、彼の上司の羅普や梁啓超が責任者だったので、康有儀の実際の翻訳者としての名は埋没し、逆に羅普または梁啓超が翻訳したと周りから見られてしまった可能性は十分ある。

（三）「康有儀訳」説の成立

『清議報』に掲載された『佳人奇遇』第一～十一巻の訳文

はほぼ康有儀によって翻訳されたと見てよかろう。

まず康有儀は一八九八年春に来日してから同年十二月に横浜に赴くまで大半の時間は山本憲に就いて日文漢訳法を学んでいた。横浜に赴く時点で彼の日本語はまだ不十分であると思うが、辞書の力を借りながらならば翻訳は十分可能であろう。彼が『清議報』の翻訳という仕事を得たのも、康有為の推薦があったとはいえ、その日本語力があってこそのことであると思われる。

次に、前述の通り康有儀は書簡のなかで、「政治小説の『佳人奇遇』四篇を学び訳し」、「此間に在りて三千余字を意訳し」たなどを記している。書簡の日付が『清議報』の訳文連載時期に符合するだけではなく、「三千余字」の文字数もほぼ『清議報』に連載された訳文の字数と合う。

それから康有儀の帰国時間と訳文の連載中止の時間も一致している。康有儀の帰国時間は一九〇〇年一月五日、『佳人奇遇』最終回の連載は一九〇〇年二月十日刊行の『清議報』第三五冊である。康有義が帰国するまで、ずっと『清議報』の翻訳を務めたが、彼の帰国により『清議報』はその連載を打ち切ったと思われる。

しかし、『佳人奇遇』第一～十一巻の訳文の翻訳表現と誤訳の箇所などが前後にほぼ一致するにもかかわらず、第三五冊連載分の最後の約四百字、つまり第十二巻の巻首の部分は誤訳と翻訳漏れが急増している。それを見ればこの約四百文字の訳者は康有儀ではない可能性が非常に高いと思う。つまり康有儀は第十一巻まで翻訳して帰国し、その後も誰かがしばらく翻訳を続けたが、誤訳など問題が多かったなどの理由で連載は中止され、代わりに政治小説『経国美談』（留日学生周宏業訳）の連載を始めたのではないかと思われる。

第一巻と第十二巻巻頭の訳文を比較してみよう。

巻一（『清議報』第一冊）

原文：東海散士一日費府ノ獨立閣ニ登リ仰テ自由ノ破鐘（欧米ノ民大事アル毎ニ①鐘ヲ撞テ之ヲ報ス始メ米國ノ獨立スルニ當テ吉凶必ス閣上ノ鐘ヲ撞ク鐘遂ニ裂ク後人呼テ自由ノ破鐘ト云フ）ヲ觀俯テ獨立ノ遺文ヲ讀ミ當時米人ノ義旗ヲ擧テ英王ノ虐政ヲ除キ、卒ニ能ク獨立自主ノ民タルノ高風ヲ追懷シ俯仰感慨ニ堪ヘス愾然トシテ窓ニ倚テ眺臨ス會々二姫アリ階ヲ繞テ登リ來ル翠羅面ヲ覆ヒ暗影疎香白羽ノ春冠ヲ戴キ輕穀ノ短羅ヲ衣文華ノ長裾ヲ曳キ風雅高表②實ニ人ヲ驚カス一小亭ヲ指シ相語テ曰ク那ノ處ハ即チ是レ一千七百七十四年十三州ノ名士始メテ相會シ國家前途ノ國是ヲ計畫セシ處ナリト当時③英王ノ昌披ナル漫ニ國憲ヲ蔑如シ擅ニ賦歛ヲ重クシ米人ノ自由ハ全ク地ニ委シ哀願途絶エ愁訴術盡キ⑤人心激昂干戈ノ禍殆ト將ニ潰裂セントス十三州ノ名士多ニ之ヲ憂ヒ此小亭ニ相會シ其窮厄ヲ救濟シ内亂ノ禍機ヲ撲滅セントス時ニ巴士烈議顯理乃チ激烈悲壯ノ言ヲ發シテ④曰ク英王戮スヘシ民政興スヘシト此亭今猶存シテ當時ノ舊觀ヲ改メス獨立閣ト共ニ費府名區ノ一ナリ

訳文：東海散士一日登費府獨立閣。仰觀自由之破鐘。〔歐米之俗。毎有大事輒①撞鐘集衆。當美國自立之始。吉凶必上此閣撞此鐘。鐘遂裂。後人因呼為自由之破鐘云。〕俯讀獨立之遺文。慨然懷想。當時米人舉義旗。除英苛法。卒能獨立為自主之民。倚窓臨眺。追懷高風。俯仰感慨。俄見二姫繞階來登。翠羅覆面。暗影疎香。戴白羽之春冠。衣輕縠之短羅。曳文華之長裾。風雅高表。②駘蕩精目。相與指一小亭而語曰。那處即是一千七百七十四年十三州之名士第一次會議國是之處也。③当時米為英屬。英王蔑視國憲。擅重賦斂。米人自由權利掃地。以盡顧望之念。絕呼籲之途窮。⑤人心激昂。殆將潰裂。十三州名士大憂之。相與會於此亭。謀救濟其窮厄。撲滅亂機。時座中有巴士烈議顯理者。乃激昂悲壯而發言。④曰不脱英軛。不興民政。非丈夫也。此亭至今獨在。不改舊觀。與獨立閣同為費府名區之一。

下線で示されたように、この部分は五か所の改訳や意訳または翻訳漏れがある。正しい訳と対照させて示すと、それぞれ次のようになる。

①撞鐘報之↓撞鐘集衆

②甚是驚人。↓駘蕩精目。

③当時英王昌披。恣意蔑如國憲。↓当時美為英屬。英王蔑視國憲。

④曰應戮英王。應興民政。↓曰不脱英軛。不興民政。非丈夫也。

⑤人心激昂。干戈之禍。↓人心激昂。

①と②の訳は原文と比べればやや意味が変わっているが意訳というべきであろう。③④の部分は明らかに訳者による改訳で、維新変法派の「保皇」「尊君」の思想と関係があるのではないかと思う。⑤は翻訳漏れと見てよかろう。

このように、訳文に多少問題があるものの、全体的に見れば訳文の質はかなり高い水準に達しているといわざるを得ない。『佳人奇遇』の漢訳について、次のようなエピソードもある。一八九八年の頃、「誰からともなく、『佳人之奇遇』を漢訳して支那人にも読ませ、大いに覚醒させようという議が出で、それには、武田（範之）は遊んでいるし、漢学の力も相当あることだからというので、武田に漢文訳にさせてみた。

ところが、武田は小説家ではなし、忙しくもあるしで、巧くまとまらず困っていたところ、亡命客梁啓超（超）が「清議報」紙上で一足先に漢訳を公にしたのを見ると、実に立派な、原文以上ともいうべき名文になっているので、武田の訳の方は中止したものである。(27)」僧侶で能筆家の武田範之が『佳人奇遇』の漢訳を始めようとしたが、『清議報』の訳文を目にして、訳文が非常に優れていると思ってあきらめたという。ここでも梁啓超が漢訳を公にしたとされているが、訳者はさておき、訳文が非常に立派だと認められていたことが分かる。

では、第十二巻巻頭の約四百文字の訳はどうであろうか。

巻十二（『清議報』第三五冊）

原文：船錫崙島ニ泊ス直ニ上陸シテ埃及ノ敗將亜刺飛侯ヲ其①謫居ニ訪フ路傍ノ椰樹桂木ハ蒼翠ノ涼蓋ヲ張ルカ如ク②田圃ノ奇卉異草ハ千紫萬紅ノ美ヲ競ウテ絢爛ノ華氈ヲ布クカ如シ中ニ半歐半亜ノ衣冠スル者⑤徒跣裸體蕢ヲ荷フ者悠悠東西ニ相往来スルアリ風致ノ美配色ノ奇宛然一幅ノ好畫圖ナリ既ニシテ村驛煙絶エ③鐘磬聲消エ比丘尼ノ力ナク窣婆塔ヲ負ヒテ荒廃セル卵塔ニ倚ルヲ見ル神足嶺三千年ノ靈蹤ハ法音杳杳タリ無畏山四十丈ノ高塔ハ廢址茫茫タリ誓多林鳳凰宮ノ結衆ハ已ミヌ佛陀聖靈ノ菩提樹⑥何クニカ攀チン⑦漸クニシテ侯カ門ニ到リ刺ヲ通ス⑧謁者謝スルニ對客ノ時ニ非サルヲ以テス暫ク門外ヲ逍遥シテ後復タ訪フ④門者曰ク既ニ出ツト因テ小時ニシテ訪フ初メテ疎林婆娑タル庭中ノ幽亭ニ導カル⑨待ツコト少焉亜刺飛侯出テヽ接ス赤帽黒衣温言三顧ノ勞ヲ謝ス海南將軍禮シテ曰ク⑩日本人民擧テ侯カ國ニ報イルノ誠忠敵ニ對スルノ沈勇ヲ稱シ⑪侯カ血誠天ニ達セス侯カ果斷國人ニ忌マレ⑫苦戰運盡キ此萬里ノ敵境ニ放謫セラルヽヲ悲マサルナシ

訳文：船泊錫崙島。直上陸。訪埃及敗將亜刺飛侯於其①居路傍之椰樹桂木。如張蒼翠之涼蓋。②田圃之奇卉異草。如布絢爛之華氈。中有半歐半亜之衣冠者。⑤徒荷跣裸體蕢者。悠悠往來於東西。風致之美。配色之奇。宛然一幅好畫圖也。既而村驛煙絶。③鐘磬聲消。神足嶺三千年靈蹤。法音杳杳。無畏山四十丈之高塔。廢址茫茫。誓多林鳳凰宮（二者皆世尊説法之地名）之結衆。今已無存。佛陀聖靈之菩提樹。⑥原何可攀。⑦漸至侯門問訊。⑧謁者謝此時非對客之時。暫逍遙於門外。須臾復訪。④門者導入中庭。⑨少焉亜刺飛侯出接。赤冠黒服。温言謝三顧之勞。海南將軍將禮曰。⑩日本人民擧侯報國之誠忠。稱為不出世之沈勇。⑪侯血誠達天。國人忌侯之果斷。⑫連年苦戰。放謫此萬里之敵境。莫不悲之。

傍線で示したように、翻訳漏れは①②③④の四か所ある。この四か所を漏れなく翻訳すれば、それぞれ①謫居、②田圃之奇卉異草。千紫萬紅。競相爭艶。③鐘磬聲消。見比丘尼力不可支。倚靠於背後立有窣婆塔之荒廃卯塔。④門者曰既出。因少刻訪之。始被導至疎林婆娑之庭中幽亭。となるはずであるが、訳文はそれぞれ①居、②田圃之奇卉異草、③鐘磬聲消、④門者導入中庭、となっている。①と②は単純な翻訳漏れかもしれないが、③と④は複雑な文法を理解できず故意に省略されたのではないかと思われる。

誤訳は⑤⑥⑦⑧⑨⑩⑪⑫の八か所ある。それぞれの正誤を整理すれば、次のようになる。

⑤有跣足裸體荷蕢者。↓徒荷跣裸體蕢者。
⑥何處攀緣。↓原何可攀。
⑦終至侯門通刺。↓漸至侯門問訊。
⑧謁者以此時非對客之時謝絶。↓謁者謝此時非對客之時。
⑨待之少焉。亜刺飛侯出接。↓少焉亜刺飛侯出接。
⑩日本人民皆稱侯報國之忠誠。對敵之沈勇。↓日本人民擧侯報國之誠忠。稱為不出世之沈勇。
⑪侯之血誠未達上天。侯之果斷為國人所忌。↓侯血誠達天。國人忌侯之果斷。
⑫雖苦戰而運盡。被放謫此萬里之敵境。↓連年苦戰。放謫此萬里之敵境。

このように、⑤⑥⑦⑧⑨⑩⑪⑫の誤訳も文法が正しく理解されなかったことによる可能性が高い。この部分の訳文を上記第一巻の訳文と比べれば、明らかに問題が多く、同じ人の翻訳とは考えられない。

おわりに

繰り返しになるが、以上の分析を通じて得た結論をまとめたい。まず『清議報』第一冊から第三五冊まで連載された『佳人奇遇』は康有儀により翻訳されたと判断してよかろう。しかし、『清議報』第三五冊に掲載された訳文の最後の約四百字は康有儀以外の人物による翻訳の可能性が大きい。『清議報』の主筆をつとめた梁啓超は『佳人奇遇』の翻訳と連載に対して、序言を書いたり、場合によっては訳文の添削と潤色をしたりして側面から支援したのではないかと思われる。羅普が小説の翻訳に関わったかどうかは馮自由の記述しか有力の証拠がなく、さらなる考証が必要で、今後の課題にしたい。

注

(1) 許常安は一九七〇年代に漢訳『佳人奇遇』の訳者、誤訳、改刪、西洋外来語などについて緻密な研究を行い、そのシリーズ論文を『漢文学会会報』『斯文』『大正大学研究紀要』『日本中国学会会報』『専修人文論集』などに発表した。本稿はその成果を一部参考にした。

(2) 許常安「『清議報』登載の『佳人奇遇』について——特にその訳者」(『漢文学会会報』三〇、一九七一年)五二—五三頁。

(3) 丁文江・趙豊田編『梁任公先生年譜長編(初稿)』(中華書局、二〇一〇年)七六頁。

(4) 『清議報』(中華書局影印本、一九九一年)第四冊四一一〇頁。

(5) 『清議報』(前掲中華書局影印本)第一冊、五四頁。

(6) 新民社『清議報全編』第三集(文海出版社、一九八六年)二頁。

(7) 『飲冰室合集』専集第六冊(中華書局影印本、一九八九年)二二〇頁。

(8) 馮自由『革命逸史』第三集(中華書局、一九八一年)一四八—一四九頁。

(9) 前掲注8馮書、四〇頁。

(10) 前掲注8第四集、九八頁。

(11) 山田敬三「漢訳『佳人奇遇』の周辺——中国政治小説研究札記」(『神戸大学文学部紀要』九、一九八一年)五四—五五頁。

(12) 夏暁虹『覚世与伝世——梁启超的文学道路』(中華書局、二〇〇六年)二〇〇—二〇一頁。

(13) 康有儀の来日経緯、日本での活動などは拙稿「康有儀の山本憲に宛てた書簡(訳注)」(『四天王寺大学紀要』五四)、『康有儀與其塾師山本憲』(『浙江外国語学院学報』一一九)を参照されたい。

(14) 『東亜研究(創刊号)』(浙江工商大学東亜研究院、近刊)に掲載される予定。

(15) 高知県自由民権記念館蔵康有儀書簡、整理番号C119。

(16) 前掲注15康有儀書簡、整理番号C154。

(17) 『清議報』第一冊に掲載された『佳人奇遇』訳文は約二七〇〇文字、第二冊は三六〇〇文字、第三冊は二七〇〇文字で、いずれも「三千文字」に近い。

(18) 前掲注15康有儀書簡、整理番号C121。

(19) 前掲注15康有儀書簡、整理番号C122。

(20) 梁啓超『飲冰室合集』第一冊文集之四(中華書局、一九八九年)八三頁。

(21) 鐘叔河『走向世界叢書/日本日記・甲午以前日本遊記五種・扶桑日記・日本雑事詩(広注)』(岳麓書社、一九八五年)六六一頁。

(22) 丁文江・趙豊田編『超啓超年譜長編』(上海人民出版社、一九八三年)一七五頁。

(23) 夏暁虹『晩清的魅力』(百花文芸出版社、二〇〇一年)七七頁。

(24) 前掲注23夏書。

(25) 『清議報』(前掲注4中華書局影印本)第一冊五八頁。

(26) 許常安『清議報登載の佳人奇遇について——特にその誤訳(その二)』(『斯文』六七、一九七一年)三一頁。

(27) 柳田泉著『明治文学研究』第八巻『政治小説研究 上』(春秋社、一九六七年)三八一頁。ただし、許常安『〈清議報〉登載の〈佳人奇遇〉について——特にその名訳と誤植訂正』(『斯文』六六、二六頁)より引用。

付記 上記の調査研究は二〇一一年に行われたものである。なお、本稿は筆者が研究協力者として参加している「『山本憲関係書簡』に残る康有為の従兄康有儀等の手紙からみた近代日中交流史の特質」(基盤研究(B)代表者名 吉尾寛 二〇一一～二〇一五年)の成果の一部である。

文明の影の申し子
――義和団事件がもたらした西洋と東洋の衝突の果ての虚

緑川真知子

オックスフォード大学に大量の中国書籍を寄贈した英国人中国学者エドマンド・バックハウスが清朝最後の動乱について記すにあたり産みだした偽書『景善日記』を取り上げる。偽書ではありながら、イギリス人の目を通した義和団事件の歴史的真実に触れ得ている側面もあり、歴史と虚構の複雑で奥深い関わりを垣間見ると言えよう。

みどりかわ・まちこ――早稲田大学非常勤講師。専門は平安文学、比較文学、翻訳。主な著書・論文に『『源氏物語』英訳についての研究』（武蔵野書院、二〇一〇年）、「英国詩人ブレイクを〝タオイスト〟と呼んだウェイリー」（『東アジア世界と中国文化』所収、勉誠社、二〇一二年）、『Shifting Words from *Monogatari to Shōsetsu*』（*Testo a Fronte, vol.48, 2014*）、サイデンスティッカー英訳「『源氏物語』の評価と翻訳の役割」（『文学・語学』二一三号、二〇一五年）などがある。

はじめに

光源氏は、物語に夢中になっている養女玉鬘を相手に、物語とは「神よゝり世にあることをしるしをきけるなゝり。日本記などはかたそばぞかし、これらにこそ道〳〵しくくはしき事はあらめ」と言う。解釈は一般的な理解で述べておくと、「（物語は）神代より世の中にあることを記したものである。史書である「日本記」は一面を記しているにすぎない。物語にこそ、道々しくくわしきことが記されているのだ」と言う。[1] 言わずと知れた「蛍」の巻の物語論である。一〇〇〇年前に「ものがたり」を記述していた人間の矜持が窺えると同時に、単なる実録では補えない写実性や森羅万象の真実性を表現し得るのが「ものがたり」であると登場人物に言わせる知性が存在した事実は驚愕に値しよう。そして一〇〇〇年を経て、小説などの虚構のジャンルと、科学としての歴史学が確立したと見なせる現在においても、歴史的真実と虚構の間には明確な一線を引き得ないという厳然たる現実があり、マス・メディア、更にはインターネットの登場は、その境界線

図1　a オックスフォード芳名録

b 芳名録バックハウス

の複雑化に拍車をかけている。本稿においては、このことを見据えながら、英国人中国学者（と呼ぶには語弊があるが、一般的な基準からみたらそう呼ぶことも可能であるとの判断に基づき本稿では便宜上このように称しておく）エドマンド・バックハウス（Edmund Backhouse 1873-1944）がなした驚くべき偽造行為に目を向けてみたい。イギリスのヨーロッパ近代史家ヒュー・トレヴァー＝ローパー（Hugh Trevor-Roper 1914-2003）は、著書『北京の隠者』においてバックハウスの偽造行為の事実を明らかにしている。[2] 当該書冒頭は、オックスフォード大学図書館（ボドリアン）の旧図書館にある階段上部壁面に掲げられている歴代寄贈者の名前が刻印された立派な大理石版芳名録の記述から始まっている。**図1**（a・b）名だたる名士に連なって、準男爵エドマンド・バックハウスの名が刻まれていることに読者の注意を促している。バックハウスは、中国近代史の黎明期に生涯の大半を中国で暮らし、かの地で没した英国人中国学者である。ボドリアンへの寄贈書はトレバー＝ローパーによれば、一万七〇〇〇点にものぼる。現在でもバックハウス・コレクションとして夙に有名であり、中には本国では灰燼と化してしまった永楽大典の一部も含まれている貴重なコレクションでもある。ヨーロッパにおけるおそらく最大のまとまった中国典籍コレクションであろう。[3]

一、『景善日記』

毛沢東治世下の一九五一年に出版された『中国近代史資料叢刊』の第九巻目から第十二巻目は義和団事件の資料を収載している。[4] 第九巻目次のページに、『景善日記』という資料の名が見える。当該シリーズ内扉には毛沢東の文章が引用されていることからも、現代における資料価値については措いておくとしても、当時としては、しかるべき大義のもとに編纂された資料集であるとはみなされるのであろう。[5] そのような資料集に収められているのであるから、この当時『景善日記』は景善によって記された本物の日記であると見なされていたということになる。[6] 当該書に収載された『景善日記』最初のページには、これは「章伯鈞氏所蔵」の本であると銘記されているが、この章伯鈞氏については全くわからない。日記の日付は光緒二十五年十二月二十五日、すなわち西暦一九〇〇年一月二十五日にはじまっており、義和団事件の年であることがわかる。

一九五〇年代中国において本物と見なされ公的な資料集に収められていた『景善日記』こそが、バックハウスの手になる偽書であった。真贋論争は、欧米の中国研究者の考察や中国通の欧米のジャーナリストの検証によって、紆余曲折を経つつ、そして既述したように一般的にはトレバー＝ローパーの『北京の隠者』の検証によって、現在ではほぼ一〇〇パーセント偽書とみなされているし、かなり早い時期から疑いを持った中国人程明洲による論文も存在する。[7] つまり現在では真贋論争は決着をみていると考えて良い。すなわち英国人バックハウスが、おそらく中国人の知人の手を借りて、その全てを創り上げたというのである。決着は着いているのだが、現在においても当日記を扱う論文は、今度は偽書であるということのより精密な論証の掘り下げに向かい、偽書か否か、どのように捏造されているのかが依然として論点であるのが興味深い。[8] ともあれ、そもそも『景善日記』とはどのようなものであろうか。

当該日記は、見てきた通り『中国近代史資料叢刊』にも収載されている。しかしこれは、まずその英訳をもって世間に公表された。つまり、その一部（であると主張されたもの）の英訳は、もともとはバックハウスとタイムズ紙の記者J・O・P・ブランド（J. O. P. Bland 1863-1945）が共同で著した西太后治世についての英文によるベストセラー、*China under the Empress Dowager*（一九一〇、一九一四、邦訳は『西太后治下の中国』一九九一年）に収載されたものであり、当該書によってはじめて『景善日記』は世間にその存在を知らしめたのである。つまり英国人読者が中国人読者よりも先に英文になったその日記の存在を知り、読んだ、ということになる。[9] ヨーロッパでは中国で起きた義和団事件の責任の所在に大きな注目があったと言えよう。『西太后治下の中国』は、そういう大衆的興味に充分に応え得る書物であった。

景善は実在した人物である。『西太后治下の中国』においては、以下の様に説明されている。「景善は、満州正白旗人、一八二三年生まれであり、一八六三年に翰林院学士となり、特に宋学に造詣の深いことで著名。翌年内務府官に転じ、一八七九年同正大臣となる。父の桂順は道光帝時代の内務府大臣で、その側近にあり、また西太后の家と親戚関係にあったため、旗人の間に多くの知己をもっていた。したがって、景善は宮廷内の情報を入手し易い立場にあり、満漢を問わず皇帝側近の高官それぞれの意見・行動をつぶさに見聞する機会も多かった（以下略）」。（邦訳『西太后治下』一七一頁）このように説明されている満州人官僚景善という人物は、このような日記を書いて遺していても決しておかしくはない人物である。

バックハウスが英訳引用した当該日記原典の一部（と主張されたもの）は現在大英図書館に納められている。一九八一年に当該資料を調査した丁名楠氏（清華大学所属の近代史教授と思われるが未確認）は『景善日記』の概要などについて、日記原典の一部は一九一〇年八月に大英図書館の所蔵となり、一万五四〇〇字強。氏は紙の色や表装、題簽、巻子仕立てであることなど、それなりに詳しく記している。ただ、当該論中において大英図書館の請求番号を「110, 92C/2Y, OR62A」と記しているが、実はこの請求番号は正確ではない。[10] 正確には、最後に更に「Loan 6」という但し書きが付き、この「Loan 6」という部分を記載しないと、全く別の書物がでてきてしまう。110, 92C/2Y, OR62A, Loan 6という請求番号を持つ収蔵書は、まず中国書籍担当の司書から閲覧許可を得なければならない、そして鍵を持っている別の担当者に鍵を開けてもらわねばならない特別な資料であり、特別な箇所に配架されている。[11]「Loan 6」、つまり「貸与番号6」とあるように、これはブランドによって大英図書館に永久貸与されているという性格の資料となっている。そして丁名楠氏も書いているが、当該日記中国語原典が収納されている箱には、巻子一巻の他に『西太后治下の中国』の著者の一人であるブランドから大英図書館東洋部長ライオネル・ジャイルス（Lionel Giles 1875–1958）に宛てた書翰と、一九七五年トレバー＝ローパーから当時の東洋部長ネルソン（Nelson）に宛てた書翰が添えられている。前者は、一九三七年に送付されたらしく、『景善日記』発見の詳細をバックハウスが綴った文章が添えられ、完璧なる本物であるということを説明してある。真贋論争は一九三〇年代にはすでにしてあったのである。[12] 後者は一九七三年にスイス人からバックハウス自身の回想記の鑑定を依頼されたトレバー＝ローパーが書き送ったものである。[13] 丁氏は『景善日記』が「毫无价值」、つまり一顧だにするに値しないと切って捨て、更に「白克浩司（Backhouse）本人为造了这个文件。这不是他偽造的唯一东西」と、景善ではなく、バックハウス本人がこれを偽造して書き上げたのであると言い、続けてバックハウスの偽造はこれだけに留まっていないのだと手厳しい。（丁名楠「景善」二〇二）丁名楠氏の論は無論トレバー＝ローパー論の上に成り立っているわけであるが、文体や内容を精査しており、更には先に少し触れた、一九四〇年代に『燕京学報』に掲載された程明洲の「所謂〝景善日記〟者」という論を引き、程明洲が指摘した歴史記述の間違い箇所の数、故事引用の誤謬などについて触れ、西太后の事を記した『慈禧外記』に多く依っているだろうとしている。（丁名楠「景善」二〇四）[14]『北京の隠者』については、後述して少し詳しく触れるが、バックハウスの評伝とも言うべきものである。トレバー＝ローパーは既述したように、ドイツ近代史を専門とするオックスフォード大学の教授で一代限りの貴族の称号（life peerage）も与えられた大変著名な歴史家であったが、中国語を読むことは全く出来なかった。よって大英図書館に収蔵されている『景善日記』原典を当然そのまま理解することはできなかったのであるが、『北京の隠者』において、バックハウス偽造の証拠を外的要因で固め、完膚なきまで見事に叩きのめしている。

二、『西太后治下の中国』と『北京の隠者』

本稿においては、すでに決着をみたと考えて良い『景善日記』の真贋について更なる考察をするのではなく、偽書としての当該日記の内容の検証を通して、何を目的としてこのような捏造がなされたのか、どのようなスタンスで書かれたのかを見ることが出来れば、と考える。しかしその前に、すでに良く知られた書物ではあるかもしれないが、『西太后治下の中国』と『北京の隠者』という二冊について簡単に触れておきたい。

『西太后治下の中国』は、清朝衰退の頃、上海と北京にあって義和団事件を経験した二人のイギリス人、一人は当時のタイムズ紙の上海特派員として記事を書いていたブランド、もう一人は北京に在住していた中国学者バックハウスが、共同で書いた西太后その人の評伝であり、西太后治下中国の衰退の詳しい著書である。おそらく実質的な執筆と資料収集はバックハウスがなし、ブランドは持ち前の筆力を生かし、草稿を磨き上げる役割と出版へと持ち込む努力というプロデューサー的役割をしたと考えられる。ブランドは、『北京の隠者』によると、イングランド系アイルランド人、ダブリン大学のトリニティ・カレッジで法律を勉強し、卒業後上海などで中国海関税務官、その後上海共同租界市評議会幹事として権力を手にし、「上海の無冠の王」と呼ばれた力を持っていた当時の中国におけるイギリス人大物であった。後にタイムズ紙の上海特派員を非常勤として勤めながら、ブリティッシュ・アンド・チャイニーズ・コーポレーションという財務会社の上海代理人となる。また文筆家として主に中国歴史と政治に関する著述を数多く遺している。性格は「温厚で外向的」であり「優雅な文章家」であったとある。(『北京の隠者』三一―三二)バックハウスは『オックスフォード英国人名辞典』によれば、準男爵(second baronet)の称号を持つ歴史家であり中国の権威である、と説明されている。オックスフォード大学に進学したが、病気のため中退したとあり、しかしすでに並々ならぬ語学の才能を示し、これにより北京で翻訳生となったとある。当該人名辞典の記述には、バックハウスの事績を穢すような文面は一切無いが、後半生においては、西洋と没交渉となり、二、三の親しい人物としか交わらず、そのためミステリアスな人物との印象を残すようになったと書かれている。(15)

『西太后治下の中国』はバックハウスの中国語能力と情報収集力に目を付けたブランドが、バックハウスを励まして執筆させ、出版に持ち込んだものであり、初版は一九一〇年に出されている。続けざまに重版され、かなりの人気を呼び、一九一四年には、廉価版として内容をそぎ落とし、短くしたものが出され、これは様々な言語に翻訳されて普及したようである。現在一般に手に入れることができるのは、この一九一四年版であり、邦訳もこれに拠る。(16)

一方当該書出版よりずっと後、一九七六年になって出されたトレバー＝ローパーによる『北京の隠者』であるが、前述したが、生前バックハウスと知己のあった北京に滞在したことのあるスイス人医師がその回想記を預かり、ヨーロッパに持ち帰り、最終的にその鑑定の依頼がトレバー＝ローパーに来たという背景がある。(17) 鑑定の為にバックハウスについて検証を始めたトレバー＝ローパーによる調査の副産物が『北京の隠者』として実を結んだわけである。そして、これは前述のように、バックハウスの人となりを暴き、バックハウスがその名をなした著作『西太后治下の中国』に納められている『景善日記』が偽書であることを、バックハウスの人生の詳細な分析によって確定している書物である。先述の『オックスフォード英国人名辞典』の記述の行間を埋め、バックハウスを徹頭徹尾叩きのめしている一冊である。言うなればリットン・ストレーチー（Lytton Strachey, 1880-1932）が著した高名な書『ビクトリア朝偉人伝』なみの暴露である。例えば人名辞典で病気のためオックスフォード大学を中退したとあるが、トレバー＝ローパーは、バックハウスがいかがわしい借金をして、その返済に窮し、逃げるように退学して、イギリスを後にしたことを暴いている。父親は銀行の重役であったが、息子のこの仕業に対して手厳しい処分をし、爵位は受け継がせたのではあるが、一切の財産贈与の権利を奪ってしまったようである。爾来バックハウスは常に生活の糧に餓えるということになった。とはいえ、トレバー＝ローパーが暴いたバックハウスのいかがわしい性格は、このことに因があるというよりは、バックハウスが生来持っていたよろしくない性格に起因しているようではある。現在ではおそらくなんらかの精神病的障害として病名がつくのではないかと思われる。

三、偽書『景善日記』の内容

光緒二十五年（一九〇〇年）の一月二十五日の記述から始まる『景善日記』の引用とされる部分は同年の八月十五日まで、八ヶ月間にわたり、日数にして二十八日分の記述が引用されている。他、資料二編が付されている。資料の一つは光緒帝が溥儁《フジュン》を皇位継承者とする上諭書文、他方はドイツ公使フォン＝ケトレル男爵を殺害した恩海に関する上奏つまり、義和団事件の前後の様子を日記によって、赤裸々に伝えようということである。

日記冒頭は、前述した通り光緒二十五年十二月二十五日から始まるが、景善は、その日宮中に居合わせたかつての教え子から様子を聞き、それを記述しているという体裁である。その日、西太后は今上の退位を大臣諸子に発表し、その封号を考えて欲しいと述べる。そして、溥儁《フジュン》を即位させると告げた。その召見の様子を景善は前述した通り教え子から「聞いた」内容として、非常に詳しく記している。この日はこのこと他には私的な記述は一切ない。漢人の大臣（大学士孫家鼎）が即位は今上没後にすべきという異を唱えると、一同に緊張がはしり、西太后が激昂した様子が、西太后の発した言葉を引用しつつビビッドに描かれている。（『西太后治下』一七五―一七六）『西太后治下の中国』における『景善日記』引用の冒頭としては、満人と漢人の間の摩擦と力関係、今上帝と次帝の関係、西太后の人物像と宮廷の様子を表す、格好の内容を含んだ箇所であるといえよう。言うなれば第三者的視点のバランスの取れた、ドラマならば視聴者の「掴み」としてはすばらしく良く出来たオープニングである。

『西太后治下の中国』における日記引用部は、早い段階から朝廷における義和団指示派、また欧米列強側と排外派側の話し合いを模索しようとする懐柔派の、二つの派を対立させる構図で進む。前者は皇太子の父などを筆頭とし、後者は軍機大臣栄禄（満州白旗人宣統帝溥儀の外祖父、一八三六～一九〇三）の側である。栄禄は西太后に強い影響力を持つとされ、西太后がどちらをよしとするか、判然としない空気が流れている様子が描かれている。非常に複雑であるはずの清朝における人間関係が、ジャーナリスティックな視点により、分かり易いレベルで図式化が計られていると見なせよう。一月二十五日から五月二十一日までの記述を簡単に、主要点だけ書き抜いてみると次のようになる。

・欧米列強に対して宣戦布告前夜であるが、義和団指示派と外国人を擁護しようとする栄禄派という見やすい二項対立的な状況が浮かび上がっている。

・その状況下において、反外国人事件として、地方でのフランス人殺害事件と、北京におけるフランス大教堂への放火と二毛子（中国人キリスト教信者）を焼き殺すという衝撃的なニュースが描かれ次第に北京市内が騒然としてくる様子がひしひしと伝わってくる。

・景善の記述の態度は特に栄禄支持に傾くというわけでもなく、義和団を盲信的に支持する訳でもない。義和団に関しては、地方の農民出身の若者達の姿を描き出していて、その記述は決して擁護する立場から書かれているわけではない。立脚点はかなり中立的である。

・開戦前夜の記述は緊迫感を増していき、宮廷における御前会議の様子が、刻刻と伝えられるというような張り詰めた様相を呈し、さらに、ドイツ公使の殺害や遺体の処理をめぐる対立を通して、それを門前に晒すべきだと言った漢人批判が挿入されている。

・二十五日の記事は皇太子父の一派がなぜ、一挙に即位に持っていかないのか、と景善は書き、やはり原因は西太后の信任が篤い栄禄にあると書いている。

・次の日の記述では、外国人を捕獲したものに賞金が出るということが書かれ、更には景善の邸までも甘軍や義和団に解放せねばならず、そのことによって、こういう事態を引き起こすことになった西洋人が憎いと、ほぼ初めて景善による西洋人の評価が出て来る。
・続いて、さらに援軍を頼む栄禄の急電をそのまま全文載せ、緊迫感が増している。
・その後、日記で景善は義和団の起源と発展を述べているが、これは省くという翻訳者のことわり書きがあり、義和団とは、「扶清滅洋」を掲げた秘密結社的性格を持った武術集団でもあり、神術の力を得れば武術を持ってして武器に対抗できると信じていたようであるその概略に触れて、景善は満人や知識人がこのような義和団の神術をどこまで信じていたのかが問題の焦点だと思うので、符呪の例を一つだけあげるとして、護符の説明などをする。
・その他、「西太后は神団の呪文を暗誦しており、日に七十回それを唱え、その度に李総管が傍らで『また洋鬼現る』と和するという」と書き、更に「義和団は、黄色い紙片を丸めて焼く奇妙なまじないを行う。その焼いた紙の灰が舞い上がる者は許され、上がらない者は殺される。つまり、彼らは、その灰が舞いあがるか否かを決定するのが神霊である、と信じている」ことを書き、だが、舞い上がるか否かは紙の丸め方ひとつによるのだ、と景善は冷静な観察をしている。また義和団は火を放つと火は神霊の進む方へ拡がると言うが、それもごまかしで、前もって或方向に油をまき、柴を積んでおくのだという指摘も同様に極めて冷静なものである。
・二十七日の記述は殺害された外国人の首が晒された記事ではじまっている。

以上が『景善日記』の主要部の大まかなところである。一概に宣戦布告までの様子は緊迫した筆致で、騒然としていく北京市内の動静と、御前会議の様子、義和団の暴挙がまざまざと描かれている。今風に言えば、時々刻々とした手に汗握るルポルタージュとなっている。「日記」であるが、私的な生活のこまごました記述や家族の記述などは、驚く程わずかであり、義和団事件をめぐる政治的、社会的出来事の記述に重点がある。そういう意味においても日記体裁の記者の報告書という性格が濃厚である。偽書である事実を考慮するとその点、特に得心いく。布告後、欧米列強の連合軍が北京に入り、義和団や甘軍が押さえられていく様子も、優れたルポルタージュの趣である。

日記は西太后が北京を逃れる日で終わっているが、皆漢人風の身繕いをして出立するにあたって残ることになった妃嬪たちの一人が進み出て皇太子は留まるべきだと訴えると、西太后は激怒して、彼女を井戸に放り込んで殺せと命じる。太子は泣いて訴えるが聞き入れないという劇的な場面が描かれている。その後西太后が頤和園に立ち寄って北京を後にすることが描かれ、最後には景善自身の友人が自害し、自宅でも女や子供達が服毒自殺をしようとしている。使用人は全て出奔してしまい、夕食の世話をしてくれる者とていない、というところで終わり、翻訳者（つまりバックハウス）が、この後景善は長男によって殺されたと付け加えている。

中国語原文について判断することは出来ないが、英訳『景善日記』を一読すると、満州人官僚が記した個人的「日記」というよりは、義和団事件という近代中国における大きな出来事を軸に社会世相や政治動向を巧みに盛り込んだ手に汗握る、極めて興味深く、引き込まれる日記スタイルの小説的に面白いわくわくするような「読み物」だという感想を抱く。しかも当時の混乱した様相が手に取るように伝わってくるのである。脚色や潤色がなくても義和団事件はおそらく充分に劇的な事件ではあろうが、そのドラマティックな側面が、これでもかと強調されている。「センセーショナルでジャーナリスティックなでっち上げでしかも凝りに凝った物語」だと書いている論もある。[18]『景善日記』の全てを詳細に分析考究する紙幅の余裕はないが、特徴としてあげられるのは、当事者というよりは、第三者的でジャーナリスト的視線であろう。

ただし、外国公使を護送した栄禄にかなり傾いている点は注目に値する。義和団に関しては、その呪術的側面が、奇怪なものに触れるというスタンスで描かれている。西洋人がミステリアスに感じる異世界東洋というスタンスである。

栄禄の記述に関して、前掲の丁名楠氏は、「景善日記旨在为栄禄辩解吗？」と書いている。この日記は栄禄の行動の言い開きをしているのか、というような問題提起であろう。そしてそれは政治的な根拠に基づくのであろうか、としている。ただ、続けて、しかし栄禄は、『西太后治下の中国』がイギリスで出版されたときは既に没しているので、栄禄を擁護しても当該書の筆者達に何の益ももたらさないから政治的な目的があるのではないとしている。しかし、これはバックハウスが栄禄の親外的側面をもってして、特に祭り上げようと試みているというようなことではないであろう。全体として、『景善日記』は中国人による日記の体裁を持ち、中国語原典も提供してはいるが、そもそもは英国人が外国人の目を通して観察した義和団事件の様子を赤裸々に描いたものである。その点において、外国公使を擁護しようとした栄禄が比較的好意的に描かれることになったのだろうと思われる。

まとめ

『景善日記』は、中国人の日記を装いながら、イギリス人がその信じるところの公平かつジャーナリスト的な視点から義和団事件の詳細を報告しようとしたものであると考えられる。そして、東洋という外国の地にいて、そこで勃発した激しい排外運動の実際を少しでも明らかにしようと考え、自国の読者（この場合は英国人）が満足し、また驚嘆もし、かつ納得するような事柄を取り上げて提供している。よって、義和団の呪術的側面などが神秘的な東洋世界というスタンスで描かれ、西太后の驚くべき極端な振る舞いなどが挿入されている。だからイギリス人から見るなら遠い東洋の世界で起こった、幾分摩訶不思議で奇妙な出来事が殊更盛り込まれていると見なせよう。イギリスの大衆が知りたいことを劇的な筆致で提供しているのである。そして、真贋論争が起き、中国人を含む多くの権威ある中国学者らにニセモノであるとか、本物だとの論を展開させ得るだけの本物らしさはそなえているのである。

だが、確かにこれはおもしろい読み物となっている。『景善日記』を精査したオランダ人中国学者ドゥイフェンダークは、「単なる文学的虚構としての価値」しかないと最後には断定したが、文学的虚構としての価値はあるということになろう。バックハウスはおそらく本物らしさを出すために、日記二十六日の記述において、括弧に入れて次のような但し書きをしている。「（ココデ日記ハ義和団ノ起源ト発展、及ビソノ符呪儀式等ニ関スル詳シイ説明ヲシテイルガ、他ニ紹介モアルノデ省クコトトスル…（以下略））」（『西太后治下』二〇〇頁）しかし、大英図書館にある『景善日記』原典には、バックハウスが翻訳にあたって省略した箇所は、もともと存在しないのである。この部分をバックハウスは丁寧に創り上げることを省いている。偽書として完璧なものを目指したのではあろうが、簡単に捏造がばれてしまうような綻びがあるのである。巻物の日記原典では、当該箇所を切り取ってしまったような痕跡も見当たらないので、はじめから「義和団の起源と発展」について書かれた部分は存在しなかったと考えられる。ドゥイフェンダークが最初に調査した時点でこのことに気がつきながら、偽書の可能性に疑問を抱かなかったというのも、ある意味面白い。『西太后治下の中国』の共著者であったブランド自身も偽書の可能性を示す証拠の出現に悩み、最後には「もし贋物だということが証明されたら、あの日記は驚くべき奇書のひとつにかぞえられよう。学問的業績として、李鴻章の贋回想記よりはるかに驚くべきものだ」と知り合いに書き送っていることを、トレバー＝ローパーが調べ上げて『北京の隠者』に記している（一九九頁）。偽書の歴史に確かに大きく刻まれる「作品」だと言えよう。

最初に「蛍」の物語論を掲げたが、歴史も小説も共に書かれたものであり、互いに親和性がある。そこになんらかの交渉や融合があり、鋏で切るように分断できるものではない。「歴史と小説は学問と創作として対立するものでなく、どちらも認識と語りの圏域に属する言説なのであり、人間の経験と社会性を理解し把握するための異なる二つの様式であった」と述べた論があるが、正にこの二つの様式はどちらも「認識と語りの圏域に属する」ので、どちらにも容易に滑り込んでしまうことが可能なのである。(19)

歴史が学問として自立した十九世紀以降の現代社会にあって、『景善日記』を本物として素知らぬ顔で提出することは、犯罪行為と見なされよう、しかしこの二つの境界はどこまでも灰色なのである。偽書『景善日記』が伝え得ている義和団事件の一側面において、真実に触れ得ることは全くないということもないのである。バックハウスという個人の見解であるから、ある種の未熟さや認識不足、間違いなどもあることであろう。ただ、当時現場にいた非中国人ではあるが、ある程度中国を理解して、政治情勢の判断もできた人間が、想像力を加味して伝えた時代の姿に、それなりの真実がないということはないであろう。虚に包まれてはいるが創作者が信じた真実は存在する。イギリス人という外国人が見て、経験した真実である。バックハウスがこれを事実を本にした「物語」や「小説」として発表したなら、ベストセラーにはならなかったかもしれないが、汚名を歴史に刻むことは、多少は免れ得たかもしれないし、『平家物語』のような歴史語りとしての価値を持ち得たかもしれない。

ただ何よりも皮肉なことは、バックハウスの所為を徹底的に偽善として暴き尽くしたトレバー＝ローパーその人が、一九八〇年代に発見された『ヒトラーの日記』を本物と鑑定し大ニュースとなったことを覚えていらっしゃる方もいよう。(20)その後これが完全な偽書だと判明し、この間違った鑑定ひとつによって、英国において近代史の権威として揺るぎない地位を誇ったトレバー＝ローパーの学問的信頼性は完全に地に堕ちてしまった。偽書としての『ヒトラーの日記』があまりにも優れていたのであろう。ドイツ近代史の専門家であった氏が、まさにその専門分野の偽書を見破ることが出来ず、中国語を一文字も理解できなかった氏が、『景善日記』の真贋を見抜いたのである。或いは氏に中国語が読めたら、最初に調査をしたオランダ人中国学者ドゥイフェンダークが本物だと判定したように、『景善日記』の世界にかなりの程度取りこまれており、その判断にも曇りが生じていたかも知れなかったろうか。

注

（1） 引用は『源氏物語大成』による。八一七頁。句読点、濁点を施し、漢字を仮名にするなど表記をわたくしに改めた箇所がある。「日本紀」の表記が一般であるが各写本に倣い『源氏物語大成』のとおり「記」を用いておく。

（2） Hugh Trevor-Roper, *Hermit of Peking- The Hidden Life of Sir Edmund Backhouse*, 1976, Macmillan. 邦訳は田中正太郎訳『北京の隠者――エドマンド・バックハウスの秘められた生涯』（筑摩書房、一九八三年）。以下同邦訳書からの引用は、『北京の隠者』と略記し、ページ数を記す。トレバー＝ローパーは、第二次大戦後消息の憶測が飛び交ったヒットラーについて関係者などのインタビューなどを行って精査し、ヒットラー自殺の事実を世に知らしめて一躍名を挙げた。後に『ヒットラー最後の日』（*The Last Days of Hitler*, 1947. 橋本福夫訳『ヒトラー最後の日』筑摩書房（筑摩叢書）、一九七五年）という一冊に纏めた。

（3） 詳しくはオックスフォード大学ボドリアン図書館のA Catalogue of the old Chinese Books in the Bodleian Library, Volume 1, The Backhouse Collection by David Helliwell, The Bodleian Library, Oxford, 1983を参照のこと。

（4） 賛伯翦編『義和団一』所収、『中国近代史資料叢刊』第九種（神州國光社、一九五一、上海）五七―八四頁。

（5） 毛沢東の「改造的我們的学習」から「対於近百年的中国史、應聚集人材、分工合作地去做、悄除無組織状態。應先作経済史政治史軍事史文化史幾個部門的分析研究、然後才有可能作総合研究」という文章が掲げられている。

（6） 日記全文が中国の青空文庫のようなサイトで公開されているが、背景についての説明などは一切ないので、これをそのまま本物の日記だと思う人は多いであろう。リンクは以下の通り。http://zh.wikisource.org/wiki/景善日記。

（7） オランダ人中国語学者J. J. L. Duyvendak（ドゥイフェンダーク）は、最初『景善日記』を本物であると判定するが、その後更なる調査を経て、最終的に偽造であるとの判断を下し、「当該資料は虚構文学としての価値しかない」（"It retains value merely as literary fiction" 左一九三七年の論二九四頁）と結論づける。J. J. L. Duyvendak, The Diary of His Excellency Ching-shan, Acta Orientalia 3, pp. i-viii, pp.1-85, 1924. ／以下が右に結論を引用している偽書だと見解を変えている論J. J. L. Duyvendak, "Ching-shan's Diary: A Mystification," *T'oung Pao*, Second Series, Vol. 33, Livr. 3/4 1937, pp. 268-294. 真贋論争については『北京の隠者』第一〇章「論争」（一九五―二一四頁）に詳しい。本論では取り上げなかったが、イギリス人記者ウィリアム・リュイゾーン（William Lewisohn）の鋭く的確な二つの批判論（Monumenta Serica, 1936, 1940）を決定打に、贋物としての蓋然性が増したと考えられる。リュイゾーンは、時の大臣王文韶の日記から丸写しされている箇所など、偽書としての決定的な証拠を提示している。程明洲「所謂〝景善日記〟者」（『燕京学報』（燕京大学）、第二七期、一九四〇年）一四三―一六九頁。

（8） Lo Hui-min, "The Ching-shan Diary: A Clue to its Forgery," *East Asian History*, Vol. 1 1991, pp. 98-124.

（9） J.O.P. Bland and E. Backhouse, *China under the Empress Dowager*, New and Revised cheaper Edition, 1914. London Heineman. 邦訳は藤岡喜久男訳『西太后治下の中国——中国マキアベリズムの極地』（光風社、一九九一年）。以下同書からの引用は引用最後に『西太后治下』と略記し頁数を括弧内に記した。

（10）「1981年秋冬之交，我去英国访问，曾到伦敦英国图书馆东方书籍及手稿部借阅景善日记原稿本。这份稿本是《慈禧外纪》一书的作者之一濮当德（J.O.P. Bland）征德征得另作者白克浩司（E. Backhouse）的同意，于1910年8月存放于英国博物馆的英国图书馆现已从博物馆独立出来。据白克浩司说，景善日记是1900年8月18日，即八国联军占领北京后的第四天，正当英国锡克兵在景善住宅大肆掠劫时，他本人在景善书房里得到的。现在收藏在英国图书馆的即是由白克浩司翻译成英文，经横兰德修改，润色，在《慈禧外纪》一书中刊出的那一部分景善日记原稿，共三十九页，一万五千四百多字，纸已呈暗黄色，裱在长卷上，置于一个狭长的小纸盒里为，编号为110,92C/2Y,OR62A。盒内还有两封信，一封是峨1944年12月26日模兰德致该馆东方部主任翟林奈（Lional Giles）的，另一封是《北京的隐士——白克浩司的隐蔽生活》一书作者、牛津大学近代史教授特雷福尔罗拨（Trevor-Roper）1975年9月5日给东方部负责人纳尔逊（Nelson）的（……以下略……）」丁名楠「景善日記之白克浩司偽造的」（『近代史研究』、一九八三年、四期）。以下、引用箇所には、丁名楠「景善」と略記し、ページ数を括弧内に記す。

（11） 稿者が大英図書館を訪れた日に、この鍵を持っている担当者の所在がわからず、長時間待たねばならず、結局当該日記が閲覧室に出てきたのは閲覧時間終了間際となってしまった。

（12） バックハウスと『景善日記』関連の論文が多く触れていることではあるが、中国のバックハウスに最初に仕事を与えたオーストラリア人大物ジャーナリスト、冒険家のE・G・モリスンは最初から偽物だと主張していた。

（13） バックハウスの晩年北京で交流のあったスイス人医師がその回想記の原稿を預かってきた。近年それが出版された。*Décadence Manchoue: The China Memoirs of Sir Edmund Trelawny Backhouse*. Edited and introduced by Derek Sandhaus. Hong Kong: Earnshaw Books, 2011.

（14） 陳冷汰、陳詒先譯『慈禧外記』の影印本は沈雲龍編『近代中國史料叢刊』第八八輯（一九七三年、上海）に収められている。バックハウスの手元にこの写本などがあったか、閲覧することが出来たということが推察できる。

（15） The Dictionary of National Biography, 1941-1950, Oxford University Press. pp. 31-32.

（16） 現在では、初版もインターネット上で簡単に閲覧することができる。

（17） 前掲注13参照。

（18） 前掲注8参照。原文は［…］sensational, journalistic fabrications and fanciful tales［…］（P.102）。

（19） 小倉孝誠「歴史小説論序説（1）」（首都大学東京『人文学報フランス文学』二二八、一九九〇年十二月）二九—五〇頁。

（20） 一九八一年にドイツの雑誌記者が『ヒトラーの日記』を発見し、トレバー＝ローパー等が鑑定し本物との判定を下したが、その後当該書のインクや紙質・綴じ糸など科学的調査により一九八三年に偽物と判断され、大きな社会的衝撃を与えた事件。この事件を扱った書物として、Robert Harris, *Selling Hitler,: The Story of the Hitler Diaries*. London: Faber and Faber, 1986（邦訳：芳仲和夫『ヒットラー売ります？偽造事件に踊った人々』朝日新聞社、一九八八年）がある。

横光利一と「アジアの問題」
――開戦をめぐる文学テクストの攻防

古矢篤史

ふるや・あつし――早稲田大学文学学術院助手。専門は日本近代文学、日本近代思想、メディア論。主な共著・論文に「横光利一「旅愁」と「日本的なもの」の盧溝橋事件前夜――一九三七年の「文学的日本主義」とその「先験」への問い」（『昭和文学研究』二〇一二年）、『上海一〇〇年　日中文化交流の場所』（鈴木貞美・李征編、勉誠出版、二〇一三年）などがある。

日中戦争開戦からアジア・太平洋戦争開戦までの横光利一の文学テクスト、主として『考へる葦』および「旅愁」を対象に、横光が同時代言説と呼応しながら「アジアの問題」という志向を展開しながらも、その過程に自ら同調しきれなかった小説製作の攻防を辿ることで、この戦時下における文化の衝突と融合の命題を探求する。

一、座標軸が動く

一九三七年七月七日の盧溝橋事件に端を発する日中戦争の開戦、そして一九四一年十二月八日の真珠湾攻撃等によるアジア・太平洋戦争の開戦は、同時代の文学者らにその活動上の転換を強いずにはいない「事件」となった。幾度の中断や媒体の変更を経て、この二つの開戦に直面しながらも書き継がれた横光利一の「旅愁」には、その転換の内実を問うにあたってこれ以上の示唆に富む対象はないと言いうるほどの歴史性が刻印されている。次の、東北大学の工学者成瀬政男との対談における横光の発言は、そのような問いの出発点とすることが可能であろう。

成瀬　支那事変が起るとか、大東亜戦争が起るとかなると、自分の心持ちも刺戟を受けて動いてゆくんですね。

横光　動くですね。自分の座標軸といふんですか、それが動いてるんです。いろいろなことで動いてゆくはうが、ほんたうか、動かさないはうがほんたうか、その点が非常にむつかしいです。動き出すと苦しいです。しかし、動いていつた以上は動くやうな真実が必ずあるので、忠実に動くままに随つていつてみよう、といふやうな気もある。その方が正しいいんだから。――それで僕は褉をやつたんです。

（「日本科学の母胎について（対談科学時評）」『科学朝日』一九四三年）

自分の座標軸が動くという横光の実感は、成瀬が言うような「心持ち」という単純な語彙に収まるものではない。「支那事変」の始まった盧溝橋事件の直後、横光は『東京日日新聞』『大阪毎日新聞』両紙における「旅愁」の連載を中断した上、翌一九三八年十一月には自身三度目となる中国への旅を敢行する。そして対米開戦の一九四一年十二月八日には「戦はつひに始まつた。そして大勝した。先祖を神だと信じた民族が勝つたのだ」と日記に綴り、『文藝春秋』に第一回を連載したばかりの「旅愁」第三篇はその直後に四ヶ月もの沈黙期間を挟んでいる。それぞれの開戦に伴い横光は、起こってしまった戦争という文化の衝突の只中で、自身の「座標軸」の運動を見極めようとしていたのである。本稿では、上述の二つの開戦に挟まれた時期における横光の著作を対象に、そこに見出される「アジアの問題」という志向をめぐる文学テクストの攻防を辿ることとする。

二、アジアの問題からはじめねば

盧溝橋事件を機に「旅愁」の連載を中断した横光は、雑誌や新聞に事変に関する随筆を寄せるのと並行して、「由良之助」（『中央公論』一九三八年）、「シルクハット」（『改造』一九三八年）、「王宮」（『大陸』一九三八年）という三つの短編小説を書くことによって、戦時下における小説製作の方向性を探っていた。これらの執筆活動がまとめられた一冊『考へる葦』（創元社、一九三九年）は、日中戦争と文学者の関係を考える上で見落とすことのできない歴史的資料である。ここではまず、この『考へる葦』所収の文章から横光の一九三七年から一九三八年にかけての思索の過程を辿ることとする。

横光は日中戦争下における日本の状況を「認識上の革命」と呼び、東西両洋を文化論的に比較しながら「アジア」からの視点への転換を志向しはじめる。横光にとって、日本の知性は今や「西欧の認識上の方法を、そのまま移行させせつつ来たことから、幾多の混乱が起つたその後」という事態に陥り、「過去に使はれたものでも、ヨーロツパの論理でも、十分に用を弁じることは不可能」となったからには、「知らぬヨーロツパのことよりも、身近のアジアの問題からはじめねば、考へるといふ能力は、無駄になる恐れの方が多い」という局面を迎えたのであった（「水中の光線　知識階級の意志の屈折」『東京日日新聞』一九三八年）。「ヨーロッパの論理」を脱中心化して「アジアの問題」を前景化するこの種の志向は、「戦争といふものの悲しむべきことは、論を俟たぬが、起つてゐる以上はやむを得ない」（「沈黙の精神」『東京日日新聞』一九三八年）という不本意な開戦とその経緯に何がしかの歴史的意義を与えるための手がかりとなった。

この横光の「アジアの問題」への着手は、彼がすでに一九二八年および一九三六年の二度にわたって訪れた上海という、「東洋と西欧と、中古と近代とが雑居しつつ、どこの国でもない租界といふ全く斬新な一つの都市形態」を備えた「特殊な場所」を顧みることから始まった（「上海の事」『ホームライフ』一九三七年）。上記二回の訪問時とは異なり、横光にはパリを中心とするヨーロッパ滞在を経た体験に基づいて、東と西の文化的相違を強く意識しながら上海を省察する。「上海の思ひ出」として寄せた「靜安寺の碑文」（『改造』一九三七年）では、「この街の中にはロンドンがあり、銀座がありパリがありベルリンがある。恐らくニューヨークもあることと思ふ」と述べ、その各国の都市が本国のそれと「競ひ合ひする様相を「アジア式の鈍重な動き」と形容しながら、「支那の歴史の進展とヨーロッパの歴史とは、西と東の相違ほど異つてゐる」という思考に至っている。上海を通じて横光は東西両洋を文化論的に比較し分離する視座を得たとともに、現に起こっている戦争を「東洋の融和」（「点線のまはり」『東京日日新聞』一九三八年）を志向するがゆえの混乱であると意味づけていく。

ヨーロッパ人が今現に最も困つてゐる思想上の混乱と同一の混乱を、われわれは楽しみながらやる要もなく、またわれわれの混乱の性質は、ヨーロッパの混乱と自ら違つてゐる。知識階級がいかに頑強に否定しようとも、われわれがアジア人であることに変りのない以上、この混乱はアジア人の思想を、東洋人尽くの知識階級共同の目的をもつて創造し押しすすめていく方法の、最初の茫漠とした混乱だと思ふ。

（「変化の素因」『文学界』一九三八年）

翌年の第二次世界大戦の開戦を近くに控えたヨーロッパの混乱の延長として考えるのではなく、それと同列であり対等と見做される別種の「アジアの問題」という視座は、次には、横光をしてヨーロッパの「論理」「科学主義」に対するアジアの「心理」「道理」といった理念の配置を想起させてしまう。「スフィンクス――（覚書）」（『改造』一九三八年）では、エジプトのスフィンクスとモナリザの微笑がそっくりだと感

じ、それが「科学主義の微笑」であり「論理の微笑」である
と述べている。その「怪貌」に「全くあの地中海を包んだ文化の中では、固りついた論理といふ形式は、不断に動いてやまぬ柔軟な自然といふ外界を縛るためには、も早や固りすぎて流れに応じる術を失つたかのやうである」と評しながら「ヨーロッパの論理」の失効を確認する一方で、その「白々しい微笑」の対極として「簡素な伊勢大廟の鳥居」を思い浮かべることで「東西人の生命力の相違」を感じるようになる。アジアの「道理」はヨーロッパの「論理」とは異なり、

道理は論理をもときには間違ひと正す、東洋生活の判断力である。生活の判断といふものは、心理が中軸をなしつつ論理といふ魔力の無限に行ふ破壊を看視する能力であることは、人々は生活をして感じて来た。人々は国家の中にゐるときにはときとして国家を忘れるが、国家の危機に際しては、これを滅ぼすものと善戦すべきことを教へて来た伝統の心理を感じる。

と述べるところからは、この度の戦争を「道理」の所作による「善戦」と意味づける実践が見え隠れし、「心理」を「作家の本職」とする横光の作家的態度からすれば、「文学」の肯定は「戦争」の肯定と重なる部分を持つ危うささえ持ち始めるのである。

一九三八年十一月の中国訪問は横光のこのような方向性を決定づけたと言えよう。「福岡から上海まで、ひとり飛行機で行つてみた」という横光は、既存の「ヨーロッパの論理」から「東亜共同の論理」という「まだ誰も気付かぬ論理の形式」への転換をいっそう強く志向することになる（「支那海」『東京日日新聞』一九三九年）。

私は上海を眺めながら、そこに造られた共同の都市の形がありつつも、それを支へる共同の論理が、すでに使用に耐へぬものばかりであることを感じた。しかし、新しい形のある以上、新しい心理はここにあるのだ。しかも、ここにある心理は、世界に類例のない質の転換を行ひ終つた、新しい共同の心理ばかりである。

「東亜」における「共同」の形式。これを模索することが、日中戦争下において横光の思索のたどり着いた一つの回答であった。横光の場合、彼が「世界の縮図」と見做す上海の共同租界という空間から出発し、「日本からここを見、支那からここを見る」のではなく「この中から日本と支那を見る」という視点を得ようとしたことが特徴的であった。しかし、この時期には「日本の軍隊に取り包まれ」た状態にある共同租界はむしろ、上海を占領する「日本」を通じて「世界の縮図」や「東亜」を見る結果としかなりえなかったことも否定

できない。すでに拙稿にて検討しているが（末尾付記の①③参照）、横光の論理は実際、ヨーロッパ中心の世界史を相対化してその多元化を推進し、戦争も「道義的エネルギー」によって肯定しうることを主張した同時代の「世界史」言説に通じるものがある。

この時期の京都学派を代表する四人——高坂正顕、鈴木成高、高山岩男、西谷啓治による『中央公論』誌上の座談会「世界史的立場と日本」（一九四二年）は、日本を含めたヨーロッパ外世界が台頭する過程を「危機」と捉える西洋に対し、それを「新秩序」として認識する「新しい歴史主義」の到来を要求するものであった。彼らはその「世界史」の原動力としてレオポルド・フォン・ランケの「道義的な生命力（モラリッシュ・エネルギー）」を援用し、「ヨーロッパの近代的原理に立脚する世界秩序への抗議」（高山岩男『世界史の哲学』岩波書店、一九四二年）という目的に適うものとして日中の戦争、ひいては「大東亜戦争」にまで歴史的意義を認めたのだった。

横光と親交のあった三木清もまた、「世界史」言説の圏内において重要な位置を占める。「現代日本に於ける世界史の意義」（『改造』一九三八年）では、「支那事変に対して世界史的意味を賦与すること、それが流されつつある血に対する我々の義務であり、またそれが今日我々自身の生きてゆく道である」と説き、「日本と支那が結び附くためには東洋といふものが考へられる」ことから「支那事変の含む世界史的意味は「東洋」の形成である」と結論している。「無意味なものに意味を与へること」というテオドール・レッシングの言葉の引用通り、三木もまた「西洋」とは異なるもう一つの中心としての「東洋」を実現すべく戦争に歴史的意義を認めたのであり、彼の作業はやがて「東亜協同体」論へと接続されるものとなった。

横光はこうした同時代の言説の流れと呼応するかたちで上述のような「アジアの問題」を展開していったと考えることが可能であるし、またそのように考えておく必要がある。

三、「旅愁」の空白を埋めるもの

しかしながら、『考える葦』に収録された随筆群が戦争の歴史的な意義を見出そうとする過程であるのに対し、その冒頭に掲げられた前述の三つの短篇小説「由良之助」「シルクハット」「王宮」は、その過程に対する不安や葛藤を表出したテクストであるように感じられてならない。

「由良之助」は、宇津木氏という製粉会社の専務が歌舞伎の仮名手本忠臣蔵を見ながら、現下に起きている「日本の国民」の「戦争」と重ね合わせる場面から始まっている。

宇津木氏も召集が来れば直ちに応じる準備と覚悟は忘れなかつた。もし戦線に立てばどのやうな理由があらうとも、敵を斃す。それだけは氏の空想の中で一番確実正確な唯一のことであつた。今、宇津木氏もその決心を持つて菊五郎の塩谷判官の動作を見詰めてゐるのである。しかし、それは単に宇津木氏ばかりとは限らず、満場の観客がさうであつた。

遅かりし由良之助で知られる「古今の民衆を泣かし続けて来た主従の美しい感涙の場」に恍惚とするも、宇津木氏は「別に羨ましいとは少しも思はぬ」ことを自覚する。彼には三尾という部下がいたが、彼は三尾に「君には忠、親には孝」の由良之助を重ね合わせることができずにいた。彼は「由良之助みたいな男ぢや、もうこれからは駄目だからね」とも言っていた。ところが彼と三尾は、屋台のおでん屋で満州事変により三年間の軍隊生活を経験したという青年と居合わせ、そのとき同組だった兵隊みんなが今上海で戦争に加わっているのに自分だけがここにいる、早く自分も上海へ行って弾にあたって死んでしまいたいという話を聞く。感心した三尾が「僕もあなたの話を聞いてから、戦死したくて仕様がなくなつて来た」と言い、その後も歓談する青年と三尾を後に残して屋台を出た宇津木氏は「由良之助はまだまだゐるのだ」と感じ、「何となく自分も二人の後を追つていきたくなつて来た」と結ばれる。

なるほどこのように梗概すると、この作品がそう読まれてきたように、始まってしまった戦争に対する横光なりの覚悟を表明した文学テクストであると見做しうる。宇津木氏が忠臣蔵を見たときとは比較にならない「底冷えのするやうな感動」を三尾と青年の二人に感じたのは、忠臣蔵における「殿様」と「家来」の関係を通じた「団結の美しさ」が、「国家」と「国民」の関係を通じた「団結の美しさ」へと再解釈され、日中戦争のコンテクストの下で現代性を満たしたことに因るものであろう。作中で何かと引っぱられる、三尾がかつて左翼であったとか、まだ転向を声明していないなどという話も、そのような思想的立場を超越した「国民」同士の「団結の美しさ」を助長する設定として機能してしまう。

しかしこの作品には、そのような読解を裏返すような契機が、二つの「失敗（失策り）」という描写によって備わっている。ひとつは、宇津木氏が忠臣蔵の切符を忘れたという「失敗」である。彼には秋から冬になる時期に「自分の精神の中から無理を放して自然のままに身体を横たへる癖」（「無になる行」）があり、そのために「体内に頭を擡げる力に反抗する別種の元気」（「狡智」）を出すことによって、「どんな事にも絶対に腹を立てぬ習練」をするとともに「不安を感じることを恥辱」とすら思っていたが、「この夜切符を忘れたといふ不覚には、宇津木氏は心に赤面すると同時に不安を感じた」と描かれる。その切符で見るはずであった忠臣蔵は、上述したように現下に起きている戦争と重ね合わされるものであり、宇津木氏の言葉で言えば「戦争だからなほみなくちやいけない芝居」であった。したがって、ここには戦争への関わり方をめぐる示唆が認められる。日中戦争は宣戦布告の行われないうちに武力衝突により始まった「事変」であり、宇津木氏は切符を忘れたままに戦争の当事者となったことへの理解が追いついていない。いくら始まってしまった以上は仕方がないと「自然のままに身体を横たへ」て「頭を擡げる力に反抗」してみたとしても、切符を忘れたという「失敗」は開戦の過程に欠如のあったことを告発し続ける。もうひとつの「失策り」は、満州で兵役に服したという青年が三尾に聞かせた話である。青年の撃った大砲の弾が氷上に落ちて滑っていき、結果として標的ではない二人の支那人を爆発させてしまったという。「戦線に立てばどのやうな理由があらうとも、敵を斃す」という空想が語られるテクストのなかで、過去の事変において日本軍が敵でない相手を攻撃してしまったというこの挿話は異質さを放っている。その青年が今起きている上海での戦争に赴き、何の役にも立たない自分は早く弾にあたって死んでしまいたいと嘆く姿勢や、その「戦死」に同調する三尾の態度は、むしろこの度の事変に対しても「失策り」の可能性を投げかけずにはおかないものである。

続く「シルクハット」「王宮」の二篇は、戦争が進むにつれて見出された上述の「アジアの問題」とそれに付随する東西両洋の構図が色濃く反映された作品群である。また、「シルクハット」が「日本へ帰る途」のテクストであるのに対して「王宮」は「ヨーロッパへ出かける途中」のテクストであり、形式の上でシンメトリーをなすこの両者は併せて読まれる必要があるだろう。

「シルクハット」の藤堂は、「ヨーロッパのある大都会」において「この国の人種でない東洋人」として振舞う。競犬場で日本へ帰る旅費まで使い込んでしまった藤堂は、帰途の電車で発犬係りのギリシャ人と一緒になり、金曜日の最後のレースで三番を買えと言われる。「最も新しい趣向を試みるこの一番の本夜の喜劇」というそのレースは、魚を垂らした竿を頭に縛られた犬が「さまざまな醜態」を晒すところから始まり、ギリシャ人は観衆の喧騒が増したのを見て「つね日頃賭けられるものをして、賭けしめんと願ふ犬どもの本願」を実現する余興だと説明する一方、「手前どもは、実は皆さま同様かくのごとく、彼らのために賭けられてをるものでございます」と自分らが馘首されようとしている皮肉を表明する。この作品を特徴づけるのは、この賭けられる二者の描かれ方である。まず前者の観衆は、場内の照明が落とされて視覚を奪われた状況のなか、ギリシャ人の執拗な演説に混乱し紛糾しながら、拡声器を通じた管理人の機械的な実況だけをたよりにレースの進行を追う。ところが決勝点が近づくと場内に灯がつき、競技場には「斬り落とされた首のやう」にシルクハットが転がっているだけで、犬の姿はなかった。怒号とともに競技場へ降りていった観衆のほうが、藤堂には「全くうろついてゐる人々が犬のやうに見えた」という。観衆は最後には、電気係の「失策」により拡声器から「百雷の一時に落ちるがごとき大音響」が発せられて聾者とされてしまう。その実体すら疑わせる管理人の拡声器だけで犬もいない闇中の架空のレースに狂奔し、自分らが逆に犬のように競技を演じさせられた上に、聴覚まで奪われてしまった観衆の始終は、少なくともその様子をげらげらと笑う藤堂には「ヨーロッパのある大都会」における諷刺と捉えられている。藤堂はその観衆の混乱を笑いながら見下ろす視点に立ち、「人間の解き放たれた瞬間の奔放不羈な恰好」でその場を去って「日本」への帰途に着くのだった。一方、競技中にレースの八百長を暴露して馘首されたギリシャ人は、最後まで想定していたかのように平然とその日の「喜劇」を終えていた。そして藤堂に「ヨーロッパももうこれでお仕舞ひだから、今度は東洋へ渡つていくよ。そのときは宜敷く」と言い、彼の使ったシルクハットも「東洋人」（藤堂）に譲る。彼らはともに「ヨーロッパのある大都会」において諷刺を実現することで「日本」「東洋」への経路を見出し、藤堂の帰る「日本」とギリシャ人の「東洋」がいずれ合流することが想起されるのである。その意味では、「シルクハット」は横光が随筆で繰り返し述べていた「アジアの問題」をよく再現する小説であったと言える。

「王宮」で表象される「日本」は、しかしながら、上述のような「シルクハット」における回帰する対象としての「日本」とは相容れない性格を有する。渡欧途中の歴史家の岸とその妻の久美子は、イギリス支配下にあったマレー半島のジョホールに不本意ながら立ち寄り、そこにかつて妻を愛して失敗した三谷という日本人の青年がいるという噂に気を揉むことになる。三谷には結局遭遇することはなかったが、ジョホールが「野蛮国」と映じた岸は「ギリシャも初めは野蛮国だつた」という彼特有の歴史観から、アテネの王妃をトロイの王子と争った「ギリシャ民族全体」がその戦争に勝利して王妃を取り戻して「ギリシャの大文化が始まつた」ことから「ギリシャの勃興したのは、恋愛からなんですよ」と説き、ジョホールに対しては「ギリシャになってくれ、早くギリシャに」と言う。ここに、宗主国たるイギリスに対するマレー半島の勃興、ひいては東洋の勃興が観測されていると判断するのは容易である。この観測がやはり横光の「アジアの問題」に通ずるものであることは確かであろう。しかし、このギリシャの挿話にはもう一つ、岸と久美子と三谷という三者の関係が重ね合わされていることに注意しなければならない。彼らの関係もまたギリシャ勃興の要因とされる「恋愛」であり、岸と久美子が「恋愛は成就した」のに対して三谷は「失恋」に終わっている。岸にとってその「自分が不幸を与えた青年」である三谷とジョホールで遭遇することは「危険」とすら表現されているが、岸が気にしているのは三谷を初めとする「本国から、締め出しを喰つたものばかり」で「たいていは駈落者か、失恋したものかどちらからしい」と言われる「日本人」の存在である。

「それでここの青年たちは満足してゐるのでせうね。」

「満足といふのかどうか、それは分かりませんが、訪ねて見ると、どうも日本の内地の青年に対して、どことなくそれぞれ反抗心を持つてゐます。自分が一度日本へ帰れば、驚天動地のことをしてみせると、信じて疑はないところがあるんですよ。猟銃を持つて猪を追つかけ廻してゐるときでも、それぞれの幻覚はただ猪だけぢやないやうです。」

岸はひやりと寒さを感じた。一度は銃の筒口が、この林中で自分の胸に向けられたこともあつたに違ひない。

ここで浮かび上がっているのは、「民族全体」には回収されない異質な「日本」の存在である。マレー半島に内在する「日本」は本国としての日本に銃の筒口を向けるような存在であり、ギリシャとトロイの関係に照らし合わされたマレー半島とイギリスとの関係はむしろ後退してしまう。「王宮」はそうした意味で、「共同」の形式を目的化する「アジアの問題」を「日本（人）」こそが脅かしかねない皮肉を内包した作品と言えよう。

『考へる葦』はこのように、横光が日中開戦後に伴い考察を重ねた「アジアの問題」が綴られている一方で、それを表明する過程での不安をみずから露呈してしまう小説テクストが紛れ込んだかたちで成立した一冊であり、同時代の「世界史」言説を相対化しうるものとして評価すべき著書であることを改めて強調しておきたい。加えて、この「旅愁」の新聞連載中断後の思索をまとめた『考へる葦』刊行が一九三九年四月で、その翌月から横光が「旅愁」の連載を再開していることに着眼するならば、『考へる葦』が「旅愁」の空白期間を埋める文学テクストであったという側面も見落としてはならない。次節では、これまでに分析した「アジアの問題」をふまえて連載再開後の「旅愁」の続篇（一九三九〜一九四〇年。単行本における「第二篇」まで）を読み直した上で、次なる衝突――アジア・太平洋戦争の開戦を目前にして横光が「アジアの問題」を維持しえなくなる状況にも触れておきたい。

四、「アジアの問題」をめぐる焦燥

『文藝春秋』での連載再開の第一回は新聞連載でも描いたチロルの場面の書き直しから始まるが、そこでは以下のような矢代と千鶴子の会話が加筆されている。

「ここから見てゐると、やはり日本は世界の果てだな。」

と矢代はふと歎息をもらして云つた。

「さうね、一番果てのやうだわ。」

「あの果ての小さな所で音無しくぢつと坐らせられて、西を向いてよと云はれれば、いつまでも西を向いてるのだ。もし一寸でも東は東と考へやうものなら、理想といふ小姑から鞭で突つき廻されるんだからなア。」

戦争を「アジアの問題」によって意義づけようとした横光が次に試みたのは、「旅愁」において「東は東と考へ」てみることであった。すでに拙稿でも検討したように新聞連載時の「旅愁」は開戦前の「日本的なもの」の言説のなかで書き出され（末尾付記の②参照）、そのコンテクストのもとに矢代は「日本主義者」として登場したわけだが、連載再開後には即座に「東洋的」「東洋主義」へと変換されてしまっている。「こんなに東洋人が軽蔑されてゐて、こんなに植民地を植ゑつけられて、なほその上に彼らの知性を守ることが唯一のヒユーマニズムの道なら、それなら、東洋のヒユーマニズムはどこへ行つたのだ」と言う矢代は、横光が戦時下に展開した「アジアの問題」を背負いながら同時代の「世界史」言説と交錯する表象を帯びている。「来てみればヨーロッパはこれだつたのだ」と言う矢代にとって、すでに歴史的意義の後退したヨーロッパに対して「東洋」は対等な立場にあるべきものとして現前している。こうして矢代は「たしかに世界の人間の忘れてしまつた大切なものが、日本にだけたつた一つあるやうに思ふ」と感じ、「それが世界から無くなれば、世界は今ににつちもさつちもいかなくなるにちがひないと思ふ貴重な、ある云ひ難い精神だ」と言うように、「物質」「科学」のヨーロッパに対する「精神」「自然」の日本・東洋という文化論的対比を措定することが可能になっていく。そしてこのように「アジアの問題」を背負った矢代の行き着いた回答は、「非合理」を標榜することによる戦争の肯定である。小説内の時間は一九三六年前後の開戦前とされているが、「戦争が起ればすぐ帰らねばならぬ。帰つて何をするか分らぬながらも、帰らねばならぬことだけは確かなことだつた。（中略）張力の一番薄弱な部分に戦争が起るといふ戦争の原理が事実なら、あるいは支那で遠からず戦争が起るだらう」等のように、予感というかたちで日中の戦争に関する記述が散見される。矢代は、中国人の高有明（彼も「アジアの問題」の下で連載再開後に加筆された登場人物である）を交えた久慈との議論のなかで、作品内で予定されたその「戦争」について次のように述べる。

「そんなら君は、ここのヨーロッパみたいに世界に戦争ばかり起すことを支持してゐるのだ。合理合理と追つてみたまへ、必ず戦争といふ政治ばかり人間はしなくちやならんよ。それは断じてさうだ。日本は世界の平和を願ふために、涙を流して戦ふといふやうなことが、必ず近い将来にあるに違ひない。」

「合理」「非合理」という語彙によって東西両洋を対比する視座を提示し、現下の戦争に歴史的意義を付与するこの矢代の姿勢は、やはり前節までに確認した「アジアの問題」から流れてきたものである。

一方、この矢代に「合理主義」と呼ばれる久慈のほうは、この「アジアの問題」に特異なかたちで与していると考えられる。久慈は「アジアの問題」によって対比されたヨーロッパの側に位置するものとして描写されることはない。久慈はむしろ、矢代にきわめて近い立場にいる。この人物が日中戦争下の文学テクストとしての『旅愁』のなかで際立つのは、「アジアの問題」を背負う矢代と対照的に描かれるからではなく、矢代と同様に「アジアの問題」に引き寄せられながらも矢代においては描かれない不安を浮かび上がらせているからである。

その過程は、久慈の「母」をめぐる描写において特徴的に表れている。新聞連載時の書き直し部分が終わると久慈を視点とした新しい物語がしばらく語られることになるが、その冒頭には母へ出す手紙の文句を考える場面が描かれる。「科学主義の信奉者」であり「西洋の抽象性」を信じるという久慈にとって、憑かれたように十二支の方位を気にして「先代から伝つて来たことを守つて来て、一度も間違つたことはないのだから、良い方位の通りに動いてをれば安心です」と言う母の「東洋のこの運命学」が「全く不愉快でたまらなかつた」。しかし久慈は、いくら「東洋」が「西洋」と「等しい力を持つ」とは思い難いものだとしても、自身の「西洋」的立場の通用しない「東洋」の存在に直面せざるを得ない。

しかし、今からでは暗い母の頭へ光線を射し入れることは不可能だと気附くと、唯一無二の信條自分の科学主的精神の威力も、まだまだ説得力に於て考へねばならぬところがあると悟つた。またそれは単に母だけではない。現にこちらに自分と一緒に来てゐる知識人の矢代までが、日を経るまま漸次東洋的になりつつある現状を考へても、ああ、あの矢代まで十二支になつて来たのかと舌打ちするのだつた。

作中において久慈の「西洋」は孤立を深めてゆく。矢代に対しては「いちいちこのヨーロッパに反抗するやうな矢代の興奮の仕方もよく分つた」と感じ、千鶴子には「あなたの方があたし、よほどファツシヨに見えてよ」と言われ、東野には「もう君は日本へ帰つたつて君の考へは通用しない」と言われる。久慈はそのひとつひとつを聞き捨てにすることができず、「突然冷水を打たれたやうな寒さ」を感じては「自分の考へも流れ落ちていく不安に襲はれ出すのだつた」。徐々に「アジアの問題」に引き寄せられていく久慈は、やがて「日支の共通した精神の連結作用が、どちらも西洋の模倣といふ一点に頼る以外方法はないものであらうか。何か東洋独自の精神の結合に似た一線はないのであらうか」という思考にまで陥っていく。ここでは、矢代よりも久慈のほうがはるかに「東亜」における「共同」を模索した横光の「アジアの問題」を忠実に再現していると言えるだろう。ところが、このような不安に駆られるたびに久慈には不意に「母」の存在が想起される。コンコルド広場の老いた古い女神の彫像を見ながら「突然、あれはお母さんの心配してゐる顔だ」と感じ、その後モンパルナスのキャバレで「なるべく母に似てゐさうな顔」の踊子を探すことまでする。

久慈の内部で「母」が現前する他の場面にも目を向けよう。先述した矢代の「非合理」によって戦争を肯定する議論と対峙した久慈は、それを笑う真紀子の態度も相まって、「煮えたぎつてくるやうな怒り」や「叫び出したいやうな腹立たしさ」が昂じてくる。久慈は周囲から「西洋」を否定されながら「アジアの問題」に接近せざるを得ない一方で、そのことに対する不安や怒りを自覚しつづけるのである。

「合理がないだなんて、そんな馬鹿なことがあるか。ちやんとあるよ。ここにだつてあるさ。」
「そんなものありませんよ。」

真紀子は薔薇を差す真似をしてから久慈の上着を脱がし、毛布の下へ彼を寝せようとしたが、また久慈はむつくりと起きて来た。

「あるぢやないか。見えるぞ。はつきり見えて咲いてゐるぞ。」

「何んて馬鹿なことをいふ人でせう。みんな咲いてますわ。」

「ふん、不合理が咲くか。」

真紀子は別れた前の良人を扱ひ馴れた手つきで器用に久慈の靴を脱がしズボンを脱がし、ネクタイも手早く引き脱してから彼を寝かした。仰向けになつて眼を瞑つてゐる久慈の眼から涙がしきりに流れて来た。


ここにおける久慈の「合理」の主張は、矢代の「非合理」と対照的にあるものではなく、むしろその「アジアの問題」に引き寄せられてしまうことで感じる不安の露呈と読むべきものである。久慈の涙は、「アジアの問題」によって戦争に意義を付与することに同調しきれない身体性の残滓を明るみに出す。その時ふたたび久慈の前に「母」が立ち現れる。その夜、久慈は「仕立てたばかりの格子模様の洋装で久慈の母が立つてゐた」という夢を見る。その「母」は真紀子との恋愛に沈みこむ久慈を一時的に留めたが、それよりはその夢を見た直後にホテルの外に飛び出し、深夜で誰一人もない通りで「整然たる理智の尊厳優美な冷やかさ」を美しく感じて、「これ以上の恋愛の対象」は「あれば母親たつた一人よりない」とする思考のほうが注目に値する。その後も、寝入っている深夜に訪ねるという「意想外の冒険」をするほど千鶴子に想いが傾くが、それも「マリアを訪ふつもりで戸を叩いた今までの決心も、変りはてた気持ちに転じ」てしまい、その「中心の取れぬ不安定さに、このやうなときこそ母が傍にゐてくれたら支柱もぴんと真直ぐに立つことだらう」と感じながら、久慈は頻りに「母に代る何者か」を欲するのである。

久慈において「母」は「アジアの問題」をめぐる不安に伴って想起され、「母に代る何者か」を求めて久慈を行動させている。つまり「母」は、戦時下の「アジアの問題」において「座標軸」が動いた不安定な立場や思想において、均衡を取り戻そうとする運動の原理として立ち現れるのである。しかし久慈からすれば、その「母」が「東洋の運命学」の信奉者であることは、いくら不愉快であっても逃れることのできない現実であった。それゆえ久慈は、なるべく「母」に似た顔の踊子を探したり、夢において「洋装」の「母」を想起したりする等、実際の「母」とは異なる「母に代る何者か」を模索するようになる。自身の科学主義や合理主義といった「西洋」的立場が、矢代や東野さらには実際の「母」が招来させる「東洋」の前に大きく揺らぎ、その不安の先に進むためには自身の信じる「西洋」以上に美しいもの――言い換えれば、「西洋」と「東洋」という文化論的対立を超越するような視座でなければならなかったからである。

繰り返しになるが、久慈は矢代と対極に位置するものとしては描かれていない。久慈は、「旅愁」の連載中断期に横光が『考へる葦』によって示した「アジアの問題」というコンテクストにおいて読まれる必要があり、矢代と同様にその志向を明確に実践する人物であることは疑いえない。しかし同時に、『考へる葦』における三つの短篇小説で見出された、戦争を正当化する論理としての「アジアの問題」に対する不安もまた留保していると見るべきである。言わば「旅愁」に描かれた久慈の姿は、日中開戦以後の言説のもとで「アジアの問題」に接近しながらもその過程に焦燥を禁じえなかった文学（者）の一面を照らし出すものだったと言いえるだろう。

最後に、本稿で確認してきた横光の「アジアの問題」が「旅愁」において持続困難となっていく事態に言及しておく。

その前兆はすでに、これまで論の対象としてきたテクストに見出される。「第二篇」後半になるにつれて「東洋」という語彙は控えられ、「日本」と「支那」とを分けることにより「西洋」との三者間の文化比較を試みるようになる。テクストはもはや、「日本」が「東洋」における「共同」を模索するという「アジアの問題」の目的を回避してしまっているのである。それゆえ矢代の「東洋主義」も「日本」を語るばかりとなり、結果として千鶴子が「カソリック」であることを問題とし始め、「あなたは物事を考へるのに、ヨーロッパを基準にして考へてゐるのですよ。しかし、僕はやはり日本を基準にして考へてますからね」と言うように、「日本（人）」内部における「日本」と「西洋」の文化論的対立へと矮小化せざるをえなくなる。

「十二月八日」は、その「日本（人）」を待ち受けていた。横光は、一九四二年一月の『文藝春秋』に載せられた「第三篇」の連載第一回の執筆も間もない頃にその日を迎えたことだろう。第二回から舞台も帰国後の「日本」に移り、矢代は千鶴子の「カソリック」を通じてその「日本」内部の「西洋」を超克するための原理を求めるようになる。その「日本」と「西洋」の文化論的対立を乗り越えようとする矢代の志向は、実は、本稿で検証した「アジアの問題」を前にした焦燥の先に立ち現れる「母」に「東洋」と「西洋」の文化論的対立の超克を期待した久慈の姿に近いものと思われる。矢代がその回答として見出した「古神道」という原理は、「第二篇」までの久慈の「アジアの問題」をめぐる焦燥から展開したものとして捉えなおす必要が生じるが、それが別稿にて論じるべき次なる課題となっていくだろう。

付記

本稿は、以下の拙稿における考察と一部内容の重複があることをお断り致します。

①古矢篤史「横光利一「旅愁」の遭遇した世界史――日本回帰の転換点」（『繍』二一、二〇〇九年）

②古矢篤史「横光利一「旅愁」と「日本的なもの」の盧溝橋事件前夜――一九三七年の「文学的日本主義」とその「先験」への問い」、（『昭和文学研究』六四、二〇一二年）

③古矢篤史「横光利一『上海』論のために――言語都市〈上海〉とその〈日本〉をめぐる表象の歴史性」（鈴木貞美・李征編『上海一〇〇年　日中文化交流の場所《トポス》』勉誠出版、二〇一三年）

東アジア連環画の連環——中国から日本、韓国へ

鳥羽耕史

とば・こうじ——早稲田大学文学学術院教授。専門は日本近代文学、戦後文化運動。主な著書に『運動体・安部公房』（一葉社、二〇〇七年）、『1950年代「記録」の時代』（河出書房新社、二〇一〇年）、『安部公房　メディアの越境者』（編著、森話社、二〇一三年）などがある。

一九五〇年代初頭の日本で出版された『日立物語』、『常東ものがたり　日立物語姉妹篇』、『ピカドン』、『花岡ものがたり』、『ぶたの歌』の五冊の本は、中国の連環画の形式で描かれた。それらの一部は中国語に訳され、また『花岡ものがたり』の版画は版画運動で有名な韓国の光州市に寄贈された。版画運動と連環画は東アジアを結ぶ。

一、日本における連環画の概要

一九五〇年代の日本において、生活記録、ルポルタージュ、ドキュメンタリーといった様々な形の「記録」が盛んに行なわれていたことは、拙著『1950年代——「記録」の時代』（河出書房新社、二〇一〇年）で概観した。本稿では、そうした様々な「記録」の中でも、中国の連環画形式に触発されて、一九五〇年から五一年の日本で出版された一連の出版物の意義と、それらを中心として見えてくる東アジア文化の広がりについて検討したい。

まず、ここで問題にする日本の出版物として、『日立物語』、『常東ものがたり　日立物語姉妹篇』、『ピカドン』、『花岡ものがたり』、『ぶたの歌』の五冊を概観しておこう。全労連・金属共編、大山茂雄《おおやましげお》、鈴木賢二《すずきけんじ》、新居広治《にいひろはる》、滝平二郎《たきだいらじろう》の四名の頭文字を取った合作ペンネームである押仁太《おすにた》作の名義で出版された『絵本　日立物語（1）』（以下『日立物語』と略称、ポツダム書店、一九五〇年八月）は、同年五月に告げられた日立製作所の労働者五五五五名の馘首に対する反対闘争である

日立争議をテーマとしたもので、ペン画と文章による絵本である。日本農民組合編、押仁太作画『常東ものがたり　日立物語姉妹篇』（一九五〇年）(1)では、日立から文工隊として農村に出た押仁太のメンバーが見た農村の現実とそこでの闘争が、やはりペン画と文章によって描かれる。丸木位里《まるきいり》、赤松俊子《あかまつとしこ》（のちの丸木俊《とし》）の二人によって描かれた平和を守る会篇『ピカドン』（ポツダム書店、一九五〇年八月）は、その後『原爆の図』を長く描き継ぐことになる二人によるペン画の絵本で、広島に原爆が落ちた日のことを多角的に捉えたものである。中日友好協会編『花岡ものがたり』（一九五一年五月）は新居広治、滝平二郎、牧大介《まきだいすけ》の三名が押仁太の実践の延長上で実現した木刻連環画形式の絵本で、一九四五年六月末に起きた花岡事件、すなわち秋田県花岡鉱山での中国人労働者蜂起と、その鎮圧と虐殺の模様を描いたものである。タカクラ・テル（高倉輝）が文章を、スズキ・ケンジ（鈴木賢二）が絵を描いた『ぶたの歌』（理論社、一九五一年一〇月）は、表紙に「版画とローマ字」とある通り、鈴木の版画の下に高倉の簡略な文章をカタカナのふりがな付きのローマ字で示し、それに続いて漢字仮名交じりで高倉式表音仮名遣いの「ぶたの歌」全文、鈴木の「版画わ　こーやれば　出来る」というマニュアルなどを入れた本だ。「ぶたの歌」自体は貧農の「おれ」ことイトさんの家に養子に来たトラさんが、地主のマスジンに追い出されるが、兵隊に行ってシベリア抑留から帰ってくると共産党の文工隊として世相風刺のぶたの歌を歌う、というものだ。

　これらの中で、B5判の『ぶたの歌』を除く四冊は、小さな横長の本であるという共通点を持っているが、これこそは中国の連環画の判型なのである。連環画とは一九三〇年代から中国で流行した、子供向け、あるいは通俗的な絵本の形式だったが、一九四九年の中華人民共和国成立以降は改革が行なわれ、抗日戦争の中での英雄を描くような作品が次々と作られるようになっていった。そしてその形式は、鹿地亘《かじわたる》夫人であり、魯迅や郭沫若とも親交のあった池田幸子《さちこ》によって日本に紹介された。さらに自宅を売却した資金まで提供したという彼女の献身的な援助によって成立したのが、『日立物語』にはじまり『花岡ものがたり』に至る一連の押仁太グループの連環画と『ピカドン』なのだ。(2)

二、日本の連環画が描いたもの

（一）戦争末亡人の視点で争議を描く『日立物語』（図1）

　これらの連環画の内容を見てみよう。『日立物語』は、六月十日の空襲で夫を亡くし、工場に勤めて「細腕で一家五人

の暮しを支えて」いる助川春江を主人公に、五五五五人の首キリに対抗する「日立労働者三万二千の総けつ起」の様子

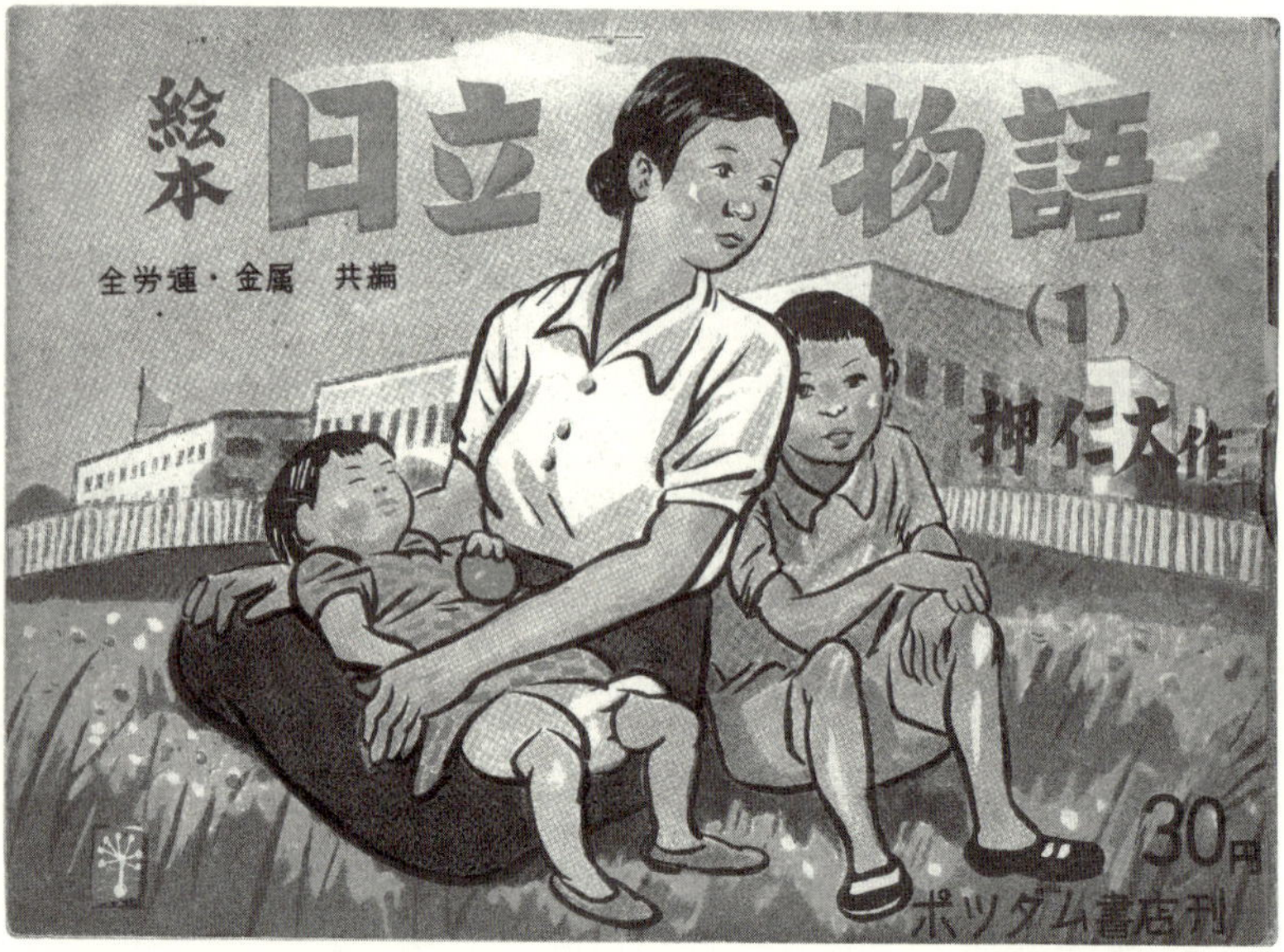

図1　全労連・金属共編、押仁太作『絵本　日立物語（1）』（ポツダム書店、1950年8月）表紙

を描いている。「いまやめたら退職金がよけいもらえる」というビラをまく会社側の人間や、バリケードを築いて「豚小屋のような臭い」のする工場長室にとじこもる部課長は暗く陰鬱に描かれ、赤旗を掲げる組合側の人々の凛々しい姿と対照的である。六月三日の参議院選挙を控え、「労使決戦の地茨城を見に来た吉田首相は、水戸で怒りにもえた労働者の大かん迎をうけ、ついに日立に足を入れることができなかつた」という首相の黒塗りの車が赤旗を持つ労働者たちに囲まれるシーン、「「戦争か、平和か、独立か、奴隷か」を決する選挙の投票が迫つた六月三日、日立総連は全自動車、金属とともに全国一せいのゼネストを断行した」という工場前の広場に赤旗を持つ労働者たちが集結し、前景に女性と子供たちの見える見開きのシーンがハイライトになっている。「参議院選挙もすみ、共産党はじめ民主団体に対する弾圧がはじまつた。／思い出ふかい六月十日、春江にとつても忘れることのできない六月十日、日立の労働者は平和を守る大会をひらいた」という大会において、小林副闘争委員長の爆撃の話ではじまる演説から、物語は春江の回想シーンに入る。夫にかわって工場につとめるようになったが、安い賃金でこきつかわれ、部課長に「昔ながらの日立魂とよばれる家族主義」を押しつけられる中で、組合は「社員と行員の差別てつぱい」

などの要求から四月五日に闘争に入る。その後一〇ページほどは、全国二十八ヶ所の日立の工場を地図で示した後、四コママンガや一コママンガの形で政治家や日経連に操られて首切りに奔走する日立の幹部の姿を描いたり、平和産業よりも軍需産業を優先し、中国からの注文を断る会社の姿、そして「□（文字欠、以下同）〇億円といわれている沖縄、南鮮向け軍需品は、アジアの民族を殺□【す】のだとどこの職場でも反対している」という労働者と会社幹部の姿などを戯画的に描いたりしている。また、「「敗戦国の日本人は快的《ママ》な旅行をしてはいけない」といわれたので、電化の仕事はパッタリとまつた。新車はもちろん修理もやらない。これでは国鉄に事故がおきるのもむりはない」と工場内の電車と脱線した電車とを描くシーンが、下山、三鷹、松川事件などを暗示しているのも注目される。

「春江のところでもお節句というのにお飾りどころか柏餅もつくれない」というところから現在に近づいた春江の回想は、六月分の給料を会社が遅らせた騒動や集団出勤の組合員の切り崩しにかかる部課長と手先のシーンあたりで六月十日現在に近づき、七月六日に小林副闘争委員長以下十二名が検束され春江も呼び出されたところで新しい展開に入る。会社側の工場閉鎖、組合側の無期限ストで持久戦に入る中、七月十一日に常東の農民組合がジャガ芋その他の食糧を届けて激励に来るシーンや、鉱山、炭坑、農村への行動隊の宣伝活動のためのビラを刷るシーン、そして春江がビラ貼りにかけまわるシーンなどが描かれる。六十四コマ目となる最終シーンに付された文章は次のようである。

　無期限ストに入つてから五日。新聞、ラヂオのデマに迷はさせないように、組合は社宅や犠牲者の家族を訪れて慰問した。春江は「こゝでくずれたら、日本の労働者はぜんぶドレイです。またまた戦争の犠牲になるだけです。闘いはこれからです。しつかりやりましよう。」と激励した。

　きこえてくる盆おどりの太鼓に、いつしよにきた春江の父は手拍子とつて踊りながら子供たちをあやすのだつた。（つずく）

最初の見開きページには「日立音頭」の闘争的な歌詞が掲げられていたので、こうして一旦閉じられた物語は、この冊子の冒頭との円環構造をなすことになると同時に、続く『常東ものがたり　日立物語姉妹篇』を予告するものともなっている。

図2　日本農民組合編、押仁太作画『常東ものがたり　日立物語姉妹篇』(1950年) 表紙

(二) 農民組合の闘争を解説する『常東ものがたり　日立物語姉妹篇』(図2)

続く『常東ものがたり　日立物語姉妹篇』は、副題通り『日立物語』の後半に描かれた行動隊が学んだ、常東の農民組合の闘争の様子が描かれている。見開きには「みなさんへ」として次のように記されている。

この絵本わ、争議中の日立の労働者が、その目でみた、かがやかしい闘争の歴史をもつている常東農民のありのままのすがたをおもしろく、たのしめるようにかいてある。

はげしいたたかいのさなか、日立五千の要望をにない、労農ていけいのじつをあげようと、文工隊第一班は、銀輪をはしらせて常東え出発した。

そこでわ、もう、外国製の戦争税だとまでささやかれている、天下の悪税—地方税法とはどんなものか、これをはらいのけるにはどうすればよいか、村のより合いや、農民組合のあつまりなど□【で】わ、この問題でもちきつていた。

悪税にくるし□□【めら】れている人たちのためにこの絵本わただ□□□【しくし】かも親切に手引いてくれる。

この「ものがたり」は、『日立物語』のように主人公を立てず、コマ番号1から16までは村々に一つずつのトピックを割り振って構成している。「1　常東え」という自転車の行動隊を描いた扉絵の後、「2　日立え食糧を――徳宿村」「3　山の上から――津澄村」「4　夜道――武田村」「5　あいのこ――要村」「6　山林をよこせ――小高村」「7　おはげみなせえ――巴村」「8　お灸――新宮村」「9　夢みる青年――白鳥村」「10　血族結婚――大同村」「11　水害対策本部龍ヶ崎（常総）」「12　水にのまれた村　高須村（常総）」「13　大かんげい――谷田部」「14　沙漠――波崎えの道」「15　街頭で――波崎町」「16　市村さんのはなし――常東本部」とそれぞれの村のスケッチがなされ、折り込みの「常東略図」が各村の位置関係を示す、という形である。そして「17　ひどすぎる小作料」「18　ぜいたくな地主たち」「19　戦争の犠牲」までは場所を特定せずに農民たちの問題を描いた後、「20　たちあがる農民」の「八月十五日、長い戦争がおわつた。／常東でわ、時をうつさずたたかいがはじまつた。かつての日農の闘士大西俊夫さん、菊地さんが山口さんの家にあつまつて、日農再建の準備をすすめた」から、戦後の農民たちの闘いの物語がはじまることになる。一九四五年十一月の日農支部による小作料減免闘争にはじまり、翌年一月十五日の常東農民組合結成、二月末の友末知事による供米督励に対する三月から四月にかけての強権供出反対農民大会、第一回衆議院選挙での山口武秀の擁立、土地取上反対闘争、六月の鉾田飛行場の奪還、九月の第二回大会で労働者との提携を拒んだ社会党右派との対立、同月の山林解放闘争、十一月の第二回農民組合大会、一九四七年の二・一ストでの教員との共闘などが描かれる。五月二十日の日農県連第三回大会にはじまる「敵の総大将幡仙」との闘いが一つの山場で、入会地の権利をめぐる「46　論山」から、農地改革反対運動をやらず未墾地山林も解放すると地主に誓約させる「57　常東勝つ！」まで、見開きページも含んだ闘争描写が続く。そして「60　悪税とのたたかい」からは国家権力との闘いに移り、三月の所得税更生決定通知にはじまる減額の闘い、反税大会、第五回大会からの反戦・平和闘争、一九四九年の政府の供出割当への「無効宣言」と五〇年初夏までの供米闘争などが描かれる。「73　税金こん談会」の後から「91　地主の代理人まで政府の税金の仕組みや問題点の解説が語られ、「92　まつたなしの差押え」から「111　だんあつをはねのけて」までが差押えに対抗する具体的な手段の説明になっている。「112　磯浜え磯浜え」での見開きから「126　青年も」までは実際の税務署の襲撃とそれに対する対抗の事例が紹介され、「127　日立の労働者え」では文工隊で訪れた日立の労働者たちとの懇談場面、「128　さよなら」と「129　かへりみち」では翌朝

自転車で日立に帰っていく文工隊の労働者たちが「日立え帰つたらしつかりやろう!」と語り合う様子が描かれる。この

図3　中日友好協会編『花岡ものがたり』(1951年5月) 表紙

冊子でのペン画はマンガ的な表現が多く、啓蒙的解説冊子と呼ぶしかないが、「54　現原え」と続く見開きの絵は、現地へ急行する群像を躍動的に描いているだけでなく、『花岡ものがたり』七一頁の「秋葉山え」の構図への連続性もある。ただの啓蒙にとどまらない表現の質を見出していくことも可能だと言えるだろう。

(三) 秋田の方言で中国人労働者の悲劇を語る『花岡ものがたり』(図3)

翌一九五一年五月に発行された中日友好協会編『花岡ものがたり』は、押仁太の四人から大山茂雄と鈴木賢二が抜け、新居広治と滝平二郎に牧大介が加わって制作されたものである。絵には初めて木刻（木版画）が用いられ、同時代の日立を離れて戦争末期、一九四五年六月末に起きた花岡事件のことが扱われている。見開きに「花岡ぶし」の楽譜と「花岡を忘れるな」のスローガンと版画、次の頁に歌詞を掲げた構成は、見開きに「日立音頭」の歌詞を掲げた『日立物語』のものに近い。しかし「金《カナ》くそ」と題された四頁の本文がはじまると、その質の違いは明白になる。「地ごくサ　まるで　この山ア／山からあふれるカナくそ／カナくそでうずまつてゆく田んぼ／つた百姓がた　むしろ旗おし立て〳〵／鉱山《やま》さかけあつたこともあつたド」というように、全編が秋田での

取材に基づく地元の方言での語りになっているのだ。この後、一六頁の「きんろう報国隊」までは、徴用されてきて「たたかつた朝鮮のひとがた」も含めた戦時下の日本人・朝鮮人へのひどい仕打ちが語られ、一八頁の「三本の汽車」から日本軍につかまって連れられてきた中国人たちの境遇が語られる。四四頁「ばくおん」でB29の音を聞いた中国人たちは「時がきた！」と感じて「ひみつの会議」を開き、「総けつき」する。「かどでの血祭り」に「民族のうらぎりもの」の監督を殺し、「よいカントクわ」逃がす。六〇頁の「鉱山でわ」から会社側の視点になり、通報を受けた会社の上役や県の特高課長らが慌てふためき、朝鮮人を坑内にとじこめ、日本人労働者を山狩りにかりたてる様子が描かれる。「関東しんさいのときの　不てい鮮人のごとく／中国のホリヨわ　ぼう動をたくらみ／すでに　陛下の赤子数名をざん殺した」といった虚偽の歴史認識に基づく六六頁の「山がりの訓示」の後は、再び中国人側に視点が移り、「秋葉山の石合戦」から次第に劣勢になっていく闘いが描かれる。七六頁の「たぬきじる」以下、「ひろばのごう問」「血だまり」「草だんご」「針がね」「死体」「白骨」では、蜂起失敗後の中国人たちの惨殺に至る経過が語られる。そして九〇頁の「戦争わおわつた」以下では、戦後における戦犯処罰の不十分さや、殺された中国人らの葬儀の様子、そしてこの事件を知った郭沫若の言葉が引用され、一一〇頁の「わすれるな」というスローガン詩で結ばれている。日本中国友好協会文化部名義の「あとがき」は、「この困難な、画期的事業を遂行された関係者各位に感謝するとともに、読者の一人一人が絵本を日本のすみずみまで普及する一大国民運動に参加されんことを期待してやまない」としている。

（四）「おばあさん」の視点で原爆を記録した『ピカドン』（図4）

『ピカドン』は丸木位里、赤松俊子の合作で描かれた横書きの連環画絵本である。タイトル下におばあさんの絵が描かれた表紙をめくると、見開きに「ヒロシマの三瀧の町のおばあさんわピカでおぢいさんに先だたれ、孫の留吉に、ひるも夜も、若い日織つたはたの糸のように、ピカの話をかたりつづけています。／『まるで地獄じや、ゆうれいの行列じや、火の海じや。鬼の姿が見えぬから、この世の事とわ思うたが』／『ピカは人が落さにや落ちてこん』」といったおばあさんの語りがはじまるという形をとっている。次頁の「その朝」からはじまる本文はノンブルなしで、「おぢいさんとおばあさん」が三瀧から土橋へ建物疎開でこわされた家の木をもらいにいくところからはじまり、家について木をおろすシーン、おじいさんの水浴びのシーンまでは平和だった朝が「八時でした。ピカツと光りました」という「おばあさん」

図4　平和を守る会篇『ピカドン』（ポツダム書店、1950年8月）表紙

のシーンから暗転する。おばあさんが「宇品が見える！」と驚いた後、被爆直前に洗濯物を干していたら「明るい青い光」を浴びた娘のシーンに切り替わり、続いておばあさんたちと「入れかわり」で土橋へ疎開していった人々に己斐町へ逃げよという命令が出たこと、己斐町の学校が死体の山になっていること、そして田舎の畳工場から帰ってきた山本さんが変わり果てた妻に出会ったことなどが語られる。その後「足が二本、ぴつたりとコンクート《ママ》の路の上にはりついて、つつ立つていました」という「爆心地には」に続き、生きているように亡くなった娘さんを描く「爆心地」、そしてタイトルなしで黒焦げの木々を描き「爆心地の話をつたえてくれる人は、いません」という当事者と証言者の問題の核心をつく有名なシーンとなる。その後は各地の被爆の様子を描いたスケッチが続き、おじいさんとおばあさんの一家の「その夜」を描いたシーンをはさんで、加計町（四八キロの地点）に住んでいたおばあさんの二番目の息子の二郎がおばあさんを探して歩く数ページ、カンパンの配給におばあさんの孫たちが並ぶシーン、様々な原爆症の症状を描くシーンが続く。飯室に住んでいたおばあさんのいとこの與一爺さんが運悪く前日に山手の息子のところに行って被爆したことが描かれ、彼らの家族が亡くなった後、おじいさんとおばあさんが畑に穴

を掘って焼いたことも描かれる。そしておじいさんが翌年の春早く死んだ後、おばあさんが「真赤な花やかあいゝ鳩」などの「明るい絵」を描くようになったことが語られた後、おばあさんの絵のモチーフであり平和の象徴でもある鳩が一羽、大きく描かれてこの連環画は幕を閉じる。後扉には七月二十七日にポツダム宣言が出た後、「軍の首脳や政府は、天皇の位だけわどうぞおいて下さいとか、いろいろ連合国と取引きをして」いたが、「もし、こんなおそろしいものが八月六日に落ちてくるのがわかつていたら、日本国中、みんなで、／戦争わやめて下さい、と叫んだにちがいありませんでした」と語られている。

図5　タカクラ・テル作、スズキ・ケンジ画『ぶたの歌』（理論社、1951年10月）表紙

この「おばあさん」のモデルは丸木位里の母・丸木スマである。三滝町で被爆したスマは、一九四九年に丸木位里・俊夫妻に絵の手ほどきを受けて第一回広島県美術展に初出品で入選し、『ピカドン』が出版される年の四月に開催された第四回女流画家協会展でも七十五歳で初入選を果たした。童画にも近い無垢な絵を描くおばあさんの視点を中心に据えることで、この連環画はイデオロギー的なものとなることを免れ、原爆を記録した作品の中でも長く記憶されるものとなったのである。

（五）多色刷り木版画による『ぶたの歌』と版画運動への誘い（図5）

先にも簡単に述べたように、『ぶたの歌』は他の四冊とは異なる体裁と内容を持った本である。目次は「版画・buta no uta」「小説・ぶたの歌」「版画わこーすれば出来る」「このえ本について」の四つのパートで構成されており、そのうち最初の「版画・buta no uta」の部分が三十六の版画とカナルビつきローマ字との木刻連環画のスタイルで描かれている。「1 tora san《トラ サン》」から「5 toriire《トリイレ》」まではトラさんが「おれ」の家に養子に来たことと、村での日常生活が描かれ、「6 zinusi《ジヌシ》」から「18 hûhuwakare《フーフワカレ》」で地主のマスジンの家に下働きに行った「おれ」がマスジンに手込めにされそうになって逃げ帰り、マスジンと喧嘩をしたトラさんが村を追放されるまでが描かれる。「19 tebusoku《テブソク》」から「25 manbiki《マンビキ》」までで「おれ」の家が手不足になって窮迫し、不景気で値下がりした豚の子を川へ流し、「おれ」を女郎屋に売り、子供のヨシオも病死し、その葬式で再会したトラさんも万引きで捕まる、ということが語られる。「26 kôba e《コーバエ》」「27 kûshû《クーシュー》」「28 haisen《ハイセン》」は、「おれ」が町の工場で働くようになったが空襲で工場もめちゃくちゃになり、友達も大勢死傷した、という戦争の話である。「29 keiki《ケイキ》」と「30 tomurai《トムライ》」では敗戦直後、景気が良くなって再び豚を飼うことと、父の死と共に景気も悪くなったことが語られる。そして「31 yuki no asa《ユキノアサ》」から「36 ato o ou《アトオオウ》」までで、シベリアから帰ってきたトラさんが公会堂での「ぶたの歌」を歌い、選挙でのマスジンとの喧嘩を語りながら去って行こうとするのを、「おれ」が泣きながら追いかけるラストまでが描かれている。

社会で虐げられてきた「おれ」やトラさんの階級的な目覚めを描くこの連環画は、今回扱っている中で唯一多色刷りされた鈴木賢二の木版画の力もあり、強い印象を与える作品となっている。ローマ字表記はかえって受容層を狭めることになったかもしれないが、カタカナでストーリーを追うことはできるし、後のページに付された高倉輝の本文を読めば、より詳細に内容を知ることができる。さらに鈴木による「版画わ　こーやれば　出来る」というマニュアルによって、読者は次の作者となることが要請されているとも言える。版画運動や連環画のさらなる展開への想像力をかき立てられる本である。

三、版画と連環画に見る中国、日本、韓国の相互交流

(一) 中国の木刻運動から日本の版画運動へ

これら、『花岡ものがたり』と『ぶたの歌』で使われた版画というメディアは、浮世絵や錦絵などの日本の伝統に根ざすものというよりは、魯迅にはじまる中国の版画運動の流れに連なるものだ。木刻運動と呼ばれた中国の版画運動は、医学を学ぶために日本の東北大学に留学した後、志を作家に変えた魯迅の提唱によって大きな広がりを見せた。一九二八年に朝花社を設立した彼は、ケーテ・コルヴィッツをはじめとするヨーロッパの版画の精神を学び、日本の創作版画運動の「自画、自刻、自摺」という方法を受け継ぎながら、中国新

興木刻運動を提唱した。この運動の戦後日本への紹介は、一九四六年九月に上海で開かれた中華全国木刻協会「抗戦八年木刻展覧会」を見た島田政雄《しまだまさお》が、帰国後に『中国資料』第三号（中日文化研究所、一九四七年）でその様子を報告したあたりに端を発するようである。一九四七年以降は展覧会や雑誌や共産党の新聞『アカハタ』などで中国版画が紹介されるようになり、『中国初期木刻集』（日本華僑新集体版画協会、一九四七年）、李平凡編『中華人民版画集』（三一書房、一九四九年）、『中国木刻集』（中日文化研究所、一九五〇年）などの版画集も出版された。さらに秋田県からは武野武治《むのたけじ》編『中国の木刻画第一・二集』（たいまつ新聞社、一九五二年）なども出ており、全国的な広がりが見られる。そうした流れの中で、一九四九年十二月には鈴木賢二、上野誠《うえのまこと》、大田耕士《おおたこうし》、滝平二郎、飯《いい》野農夫也《ののぶや》、新居広治らによって日本版画運動協会が結成された。無着成恭《むちゃくせいきょう》編『山びこ学校』（青銅社、一九五一年）などの生活綴方に端を発する生活記録運動が流行する中で、彼らは大田耕士『版画の教室　生活版画の手びき』（青銅社、一九五二年）、上野誠『生活版画』（明治図書、一九五六年）などで「生活綴方の「弟」」（大田耕士）としての生活を描く生活版画の普及活動を教育現場で進める一方、彼らの一部が押仁太グループを形成することになったのである。

（二）日本の連環画の中国、韓国への道筋

この時代の文学や絵画における日中間の交流は、このような中国から日本への流ればかりではない。先の『花岡ものがたり』は、五年後にやはり版画家である李平凡によって『花岡惨案』（人民美術出版社、一九五六年）として中国で翻訳出版された。また、戦後におけるプロレタリア文学の雑誌であった『人民文学』に掲載され、理論社から出版された高倉輝・鈴木賢二『ぶたの歌』は、高倉輝著、蕭蕭譯、鈴木賢二插圖『猪的歌（文學初歩讀物）』（人民文學出版社、一九五五年）として翻訳出版された後、さらに高倉輝著、路瑛譯『肥猪的歌』（文字改革出版社、一九五八年）としても出版されている。毛沢東主義の色濃かった『人民文学』には、版画運動その他の中国からの影響が多く見られるが、一九五〇年代半ばには逆方向の影響も生まれるようになったのである。さらに『ピカドン』と『ぶたの歌』はエスペラント語などにも翻訳され、国際的な広がりを持つようになっていった。当時の大韓民国や朝鮮民主主義人民共和国におけるこの種の翻訳はまだ発見できていないが、日本語のまま受容されていた可能性もあるだろう。ただ、日韓の関係を考える上では、『花岡ものがたり』の辿った道筋はまことに興味深いものがある。

一九七一年に『花岡ものがたり』の最初の復刻版が「花岡

の地日中不再戦友好碑を守る会」によって出版されると、この本は花岡事件の記憶と共に蘇ることになった。永く花岡事件の調査を続けていた野添憲治は、さらにその十年後、幻となっていたこの本の版木を関係者宅から見つけ出し、初版の誤りなどを正した改訂版を一九八一年に無明舎出版から、一九九四年に御茶の水書房から出版した。その四年後、在日韓国人で光州市立美術館名誉館長の河正雄《ハジョンウン》は、「花岡の地日中不再戦友好碑を守る会」会員の富樫康雄《とがしやすお》の案内で花岡事件の現場を訪れた。そこで富樫からもらった『花岡ものがたり』を開いた河は、あとがきに次のような言葉を見出した。

この絵物語は平和を愛し、日本を愛し、日中両国の永遠の友好を願う人々によって、一大国民運動を起こすために作られた。あらゆる困難をおかして、闇に葬られようとしている事件の真相について、調査に調査を重ね、これを本当に活き活きとした芸術作品として表現するために、討論し、修正し、それこそ血の出るような努力が積み重ねられた。この作品は在日華僑四万と日本の民衆の間に起こされた日中友好運動の力に支えられ、また、現地秋田の鉱山、山林労働者、農民及び民主的な団体とその運動に援助されつつ、友好運動者、画家、詩人、文学者、音楽家そのた多くの人々の集団制作として生まれたものである。

「私は日中を日韓、在日華僑を在日同胞と置き換えこの文を読んだ」という河は、光州市立美術館への版画の寄贈を求め、それは「花岡の地日中不再戦友好碑を守る会」会長の奥山昭五《おくやましょうご》によってかなえられた。この版画はハングルに翻訳された物語詩と共に同美術館に収められ、二〇〇四年には「花岡ものがたり展（하나오카이야기전）」が実現したのである。

そもそも光州は、一九八〇年五月の光州事件の舞台であり、それを版画と詩で記録した洪成潭《ホンソンダム》の「光州民衆抗争連作版画」を生んだ地であった。洪らの版画運動に、どれほど中国や日本との関わりがあるのか、まだ調査できていないが、この地に二つの木刻連環画が共存することになった意義は大きい。これに象徴されるように、東アジアの政治体制の違いや、歴史認識の違いといった大きな境界を越えるような動きを見せたのが、版画運動と連環画の世界なのである。

注

（1）『常東ものがたり　日立物語姉妹篇』だけは原本が発見できず、藤田耕造氏制作・所蔵の復刻版およびコピーを借覧した。

（2）伊藤克『悲しみの海を越えて』（講談社、一九八二年）三三五―三三七頁、小沢節子『「原爆の図」　描かれた〈記憶〉、語られた〈絵画〉』（岩波書店、二〇〇二年）一〇九頁。

あとがき

王　勇

二〇一三年二月二日、早稲田大学日本古典籍研究所と浙江工商大学東アジア文化研究院（今は東アジア研究院と改名）との共催により、「文化の衝突と融合――東アジアの視点から」と題する学術シンポジウムは早稲田大学戸山キャンパスにて開催された。

中日関係が決して好ましくない時期にこそ、このシンポジウムの趣旨と開催は内外の有識者より嘱目され、日本の国際交流基金、早稲田大学の国際日本文学・文化研究所と文化構想学部多元文化論系が後援者に加わり、当日の会場にお越しの聴衆の数も予想をはるかに超えた。主催者側としては嬉しく思い、心強いものだった。

二〇一一年七月に早稲田大学日本古典籍研究所と学術交流協定を締結して以来、相互に活発な交流活動を展開し、二〇一一年に杭州で開催された「東アジアの漢籍遺産――奈良を中心として」国際シンポジウムにひきつづき、二年後の二〇一三年二月に東京で挙行された本シンポジウムはその継続である。河野貴美子教授のご尽力にて、今回も論文集の出版を勉誠出版にお願いした。本論集の編集に携わった吉田祐輔氏、武内可夏子氏、大橋裕和氏に心より御礼を申し上げます。

本論集に収録したシンポジウム当日のご報告、その後に依頼した特別寄稿は、著者のそれぞれの専門分野において高見卓識を開陳しておられるが、「衝突」は異文化交渉において不可避のプロセスであり、「融合」こそ千年来の文化交流史に学ぶべき経験である点に共通性がみられると思う。

末筆ながら、私どもの原稿提出および校正の遅延で、関係者各氏に多大なご迷惑をおかけしたことを申し訳なく存じる。

二〇一六年五月一日

編者
河野貴美子　早稲田大学教授
王　　勇　浙江大学教授
浙江工商大学東亜研究院院長

執筆者一覧（掲載順）
新川登亀男　高松寿夫　葛　継勇　鈴木正信
柳川　響　陳　小法　張　徐依　鄭　潔西
朱　子昊　呂　順長　緑川真知子　古矢篤史
鳥羽耕史

【アジア遊学199】
衝突《しょうとつ》と融合《ゆうごう》の東《ひがし》アジア文化史《ぶんかし》

2016年8月10日　初版発行
編　者　河野貴美子《こうのきみこ》・王勇《おうゆう》
発行者　池嶋洋次
発行所　勉誠出版株式会社
〒101-0051　東京都千代田区神田神保町3-10-2
TEL：(03)5215-9021(代)　FAX：(03)5215-9025
〈出版詳細情報〉http://bensei.jp/

編　集　吉田祐輔・武内可夏子・大橋裕和
営　業　山田智久・坂田　亮

印刷・製本　太平印刷社
装丁　水橋真奈美（ヒロ工房）

ISBN978-4-585-22665-9　C1398

191 ジェンダーの中国史

192 シルクロードの来世観

189 喧嘩から戦争へ　戦いの人類誌

190 島津重豪と薩摩の学問・文化　近世後期博物大名の視野の実践

ムスリム女性の婚資と相続分—イラン史研究からの視座　阿部尚史
視点◎魔女裁判と女性像の変容—近世ドイツの事例から　三成美保

Ⅳ 妊娠・出産・育児

出産の社会史—床屋外科医と「モノ」との親和性　長谷川まゆ帆
植民地における「遺棄」と女性たち—混血児隔離政策の世界史的展開　水谷智
視座◎日本女性を世界史の中に置く
「近代」に生きた女性たち—新しい知識や思想と家庭生活のはざまで言葉を紡ぐ　後藤絵美

Ⅴ 移動

近世インド・港町の西欧系居留民社会における女性　和田郁子
店が無いのにモノが溢れる?—十八世紀ケープタウンにおける在宅物品交換と女性　杉浦未樹
ある「愛」の肖像—オランダ領東インドの「雑婚」をめぐる諸相　吉田信
フォーカス◎十七世紀、異国に生きた日本女性の生活—新出史料をもとに　白石広子

Ⅵ 老い

女性の長寿を祝う—日本近世の武家を事例に　柳谷慶子
身に着ける歴史としてのファッション—個人史と社会史の交差に見るエジプト都市部の老齢ムスリマの衣服　鳥山純子

187 怪異を媒介するもの

はじめに　大江篤

Ⅰ　記す・伝える

霊験寺院の造仏伝承—怪異・霊験譚の伝播・伝承　大江　篤
『風土記』と『儀式帳』—恠異と神話の媒介者たち　榎村寛之
【コラム】境界を越えるもの—『出雲国風土記』の鬼と神　久禮旦雄
奈良時代・仏典注釈と霊異—善珠『本願薬師経鈔』と「起屍鬼」　山口敦史
【コラム】古文辞学から見る「怪」—荻生徂徠『訳文筌蹄』『論語徴』などから　木場貴俊
「妖怪名彙」ができるまで　化野燐

Ⅱ　語る・あらわす

メディアとしての能と怪異　久留島元
江戸の知識人と〈怪異〉への態度—“幽冥の談”を軸に　今井秀和
【コラム】怪異が現れる場所としての軒・屋根・天井　山本陽子
クダンと見世物　笹方政紀
【コラム】霊を捉える—心霊学と近代の作家たち　一柳廣孝
「静坐」する柳田国男　村上紀夫

Ⅲ　読み解く・鎮める

遣唐使の慰霊　山田雄司
安倍吉平が送った「七十二星鎮」　水口幹記
【コラム】戸隠御師と白澤　熊澤美弓
天変を読み解く—天保十四年白気出現一件　杉岳志
【コラム】陰陽頭土御門晴親と「怪異」　梅田千尋
吉備の陰陽師　上原大夫　木下浩

Ⅳ　辿る・比べる

王充『論衡』の世界観を読む—災異と怪異、鬼神をめぐって　佐々木聡
中国の仏教者と予言・讖詩—仏教流入期から南北朝時代まで　佐野誠子
【コラム】中国の怪夢と占夢　清水洋子
中国中世における陰陽家の第一人者—蕭吉の学と術　余欣(翻訳:佐々木聡・大野裕司)
台湾道教の異常死者救済儀礼　山田明広
【コラム】琉球の占術文献と占者　山里純一
【コラム】韓国の暦書の暦注　全勇勳
アラブ地域における夢の伝承　近藤久美子
【コラム】〈驚異〉を媒介する旅人　山中由里子

188 日本古代の「漢」と「和」　嵯峨朝の文学から考える

はじめに　山本登朗

Ⅰ　嵯峨朝の「漢」と「和」

「国風」の味わい—嵯峨朝の文学を唐の詩集から照らす　ヴィーブケ・デーネーケ
勅撰集の編纂をめぐって—嵯峨朝に於ける「文章経国」の受容再論　滝川幸司
唐代長短句詞「漁歌」の伝来—嵯峨朝文学と中唐の詩詞　長谷部剛
嵯峨朝詩壇における中唐詩受容　新間一美

185「近世化」論と日本　「東アジア」の捉え方をめぐって

186 世界史のなかの女性たち

アジア遊学既刊紹介

183 上海租界の劇場文化 混淆・雑居する多言語空間

はじめに 「上海租界の劇場文化」の世界にようこそ 大橋毅彦

Ⅰ 多国籍都市の中のライシャム

上海の外国人社会とライシャム劇場 **藤田拓之**

沸きたつライシャム―多言語メディア空間の中で **大橋毅彦**

ライシャム劇場、一九四〇年代の先進性―亡命者たちが創出した楽壇とバレエ **井口淳子**

上海の劇場で日本人が見た夢 **榎本泰子**

日中戦争期上海で踊る―交錯する身体メディア・プロパガンダ **星野幸代**

Ⅱ 〈中国人〉にとっての蘭心

ライシャム劇場における中国芸術音楽―各国語の新聞を通して見る **趙怡**

蘭心大戯院―近代中国音楽家、揺籃の場として **趙維平**

ライシャム劇場(蘭心大戯院)と中国話劇―上海聯芸劇社『文天祥』を中心に **瀬戸宏**

LYCEUMから蘭心へ―日中戦争期における蘭心劇場 **邵迎建**

コラム 上海租界・劇場資料

1．ライシャムシアター・上海史年表

2．オールド上海 劇場マップ

3．ライシャムシアター関係図

4．ライシャム関連主要団体・人物解説

Ⅲ 乱反射する上海租界劇場芸術

「吼えろ支那！」の転生とアジア―反帝国主義から反英、反米へ **春名徹**

楊樹浦における上海ユダヤ避難民の芸術文化―ライシャムなど租界中心部との関連性 **関根真保**

上海の伝統劇と劇場―上海空間、「連台本戯」、メディア **藤野真子**

神戸華僑作曲家・梁楽音と戦時上海の流行音楽 **西村正男**

上海租界劇場アニメーション上映史考―『ミッキー・マウス』、『鉄扇公主』、『桃太郎の海鷲』を中心に **秦剛**

184 日韓の書誌学と古典籍

はじめに **今西祐一郎**

日韓書物交流の軌跡 **大高洋司**

第Ⅰ部 韓国古典籍と日本

日本現存朝鮮本とその研究 **藤本幸夫**

韓国古文献の基礎知識 **奉成奇(翻訳：金子祐樹)**

韓国国立中央博物館所蔵活字の意義 **李載貞(翻訳：李仙喜)**

高麗大蔵経についての新たな見解 **柳富鉉(翻訳：中野耕太)**

【コラム】通度寺の仏書刊行と聖宝博物館 **松本真輔**

日本古典籍における中世末期の表紙の変化について―朝鮮本と和本を繋ぐもう一つの視座 **佐々木孝浩**

古活字版の黎明―相反する二つの面 **入口敦志**

韓国国立中央図書館所蔵琉球『選日通書』について **陳捷**

【コラム】古典籍が結ぶ共感と情感 **金貞禮**

【コラム】韓国で日本の古典を教えながら **兪玉姫**

【コラム】韓国国立中央図書館所蔵の日本関係資料 **安惠璟(翻訳：中尾道子)**

【コラム】韓国国立中央図書館古典籍の画像公開を担当して **増井ゆう子**

第Ⅱ部 韓国国立中央図書館所蔵の日本古典籍―善本解題

【国語学】〔国語学概要〕 1 聚分韻略／2 大矢透自筆稿本「漢音の音図」

【和歌(写本・版本)】〔和歌概要〕3 古今和歌集／4 拾遺和歌集／5 千載和歌集／6 日野資枝卿歌稿／7 武家百人一首

【物語】〔物語概要〕8 伊勢物語／9 闕疑抄／10 落窪物語

【中世散文】〔中世散文概要〕11 保元物語・平治物語

【往来物】〔往来物概要〕12 庭訓往来

【俳諧】〔俳書概要〕13 おくのほそ道／14 つゆそうし／15 俳諧百人集／16 俳諧米寿集／17 とはしくさ